Ne vois-tu rien venir

De la même autrice

L'An 2000, autopsie d'un rêve, J.-C. Lattès, 1999.
L'Encyclo des filles, Plon/Gründ, de 2002 à 2017.
Popote, Plon, 2004.
Manuel d'autodéfense féministe, Plon, 2007.
Ma fille. Conseils aux mères d'ados, Plon, 2010.
Les femmes s'emmerdent au lit. Le désir à l'épreuve du féminisme et de la pornographie, Albin Michel, 2015.
La vérité tue. Agatha Christie et la famille, Philosophie magazine Éditeur, 2021.
Éloge de la haie. Pour un désordre végétal, Philosophie magazine Éditeur, 2024.

Sonia Feertchak

Ne vois-tu rien venir

roman

Flammarion

Les citations page 258 et page 295 sont extraites de :

L'Iliade, XXII, 346-347, trad. Jean-Louis Backès, Gallimard, Folio, 2019.

Victor Hugo, *Les Châtiments* (1882), Livre V, « L'autorité est sacrée », XIII, « L'expiation », in Victor Hugo, *Poésie II*, Robert Laffont, « Bouquins », 1985, p. 128.

ISBN : 978-2-0804-4732-6

« J'imagine que d'autres êtres
(qui sont mes semblables)
y persévèrent souvent jusqu'à la mort,
sauvés par l'accoutumance peut-être,
chloroformés par l'*habitude*, *abrutis*, *endormis*
contre le sein de la famille maternelle
et toute-puissante.
Mais moi, mais moi, mais moi… »

François Mauriac, *Thérèse Desqueyroux*

« Et vous connaîtrez la vérité
et la vérité vous libèrera. »

Évangile selon saint Jean, VIII, 32

Tu souris quand même en t'asseyant, Lise. Tu as reconnu le tabouret à vis métallique, le même que celui qui t'impressionnait à l'usine, autrefois. Dans le silence de la pièce nue, le grincement du siège bégaye sans que tu sembles y prendre garde. Les doigts agrippés de part et d'autre de l'assise froide, tu oscilles du bassin pour trouver ton équilibre. Soudain tu retires ta main : une écharde de métal pointait, invisible. Au bout de ton annulaire perle une goutte de sang, rien de méchant. Tu te tiens droite, Lise, en mauvaise posture mais tu n'as pas l'air de t'en soucier. À la fois tu parais ailleurs et déterminée.

Tu attends.

Un bon quart d'heure.

Sans impatience.

Indifférente au ramdam qui enfle : on s'agite dans la pièce à côté, bruits de pas et de chaises heurtées, claquements de tiroirs refermés sans ménagement. Qui s'occupe du dépôt de plainte ? crie une voix.

Plus de papier dans l'imprimante, s'énerve une autre. Rien de ce qui se trame là ne semble te concerner, Lise, tu restes assise, yeux dans le vague et lèvres closes. Ton annulaire ne saigne plus.

Face à toi, la porte fermée vibre, frôlée par quelqu'un. Tu as à peine le temps de distinguer la silhouette d'un uniforme qui passe derrière l'imposte au verre dépoli, l'ombre d'un képi qui rappelle dans quel lieu tu te tiens. Pas un de tes cheveux ne bouge. Si je regarde attentivement, peut-être apercevrai-je tes narines palpiter.

Tu m'es apparue un matin, Lise, j'avais passé une mauvaise nuit. Immédiatement je me suis sentie proche. Par la suite tu m'as remis en tête que nous nous étions déjà rencontrées, je ne m'en souvenais pas : c'était sur le parvis d'une église au milieu des années 1990, on y enterrait un homme, disons, particulier ; moi non plus je ne l'aimais pas.

La porte s'ouvre. Un parfum ambré trop sucré s'engouffre dans la pièce en même temps que le courant d'air. L'officier de gendarmerie te fait signe d'un mouvement de tête, Suivez-moi.

Tu vas prendre cher.

I

Noun (1981-1987)

1

Lise est fière de ses six ans et demi même si son père l'appelle ma puce. Elle déteste le surnom mais ne se sent pas petite. Quand elle baisse les bretelles de sa robe sur ses épaules rondes, qu'elle trace au sol les plans de la maison qu'elle habitera un jour, ou quand elle taille le crayon rouge dont elle usera, maîtresse sévère et redoutée, Lise a l'âge qu'elle a, celui d'exister. Embarquée dans la Lancia Gamma couleur brique, Lise ferme les yeux pour mieux goûter la vitesse. Papa tient le volant fermement, ça se sent. Sur l'autoroute la voiture fonce. Ses roues équipées de jantes argentées comme quatre boucliers dévorent sans à-coups le gris de la chaussée. La fin du jour approche, la pénombre engloutit les détails, tout est lisse. Emportée par le grondement du moteur, Lise rêve qu'elle serait spationaute, ou marquise en calèche aux invisibles chevaux. Elle est bien, emmitouflée dans son blouson à écusson qu'elle aime tant, et la douceur de l'habitacle chauffé. La vitre s'embue. Lise a envie d'y gribouiller de l'index une maison, des nuages, un soleil peut-être dans le coin du haut. Mais Papa ne veut pas : les dessins de vitres laissent des traces ; il faut prendre soin de la Lancia, ça ne fait pas longtemps qu'il l'a. La température a encore baissé, le paysage semble être passé au frigo. Du siège passager, à l'avant, perce la voix de Maman, quelques mots chuchotés que Lise laisse filer sans chercher à comprendre. Son père reste concentré sur le ruban de route qui glisse sous la voiture. Hors de question de le laisser s'échapper. Lise se tortille au fond de son rehausseur, bientôt elle n'en aura plus besoin. Le cendrier neuf, tout propre, dissimulé dans sa portière la réjouit. Elle a eu le droit d'y déposer des trésors : un diamant de plastique qu'elle aime croire véritable, un mini-feutre grand comme son petit doigt, une barrette plus très brillante – ses paillettes se sont décollées. Au dos du siège devant elle, celui de Maman, la poche à soufflet est gonflée de mini-livres et d'une poupée molle. La ceinture maintient Lise contre le dossier moelleux et un sentiment de sécurité merveilleux l'envahit tandis que Papa conduit. Elle caresse l'écusson de son blouson. L'insigne s'est un peu effiloché, les fils sont entortillés, Lise s'efforce de les aplatir, elle voudrait les faire rentrer à l'intérieur de la broderie. La Lancia double un camion blanc étincelant. Maman laisse échapper un petit rire : Fonce, Alphonse !, et elle met une main sur la cuisse de Papa – qui ne s'appelle pas Alphonse, mais Lise sait qu'il n'y a là rien d'important. Sa mère babille, Lise aime la musique de son bonheur. Elle se redresse, bien droite dans le rehausseur. Par un regard que son père jette dans le rétroviseur, elle capte l'éclat des yeux noirs posés sur elle ; les paupières de Bernard se plissent, elle ne voit pas le bas de son visage mais devine qu'il lui sourit. Satisfaite, Lise règne en son royaume.

De ce qu'elle a compris c'est un trajet court, une course pour son père, Maman a voulu venir. Le parfum de ses longs cheveux parvient jusqu'à la banquette arrière, Lise ouvre grand les narines pour mieux respirer l'odeur de sa mère. L'autoroute traverse une forêt, un peu en surplomb, la Lancia a l'air de voler entre les arbres. Bon sang !, Lise entend. La voiture ralentit, la grosse voix de Papa la sort de sa rêverie : plus d'essence. Elle est contrariée. Enfoncée dans son siège, elle voudrait retenir ce moment parfait, se cramponner au temps, si seulement on pouvait. Le véhicule quitte l'autoroute, son père conduit vers le poste à essence sans qu'elle puisse rien y faire : celui qui a le volant, c'est lui qui a le destin. Destin, elle ne sait pas bien ce que le mot veut dire mais elle l'a entendu dans un conte et trouve qu'il sonne bien. Son père sort de la Gamma, la petite lampe au plafond s'allume et le bruit de l'autoroute envahit l'habitacle. Lise déteste l'odeur de l'essence, elle se bouche le nez. Elle entend le clic-clac du tuyau qu'on rattache à son support, le serpent retourne se coucher. Son père s'éloigne pour aller payer.

Quand il remonte dans la Lancia, il tend à Lise qui n'a pas bougé un biscuit mal emballé dans une serviette en papier. Le sablé est fourré d'une confiture dont elle ne sait pas encore s'il s'agit de fraise ou de framboise. Un rouge solide et étincelant. Les yeux de Papa se mettent à briller :

— Élisa, ne regarde pas.

La voix est dure, mais en fait il sourit. C'est vrai que Maman n'aime pas quand Lise mange des sucreries. Là, elle obtempère et regarde de l'autre côté vers une bande de pins maigrelets. Sa mère fait comme si. Lise est ravie. Elle renifle le gâteau qui lui colle aux doigts malgré la petite serviette – elle est de mauvaise qualité – et se régale par avance du croquant rouge sucré sous ses dents. Papa gare la voiture tout au bout du parking, si loin des pompes et de la boutique que Lise aperçoit à quelques mètres, au travers des arbres, la glissière, comment dit-on déjà ? la glissière de l'autoroute qui repart. Papa claque une nouvelle fois la portière et s'enfonce, pour aller faire pipi sûrement, à travers des conifères maladifs : à certains endroits il leur manque des branches ou bien leurs rameaux pendent. De l'autre côté des pins les voitures passent, en pleine accélération. Lise les distingue mais ne les entend pas. C'est bien ça : Lise voit Papa de dos, face à un arbre il s'est déboutonné, c'est comme ça qu'ils font les garçons. Par le haut du pare-brise, Maman, penchée, regarde le ciel. Soudain, Lise voit son père s'interrompre.

Il a vu quelque chose on dirait, il se rajuste vite fait.

Malgré les sons étouffés, Lise perçoit des éclats de voix. Papa crie. Un gros mot, elle croit. Le brouhaha la ramène à la réalité, une réalité poisseuse : un ennui, devine Lise. Elle scrute à travers le pare-brise. Un réverbère cligne des yeux, son ampoule grésille comme si une mouche brûlait dedans. Une fois l'éclairage allumé, les arbres s'estompent, l'ombre du soir les a aspirés. La nuit n'est pas loin de tomber, Lise n'avait même pas remarqué. Mais elle discerne encore très bien ce qui bouge. Par un trou entre les pins décharnés, elle voit son père s'avancer torse en avant comme lorsqu'il n'est pas content, vers un véhicule foncé, bizarrement arrêté au bord de l'autoroute, c'est dangereux, tout contre la glissière de métal. Ils sont trois, une femme, un homme et un grand garçon adolescent aux cheveux roux frisés sur le point de remonter à bord, quand ils se retournent, interpellés par Papa. On dirait que, vite, ils veulent rentrer dans leur voiture. Mais Bernard les tire à lui, il est en colère, c'est sûr.

Élisa se redresse :

— Mais qu'est-ce qu'il fait ?

Lise n'aime pas quand sa mère prend cette voix inquiète – en même temps il y a de quoi. Un bref cliquetis indique que Maman a détaché sa ceinture, elle pose la main sur la poignée :

— Bon sang, mais il est complètement fou ! C'est pas vrai !

Élisa sort de la voiture, la petite lumière au plafond se rallume, le grondement de l'autoroute s'engouffre à nouveau dans l'habitacle. Même d'ici Lise sent l'odeur de l'essence, la pompe est loin, pourtant. Maman claque la portière, la lumière s'éteint, le silence revient. Lise voit sa mère s'éloigner à son tour. Où va-t-elle ?

Ils ne vont pas la laisser seule dans la voiture, tout de même.

Un son pénible la tire de cette pensée : l'appel appuyé d'un klaxon, parvenu jusqu'à elle en dépit des portières closes, ce doit être un conducteur énervé.

Yeux plissés, concentrée, elle tâche de repousser la peur. Le problème est qu'elle ne comprend rien.

Lise sait bien qu'à six ans et demi il est naturel de ne pas tout comprendre mais, là, c'est différent : il se passe quelque chose et ce quelque chose n'est pas normal.

Sur les branches hautes des arbres, elle reconnaît des nids de chenilles processionnaires, Maman lui en a montré l'hiver dernier : de petites bestioles à tête noire, a priori sympathiques mais dont le corps tigré poilu laisse présager des soies piquantes. Lorsqu'elles pullulent l'une derrière l'autre en procession, d'où leur nom, les processionnaires peuvent être dangereuses. Lise se souvient que sa mère l'a mise en garde : ne t'approche jamais des cocons tissés qui leur servent de maisons. Ils sont jolis pourtant, ces lampions de coton blanc qu'on aurait oublié d'allumer.

Maman s'est arrêtée, dans la pénombre Lise la voit s'appuyer contre un pin. Voilà qu'elle se met à crier. Élisa appelle son mari, ses hurlements transpercent la carrosserie. Lise croit que son cœur va s'arrêter, est-ce qu'elle pourrait mourir comme ça, au bord de l'autoroute, dans la Gamma ? Les cocons des processionnaires voltigent désormais dans un curieux mouvement, comme sous l'effet de chocs répétés. C'est d'un autre danger qu'il s'agit, la question n'est pas liée aux chenilles, Lise le sait ; en dépit de sa peur elle s'avance sur son siège jusqu'à ce que la ceinture lui fasse mal. Des coups, c'est une bagarre. Malgré la nuit qui tombe, malgré la distance, elle en est sûre, maintenant, le chaos ne fait aucun doute. Et c'est Papa qui se bat, Lise ne l'a jamais vu comme ça, la gorge lui pique, un sanglot se coince au fond. Elle se penche encore, elle a vraiment mal au ventre mais ne sait pas se détacher – la ceinture est cassée –, elle pleure et, tant pis, regarde quand même, elle ne peut pas faire autrement. Lise se concentre sur Papa au moment où il donne un coup de poing dans la mâchoire de la femme, grosse brune qui, sous le choc, voltige contre un arbre, son menton explose puis presque en même temps l'arrière de son crâne, fracassé au contact du tronc en un plop délicat, un son de canette qu'on décapsule. Sonnée, la grosse ! Sa tête tombe en avant. On dirait Léda, la poupée molle : quand on la tient par les fesses, elle pend. Bang, bang. Cogne et cogne. Cette fois c'est son père qui prend un coup. L'homme, plus petit que lui mais costaud, survêtement noir et blouson gris, le frappe au visage. Papa recule. L'homme recommence. Lise veut mourir, elle ne le supportera pas. Mais, ouf, Papa évite l'attaque et, alors que son adversaire se trouve déséquilibré, il en profite pour le cogner au ventre, un bourre-pif bien placé. Blouson gris se plie en deux.

Un klaxon rompt le silence. Le son est assourdi, en vrai il doit être puissant, insistant.

Lise cligne des paupières. Derrière les deux hommes qui ont l'air de souffler comme des taureaux, elle voit le grand adolescent adossé comme collé à la voiture de ses parents – Lise le comprend, le lien de parenté, ça, elle sait – tout contre la glissière. Sous le blouson du garçon elle distingue un tee-shirt rouge orangé assorti à ses cheveux frisés, il ne bouge pas, bouche ouverte, yeux exorbités, on dirait un mannequin dans une vitrine ou un fantôme. L'adolescent semble mort. De l'autre côté de la bataille, Maman, elle aussi pétrifiée, s'est tue.

Redressé, Papa, lui, est bien vivant : immense, il gonfle la poitrine, tend ses muscles, il inspire et flanque encore un coup, Lise n'en peut plus, faites que ce soit le dernier, le poing durci de son père dans le crâne de l'homme encore plié. Sa tête balançait vers l'avant, elle se trouve brutalement projetée en arrière, le corps suit le crâne envolé comme un oiseau, du sang gicle de la bouche, ça fait un petit jet rouge presque joli, même d'où elle se tient Lise l'aperçoit, et Blouson gris s'effondre.

Lise a cru voir tomber ses yeux, deux billes brunes détachées des orbites. À moins que ce ne soit des pommes de pin.

À nouveau le son étouffé d'un klaxon s'élève, très long.

Lise pense qu'un écureuil ramasse les yeux – ou les pommes de pin ? L'écureuil sautille, sa queue rousse vacille, petit flambeau dans l'obscurité. Elle veut s'attacher à cette pensée joyeuse mais n'y parvient pas.

Terrifiée, elle ne peut pas s'empêcher de retourner au cauchemar pour de vrai – quelle est cette logique ? – qui se déroule devant elle. Au bord de s'évanouir, Lise se recule un peu afin de se dégager de la ceinture qui lui meurtrit les côtes, elle inspire fort puis souffle longtemps comme la maîtresse l'a montré pour les temps calmes.

Ouf, Blouson gris a toujours ses yeux, fermés mais entiers ; s'il n'avait pas cet horrible sourire ensanglanté, on croirait qu'il dort.

Lise sent les larmes lui couler sur les joues et, bien qu'il ne soit jamais bon signe de pleurer, la sensation la rassure. Elle ne comprend rien à ce qui se passe, en revanche le goût du sel à ses lèvres, le mouillé sur ses joues, elle est capable de l'expliquer, ça la calme de pouvoir se le raconter : je suis en train de pleurer. Comme elle n'entend toujours pas, pas bien d'où elle se trouve, elle assiste à la scène comme elle regarderait un dessin animé sans parole ni musique, un film vraiment muet. Lise fixe son père, elle ne voit toujours que son dos, on dirait qu'il crache.

Horrifiée, elle le voit enjamber la barrière, il va sur l'autoroute, fait quelques pas sur la chaussée.

Lise jette un coup d'œil à sa mère, Élisa n'a toujours pas bougé, immobile comme un tronc dans la maigre bande de forêt. Bernard Beaumont fait encore un pas sur l'autoroute. Lise ne veut pas regarder, dans son dos un glaçon la lèche. Papa est à deux doigts de se faire écraser, les voitures zèbrent le ruban gris à quelques mètres de lui, dans l'habitacle le hurlement des klaxons résonne, amorti mais menaçant. Voilà qui est curieux : de la chaussée sur laquelle il se tient toujours, son père ramène à lui un long ruban, une corde plutôt qui semblait traîner sur l'autoroute même, il tire dessus doucement. Puis il se retourne, enjambe la glissière et rejoint le bord, ça y est il marche dans l'herbe, Lise respire un peu. Mais qu'est-ce qu'il fait ? Papa s'agite sur la glissière, il a l'air de défaire un nœud. Puis il se baisse. Il tire sans effort et prend quelque chose au sol, Lise aime quand son père prend, quand il s'empare des choses c'est puissant, il tient ce que Lise confond d'abord avec une peluche et qu'elle ne pouvait pas voir d'où elle était : un machin remuant, donc vivant ? Que se passe-t-il, encore ? Papa revient les bras encombrés. Élisa se précipite vers lui, tu m'empêches de voir, Maman, pousse-toi ! Élisa pleure, même d'un peu loin Lise peut le voir.

Un animal. C'est un animal qui allait et venait en bordure d'autoroute, attaché à la glissière, de quoi ? la glissière d'insécurité ? Lise ne se souvient jamais. De loin on dirait une tête de singe ou d'ours, ou un monstre encore, ça se pourrait. Lise n'est pas effrayée car elle pense que la chose est jeune, presque sûre qu'il s'agit d'un bébé et dans ses yeux ronds flotte une tristesse. En fait de monstruosité, c'est à son père que Lise trouve une tête épouvantable, l'œil fou, les mâchoires serrées. Lise se recule, impressionnée. Mais la curiosité l'emporte : toujours ceinturée au fond du rehausseur, elle avance le cou le plus loin qu'elle peut. Un grand bonheur serait-il sur le point d'arriver ? Rien n'est fait.

Son père s'approche. Non, elle ne rêve pas : longues oreilles, yeux ronds, nez noir, c'est un chiot. Papa ouvre sa portière, la portière de Lise, le plafonnier se rallume pour la millième fois, comme un petit soleil qui se met à briller dans le ciel de la Gamma, et son père, visage penché à hauteur du sien, siffle dans un souffle qui sent le sang :

— Non seulement les salauds étaient en train de l'abandonner, mais ils venaient de l'attacher à la glissière, tu comprends ! La corde l'étranglait, mais ces bâtards l'avaient laissée bien longue et le petit, passé sous la barrière, courait, paniqué, vers les voitures.

À son tour, Maman regagne la Lancia. Lise discerne nettement les larmes qui lui coulent sur les joues tandis qu'elle se rassied, et puis elle l'entend renifler. Dehors, il fait presque nuit. Lise écarquille les yeux, écartelée entre terreur et joie. Accrochée au regard fou de son père, elle commence à se rendre compte du cadeau qu'il est en train de lui faire : il pose le jeune chien sur ses cuisses, la grosse tête de l'animal, le museau froid contre son ventre. Lise tâche de l'envelopper de ses bras mais n'y arrive pas, le chiot déborde de ses genoux, c'est déjà un morceau.

— Regarde, Maman…

Élisa change de position sur son siège, mais ne se retourne pas. Elle déglutit un sanglot qui fait un bruit de rot. Maman n'est pas contente, tant pis, Lise a autre chose à penser : blotti contre elle, le chiot fouit, de sa truffe gelée il parvient à soulever le blouson. Elle rentre le ventre autant qu'elle peut, l'animal se love dans le creux, il lui chatouille les côtes, glacé. Combien de temps est-il resté sur l'autoroute ? Il gémit, pris de tremblements, il ne faut pas prendre les animaux pour des bêtes, dit toujours Maman. Il aurait pu mourir là-bas, à l'instant.

Les salauds, les bâtards sont laissés, allongés dans leur sang, en plan. Cheveux rouges n'a toujours pas bougé, comme si lui aussi se trouvait coincé, pareil que Lise, quelque chose a l'air de l'empêcher. À la lumière du réverbère elle distingue ses yeux exorbités. Il regarde fixement devant lui, rouquin fantôme effrayant.

Son père contourne la voiture pour regagner sa place. Au passage il cogne d'un poing rageur contre un panneau, un carré blanc et bleu qui indique la direction d'un parc à jeux, les deux bonshommes dessinés sur la balancette se retrouvent enfoncés. Papa s'installe au volant avec cet air important qu'il prend quand il dépose, sur la table de la salle à manger, un rôti parfaitement cuit baignant dans un jus parfumé. Son siège s'affaisse dans un pschitt mou, un son très agréable tandis qu'il s'assied. Élisa se tourne vers lui, ça va barder :

— Mais ça va pas, Bernard ! Tu es maboul, qu'est-ce qui t'a pris ? Tu m'as fait tellement peur ! Depuis quand tu te bats ?

De ses yeux enragés Papa regarde Maman, puis il sort tranquillement un mouchoir en papier de sa poche et essuie ses mains rougies, à demi tourné vers Lise :

— J'ai toujours détesté la violence.

Le mouchoir est répugnant maintenant, sali d'un sang gluant, bordeaux plutôt que rouge. Poum Pam, Poum Pam, Poum Pam, le corps du chiot résonne sous le blouson de Lise ; elle sent en lui l'écho de son propre cœur qui bat à un rythme fou.

— Mais tu vas me répondre ? Tu es cinglé, Bernard !

Maman ne décolère pas. Cette fois, Papa plante son regard toujours fou dans celui d'Élisa, il articule lentement, sans remuer les mâchoires presque, tant il les a contractées :

— Arrête ça, immédiatement, tu veux bien ?

Élisa se fige, interloquée. Lise aussi est choquée. Vu la tête de Papa, en fait, c'est tout sauf une proposition. Il est bizarre. Sa mère s'est ratatinée dans son siège. Poum Pam, Pam, Pa, Pa, Papa. Lise regarde l'homme, si grand même assis, à l'avant de la Lancia : son papa. Elle est fascinée. Ses yeux vont et viennent, des larmes qui roulent, silencieuses, sur les joues de Maman au papier bruni, en passant par les mains puissantes de son père, bang bang, hélices qui cognent et cognent, matraques incontrôlables. Papa se bat. Faire mal aux gens, il est capable de ça. Cette réalité nouvelle lui coupe le souffle, à Lise, lui fait mal au ventre même à s'oublier dans sa culotte, un peu plus que quelques gouttes. Son regard remonte des mains vers les yeux de son père, dans le rétroviseur elle voit qu'ils sont pleins de sang. Comme si celui versé par les propriétaires du chiot avait giclé entre les cils paternels, un tapis de veines éclatées sous la pression de la colère. Lise se détourne, de peur d'être aspirée dans cette danse de rage. Pourquoi tu ne dis plus rien, Maman ? Dans le miroir, Papa surprend le regard effaré de Lise et, alors qu'il farfouille la serrure de la clef de contact, il répète de son rire de géant :

— J'ai toujours détesté la violence… Tu voulais un chien, ma puce ? En voilà un ! Arrête de renifler, Élisa, ça va ! Et le clebs, alors, ça va, lui ?

Le mot qu'emploie son père, il le dit souvent, tire Lise de son trouble comme par enchantement. La Gamma démarre, au plafond de l'habitacle le petit soleil s'est s'éteint. Un coup d'œil sur l'animal endormi incite Lise à chuchoter :

— C'est pas un clebs, Papa, j'aime pas quand tu dis ça, c'est un chiot. Un bébé. Mon petit bébé.

Elle mâche ces mots merveilleux avec plus de délice que le biscuit rouge désormais émietté. C'était bien déjà, mais il ne s'agit plus d'une gourmandise ni d'une babiole, là : c'est un cadeau de roi. Petite maman, Lise ressent cette fierté qui fait, croit-elle, la qualité d'un parent, et elle caresse son chien. Son père est un héros, Achille plutôt qu'Hector, peut-être, Maman a commencé de lui raconter Troie : Chante, ô déesse, la colère de Bernard. Et ses exploits. Le bolide de Papa a repris l'autoroute, le paysage à nouveau défile vite. Élisa s'agite à l'avant, Lise ne comprend pas bien pourquoi Maman est si contrariée. Papa a quand même sauvé son chien. Heureusement qu'il s'est bagarré.

Lise revient à son nouvel objet d'amour.

— Mon bébé, répète-t-elle à l'animal qui s'est endormi.

— Si tu veux mon avis, ma puce, bébé, il ne va pas le rester. En attendant, il est à toi.

Maman tique. Elle paraît se contenir. Sans succès :

— Mais enfin, Bernard, on ne peut pas prendre un chien comme ça ! On ne sait pas d'où il vient, il est peut-être malade, on n'en sait rien !

Papa se tourne doucement. Il porte sur elle son regard noir, étincelant. Au cœur de ses iris les veines éclatées brillent. Il rit d'un rire pas drôle et appuie sur l'accélérateur. Docile, la Gamma bondit. Dans le rétroviseur, le reflet paternel s'adresse à Lise :

— Vois avec ta mère, ma puce.

Le regard de Lise se brouille ; de toute façon, dehors, on n'y voit plus rien. Dans l'habitacle silencieux elle ne distingue plus que les battements de son cœur qui pompe en cadence du souffle de son chien.

Son chien son chien son chien.

Bah voilà, Maman, tu ne dis rien. Papa sait bien que tu ne refuseras pas, il est fort, Papa. Lise aurait trop de peine si sa mère ne voulait pas.

C'est son chien.

Papa se retourne carrément :

— Tu sais la première chose qu'on fait quand on adopte un animal ? On le nomme, on lui donne un nom.

À bien y réfléchir, c'est vrai : si une chose n'a pas de nom, c'est qu'elle n'existe pas. Lise est transportée. Quand une chose prend un nom, elle se met à exister.

— Je vais l'appeler Nounours. Ou non, mieux : Noun.

Je vais t'appeler Noun.

2

Lise rêve de son chien. Noun, tantôt chiot, tantôt ours en peluche, est emporté dans un torrent rouge. Demeurée sur la rive, Lise court après lui sans pouvoir le rattraper. Elle pleure et ses larmes font gonfler le torrent rendu encore plus puissant, menaçant. Quand elle se réveille, son oreiller est mouillé mais l'animal ronfle en boule sur le tapis. Elle ose à peine bouger. Le soulèvement régulier des flancs bruns lui confirme que le chien est réel et bien vivant. Elle respire. Plusieurs semaines ont passé depuis son arrivée, le printemps a pointé de terre ses doigts verts, Lise n'en revient toujours pas : Noun, son Noun dort tranquille à ses pieds. Son cœur bat la chamade, Lise se demande de quoi la chamade est le nom, qu'importe, c'est une chamade effrénée. Quelle joie son père lui a procurée. L'église d'à-côté sonne l'heure pile, mais laquelle : six, sept, huit heures ? La petite horloge murale est cassée, il faut qu'elle pense à demander à Papa de la réparer. Bien que la chambre soit frisquette, Lise se lève d'un coup, décidée. Elle s'installe à son bureau en chemise de nuit, sa chaise est froide au travers du coton, le contact du bois la fait frissonner. Mais ce n'est rien encore par rapport au froid – quel est ce mois de mai ? – qui la saisit des pieds jusqu'à ses chevilles découvertes par la chemise remontée. À plusieurs reprises, Lise a cherché à résoudre le problème des chemises de nuit qui remontent quand elle s'assied, sans succès. Elle taille son crayon et s'empare d'une feuille presque blanche, Maman lui en a donné un gros paquet.

Merci Papa Chéri

J'aime Noun

Lise est si heureuse de savoir lire et écrire, maintenant.

Je t'aime Papa

Elle signe, en faisant du point sur le i de Lise une fleur à cinq pétales, minuscule. Puis elle s'applique à tracer la silhouette de Noun comme elle peut, il va falloir qu'elle apprenne à le dessiner mieux. Elle plie en quatre son cadeau, l'emballe dans une feuille pas beaucoup plus grande, elle n'a que ça. Emballer des objets la réjouit, elle se demande pourquoi. C'est comme ça, dit Élisa quand Lise ne saisit pas la raison pour laquelle il faut obéir. Sa mère énonce toujours la phrase sèchement en secouant ses cheveux qui s'envolent, à la traîne, comme s'ils peinaient à suivre l'implacable sens du devoir maternel.

Contente d'elle, Lise glisse le paquet sous la porte du bureau de son père.

De retour de l'école elle pose son cartable dans l'entrée, il est en cuir beige et velours marron, presque de la couleur de Noun. Lise fronce les sourcils : un instant le cauchemar de la nuit a voulu lui revenir à l'esprit. Concentrée sur les dalles noires et blanches rutilantes sous ses pieds, elle s'emploie à le repousser. Il faut qu'elle prenne son goûter mais, avant, il y a plus urgent. Elle monte l'escalier quatre à quatre, le cœur en vrac : et s'il ne lui avait pas répondu ? Il ne peut pas, son Papa n'a pas le droit de lui causer une telle déception. Ouf, une enveloppe. Une enveloppe bleue est posée bien en vue sur son oreiller. Lise s'empare de son coupe-papier doré – encore un cadeau de Bernard qui n'a pas plu à Maman –, elle prend garde de décacheter l'enveloppe sans la déchirer, elle aime conserver le courrier le plus intact possible, même ouvert. Elle déchiffre les mots un à un, de plus en plus heureuse au fur et à mesure qu'elle avance, lentement, dans sa lecture. Arrivée au bas de la page, pour empêcher son cœur d'éclater elle presse la feuille sur sa poitrine, là où il bat. Son goûter va être un délice.

Rassasiée et réinstallée à son bureau, Lise dessine. Par rapport à ce matin, le soleil qui tape doucement par la fenêtre a chauffé ses meubles, il fait meilleur. D'abord elle écrit avec application : lundi 11 mai 1981, puis elle s'emploie à représenter sa maison. Depuis qu'il y a Noun, c'est vraiment la maison du bonheur. De l'extérieur elle est blanche aux volets marron, assez neuve, pas très belle mais facile à dessiner – gros intérêt. Un rectangle, deux étages chapeautés d'un toit pointu à tuiles rouges, on dirait une crête de poule, plus une fenêtre dans le grenier, celle-ci n'est pas simple à tracer. Devant, la façade surplombe un grand jardin : Lise dessine deux, trois arbres, quelques fleurs, puis elle s'applique à figurer la lourde porte en chêne qui semble commander avec beaucoup d'autorité au perron gris dallé – quand il pleut, ça glisse.

L'intérieur, c'est autre chose, une entreprise hasardeuse même quand on est en CP. Heureusement Maman lui a donné un truc : plutôt que d'ébaucher tout le salon ou tout ce que contient sa chambre en une seule image, exercice délicat et, de fait, toujours inabouti, Lise fait des plans. Comme si elle était un oiseau et qu'elle voyait l'intérieur de la maison d'en haut. Elle est folle du nouveau procédé.

Cet après-midi elle dessine toute la maison. Pour l'entrée : un carré. Puis l'escalier qui monte au premier. Pour la porte de la cuisine, sur le côté droit Lise trace un trait. Au fond de la pièce une petite porte ouvre sur les marches qui mènent à la cave : interdiction d'y descendre seule, Papa et Maman ont insisté. Lise hésite à faire figurer le carrelage de la cuisine, noir et blanc comme dans l'entrée, mais les carreaux ont été cassés en mille morceaux, apparemment c'est exprès. Dessin crucial : un ovale pour le panier de Noun posé dans l'entrée, si large et profond qu'elle peut s'y installer tout entière – ce qu'elle ne manque pas de faire, souvent, pour lire ou câliner son chien. Elle incline sa feuille pour mieux éprouver la justesse du plan et poursuit : le long salon salle à manger, sur la gauche, fait toute la largeur de la maison. Au fond, un couloir tourne vers le bureau de Papa, bien caché, en retrait. La pièce est rendue impressionnante par les longues planches de bois sombres qui ornent les murs et par… Lise préfère ne pas y penser.

Elle se demande si ça vaut le coup de gâcher une autre feuille. Quand même, c'est mieux pour dessiner l'étage. De gauche à droite la grande salle de bains, les cabinets puis sa chambre à elle. Dans le couloir qui fait un coude : celle de Papa et Maman. C'est une grande chambre en forme de L au fond de laquelle se trouvent un dressing et la salle d'eau des parents. Lise n'y va presque jamais, le robinet tout moderne est compliqué, elle ne sait jamais dans quel sens le tourner. Ah, elle a oublié l'autre escalier, affreusement étroit, qui monte vers le grenier. Elle pose son crayon et scrute les deux feuilles griffonnées serrées : tout son monde tient comme dans un livre d'images, pour toujours étalé sur les pages.

Lise sent quelque chose d'humide entre son bras gauche et ses côtes, Noun vient la pousser de la truffe : il veut jouer. Elle descend de sa chaise. Après lui avoir fait renifler un Playmobil ou l'une de ses poupées, elle lui ordonne d'aller attendre sur le palier, Allez, Noun, c'est toi qui colles, il en a vite pris l'habitude et s'assied sans broncher. Une fois la porte refermée, Lise cache le jouet. Puis elle rouvre et ordonne, droite et autoritaire comme un général d'armée : Ça y est, Noun, va chercher ! Alors le dogue flaire comme s'il voyait des traces dans l'air, des indices clignotants. Il ne met jamais longtemps à débusquer les objets, en quelques secondes la plupart du temps, Noun est un détective-né.

Lise entend son père rentrer. Maman crie que le dîner va bientôt être prêt.

Le banana split de sa mère est un délice. Un coup de dent et le fantôme crémeux s'évanouit sur la langue à peine son parfum exotique libéré. Sur les bananes pelées coupées, Maman a ajouté des cerises confites brillantes comme des rubis. Lise a eu le droit d'extirper les fruits poisseux de la petite boîte en plastique carrée qui leur sert d'écrin, elle aime les manger mais pas les toucher.

Ses parents sont contents du résultat des élections, son père surtout qui clame à tout bout de champ : Il était temps ! Élisa acquiesce en riant. Hier soir, Lise a vu la tête du président apparaître en petits points blancs à la télévision, un grand moment. Un instant, elle a eu peur que ce soit la femme au chignon qui soit élue : elle veut la guerre, avait dit son père en l'écoutant. À la suite de quoi Lise s'était trouvée terrorisée à l'idée que, à cause de Chignon, des bombes tombent sur la maison et des soldats défilent dans la rue.

Lise et sa mère tirent ensemble le caddie par la poignée, chacune d'une main. Papa marche, loin devant. Elles avancent vite pourtant, surtout Maman.

À plusieurs reprises, néanmoins, il leur faut crier : « Eh, Bernard, attends-nous ! » Tous les samedis matin c'est pareil : sur le chemin du marché son père file, comme un bolide. Bernard Beaumont est un homme pressé, à cette pensée Lise s'efforce de prendre un air important.

Devant elles, il est toujours en train de foncer quand une femme, venue en sens inverse, l'oblige à s'arrêter. Elle le salue en agitant sa tête bouclée, un peu bébête, Lise ne voit pas pourquoi tous ces gestes. Arrivées à leur niveau, Élisa lui sourit mais la femme ne la regarde pas, elle est captivée par ce que raconte Papa. La broche en forme de libellule qui orne sa robe semble s'être posée là, à l'instant, un joli bijou. Maman entraîne Lise par la poignée du chariot, elle demande à Papa qu'il les rejoigne chez la maraîchère. Pas de réponse. La femme à la libellule continue de babiller en gigotant la tête. Une débile.

— Ah, monsieur Beaumont, bonjour ! J'ai de belles fraises, là, je vous en ai gardées.

Enfin ! Papa les a rejointes. Maman dit que, pour les fraises, elle hésite un peu, tandis que Papa désigne quelques carottes de ce cageot, non, celui-là, voilà, une laitue et trois livres de BF15 aussi, Lise sait que ce sont des pommes de terre. La maraîchère s'empresse de rassembler les légumes dans un panier de plastique rouge vif et les pèse.

— Et vous me mettrez un concombre, aussi. Le printemps vous va à ravir, mon chou !

Élisa n'a pas l'air convaincue. Un homme s'approche et pose la main sur l'épaule de Bernard : Salut, mon vieux. Son père se retourne en se reculant, énergique, et prend la main de l'homme entre les siennes. Si Papa se présentait aux élections, c'est son visage qui apparaîtrait en points blancs sur l'écran – une certitude.

3

Fin mai, Élisa loue un gîte au milieu des champs. Papa ne les rejoindra qu'à la fin du séjour, son travail lui prend beaucoup de temps. Accompagnée de Noun, Lise explore une campagne inconnue. La prairie a fleuri comme une palette de peinture, quelle fierté de reconnaître la petite oseille dont les hampes glissent du vert au rouge sans qu'on s'aperçoive du changement, une nuance incroyable, difficile à rendre en dessin. Elle guette la haie de mûres pas mûres et la fourmilière qui, émergée du talus, évolue chaque jour. Elle s'arrête pour suivre des yeux une liane parfumée amoureuse d'un buisson, les touffes des plantes d'eau qui barbotent de tous leurs pieds dans les flaques, et quantité d'autres mondes miniatures. Noun court partout, heureux, et Lise le suit ou le devance, toujours équipée d'un seau et de boîtes vides, on ne sait jamais ce qu'on peut trouver. Sa mère ne les accompagne pas à chaque fois, ce dont Lise s'accommode. Maman se repose, elle prétend en avoir besoin, il est vrai qu'elle ne s'arrête jamais : même dans le jardin du gîte qui n'est pas le sien, Élisa ne peut pas s'empêcher de désherber, une plate-bande par-ci, une jardinière par-là, de couper les fleurs fanées d'un rosier, les roses jaunes vieillissent mal, Lise, tu sais. Tous les soirs, elles appellent Papa. Tu ne t'ennuies pas, tout seul, mon chéri ? Mais non mais non, et Lise est certaine d'entendre le sourire de son père – un sourire qui s'entend, ça, elle n'y aurait jamais pensé.

Quand le soleil se pose, gros ballon rouge en équilibre sur la cime des arbres de la forêt, Lise réalise qu'elle a traîné. Elle court de toutes ses forces derrière Noun qui cavale comme un chien volant, ils ne seront jamais rentrés à temps. Elle pousse la porte, hors d'haleine. Comme elle souffle ! Un vrai dragon. Ouf, Élisa est au téléphone, elle ne la remarque pas. Maman parle à Papa, c'est sûr. Mais sa mère ne dit plus rien. Elle écarte le combiné de son oreille, le regarde bizarrement. Quelque chose ne va pas, Maman ? Lise entend son père parler fort : Allo, Élisa ? Tu es toujours là ? Puis Lise perçoit distinctement un rire, un rire de femme, tiens, c'est qui, ça ? Qu'est-ce qu'elle fait là ? Sa mère jette un regard épouvanté et lâche le combiné ricanant qui s'échappe au bout de son cordon en tire-bouchon. Élisa le ramasse avec dégoût et raccroche d'un geste brutal.

Le soleil s'est couché, Lise et Maman dînent d'une omelette, un peu sèche mais ça va. Dans le silence Lise guette le discret pii pii pii des pipistrelles, par la fenêtre ouverte elle tâche d'en apercevoir, petits éclairs plus noirs encore que la nuit. Les chauves-souris volent si vite que, quand Lise les distingue, les voilà qui filent déjà à l'autre bout du ciel. Maman a l'air contrariée. Heureusement Bernard arrive demain soir.

Lise furète avec Noun dans le jardin du gîte quand elle dresse l'oreille : n'est-ce pas le bruit de la voiture de Papa ? Elle a appris à reconnaître le son du moteur de la Lancia, elle ne se trompe presque jamais. Gagné. Il ne descend pas immédiatement, reste immobile au volant, contact coupé. Le silence n'est pas dans ses habitudes, mais qu'est-ce qu'il a ? Côté maison c'est pareil : pas un son. Ses parents jouent au roi du silence ou quoi ? Lise sent son ventre devenir dur, pas très agréable. Heureusement, le clac de la portière retentit, les grandes jambes de Papa se déploient, elle court se jeter dans ses bras. Il la soulève sans effort, comme si elle était un petit pois. Elle préfère ça, les paupières plissées de Bernard et le pli de sa bouche amusé.

Il la repose au sol un peu vivement, Lise se retourne : Élisa se tient devant eux, raide comme un grand I, lèvres serrées et regard noir. Papa tente une diversion :

— Tu as une mouche sur l'épaule, Élisa. C'était la mode autrefois, le contraste avec la peau blanche…

Maman lui coupe la parole :

— Tu n'as pas quelque chose à me dire ?

Bernard ne rigole plus du tout. Lentement, si lentement que Lise le trouve menaçant, il plante ses yeux noirs dans ceux de Maman et c'est comme s'il lui enfonçait son regard dedans, une cuillère à glace qui pénétrerait avec difficulté un sorbet congelé.

— Je ne crois pas, Élisa, non. Que voudrais-tu que je te dise ?

— C'est qui ?

Lise a vraiment mal au ventre, maintenant. Quelqu'un pourrait-il lui expliquer ce qui se passe ?

— Mais tu es folle ! Qu'est-ce que tu racontes ?

— Ah ! c'est ça : je suis folle ! C'est trop facile, Bernard. Il n'y avait sans doute personne hier soir avec toi ! Ne te fiche pas de moi. Le coup de la folie ne marche pas.

Maman a beau être bien plus petite que lui, elle surplombe Bernard de sa colère, drôle d'impression, elle est vraiment hors d'elle. Mais de ce point de vue Papa est fort, aussi, ses mâchoires sont toutes contractées, Lise est fascinée, son père et sa mère ne font plus attention à elle. Il fait un pas vers sa femme et susurre sans desserrer les lèvres :

— Tu n'as qu'à partir si tu n'es pas heureuse…

La mouche posée sur l'épaule de Maman s'envole ; Lise l'accompagnerait, si elle pouvait. Le silence qui suit fait mal à la tête tant il est envahissant, elle ne pensait pas qu'un tel silence pouvait exister, aussi douloureux qu'un bruit perçant. Quelques secondes s'écoulent encore, horribles, puis son père ajoute, d'une voix basse mais pas douce :

— Par contre ne m'emmerde pas, Élisa, je n'ai pas du tout le temps pour ça.

Maman vacille, elle recule comme si les mots l'avaient cognée, Lise voit sa gorge se serrer, elle imagine le tuyau pour l'air, à l'intérieur du cou de sa mère, devenir mou, trop fin. Élisa a l'air de beaucoup souffrir.

Le matin du départ, Lise joue près des deux carrés de grillage brinquebalants qui tiennent lieu de portail quand elle n'en croit pas ses yeux : de l'autre côté de la clôture, un cheval de trait broute sans attache, libre comme un nuage, le long du chemin. À son tour Lise s'échappe du jardin, elle offre des feuilles de pissenlit à l'apparition magique puis profite de ce que l'immense animal, baissant l'encolure, se met à brouter pour s'accrocher à son toupet comme elle peut, c'est par le devant de leur crinière qu'on attrape et guide les chevaux, quelqu'un l'a dit à la télé. Lise est une fourmi, en comparaison. Encore que les grosses bestioles ne l'effraient pas ; jamais – certains s'en étonnent, Lise l'a noté avec satisfaction. Elle sautille pour ne pas lâcher le cheval, s'emploie à le guider, enfin elle parvient à l'amener jusqu'au gîte et se donner, pour quelques instants, l'illusion qu'il lui appartient. Noun trotte à leurs côtés : deux créatures géantes étaient amies, Lise aime inventer des débuts d'histoire, les mots lui coulent comme du jus de fruit. Le cataclop des sabots sur la terrasse tire ses parents de la maison. Quand même Lise est rassurée que son père soit enfin arrivé. Bernard et Élisa ouvrent des yeux ronds, quelle joie de les voir ébahis. L'animal hume le rebord d'une fenêtre, plonge les naseaux dans un broc et redresse l'encolure, apparemment content. Quand son nouvel ami lui flaire les cheveux, Lise sourit de fierté, elle fait passer sa langue dans le trou laissé par la perte de ses deux dents du haut, ses premières dents de lait. Son père et sa mère sont témoins de son exploit. Mais ni l'un ni l'autre ne semblent ravis, et l'animal est ramené dare-dare à son pré. Elle est bien ta fille, dit Bernard en souriant. Élisa ne répond pas, elle est sûrement encore fâchée. En attendant, l'histoire du cheval vaut à Lise d'être gentiment grondée et la création d'une légende qui lui plaît : elle est enfant de la nature.

4

Elle vient d'installer une école Playmobil sur un carré d'herbe grasse, un endroit du jardin choisi exprès, quand elle entend qu'on l'appelle. C'est Maman. Lise n'a pas très envie de s'arrêter de jouer. Noun non plus, apparemment. Couché oreilles dressées, truffe en l'air, il ressemble à ces statues qui ornent l'entrée des châteaux. Sous sa surveillance, jamais les Playmo ne pourront se perdre ni se blesser. Quand elle-même est autorisée à partir à l'aventure hors du jardin, il ne peut rien lui arriver puisqu'elle est accompagnée de son chien. Noun lui fait deviner un monde insaisissable aux humains : l'excitation de suivre la piste d'un mulot, une odeur délicieuse, la joie de tomber sur un os, un bâton à lancer. Cette liberté. Lise rentre fourbue, mais émerveillée.

L'animal tourne la tête dans la direction d'où vient la voix de Maman. Lise lui sourit, elle sait qu'il comprend.

Papa avait raison : le chiot a forci rapidement. Quatre mois après qu'il a été sauvé – c'était en février,

février 1981, Lise s'en souviendra toujours –, il a atteint sa taille à elle. Puissant, rapide, aussi haut que massif, il s'est déployé en muscles et tendons saillants, Lise a appris ce qu'étaient ces tiges dures visibles sous les poils bruns. Enfin, des poils. Des poils, mais si courts que de loin on ne les distingue pas ; Noun est de ces chiens dont le pelage est imbriqué à la peau, sous certaines lumières il prend une apparence lustrée. Ses paupières froissées cachent deux diamants noirs et, du dessus de son front barré de plis qui lui donnent l'air grave, pendent ses oreilles, tellement longues qu'on les dirait entortillées, duveteuses à s'y blottir. Selon la vitesse à laquelle Noun se déplace, elles s'agitent comme dans un dessin animé de part et d'autre de sa mâchoire aux babines tremblotantes. Tout pend, chez Noun. Papa dit qu'il a été excessivement soumis à la gravité.

À bientôt sept ans, Lise a déjà sauvé un nombre invraisemblable de chiens perdus dont la plupart ne l'étaient probablement pas tant que ça. Rapide à juger que tel bâtard croisé sur un trottoir à moins de trois mètres d'un humain était un orphelin au secours duquel elle devait se porter, elle lui parlait si tendrement qu'au bout de quelques instants, ça ne manquait jamais, le chien lui emboîtait le pas jusque chez elle. Certaine de sa misère, de son probable abandon, Lise tentait de persuader ses parents de le garder. Ils s'opposaient mais l'animal avait droit à une écuelle d'eau, de lait ou, les grands jours, un biscuit ; ensuite elle était tenue de le remettre dans la rue. Quand le chien lapait ses sanglots, elle désespérait : plus il était grand et costaud, plus en cas de danger il l'aurait protégée. Et chaque fois Lise rentrait chez elle le cœur gros, elle avait baptisé cette espèce de grands chiens des nounours à dents.

Mais ça c'était avant. Avant Noun, son chien à elle, le plus fantastique des nounours à dents. Aussi doux que gigantesque, jamais jusqu'alors il n'a grogné ni ne s'est agité en vain. Et si, effectivement, nombreux sont les humains qui marquent un temps d'arrêt en l'apercevant, ou manifestent leur crainte en croisant un chien aussi spectaculaire, elle ne l'adore que davantage. L'animal le lui rend bien : ils sont devenus inséparables. Noun la suit partout, sans laisse et sans barguigner. Ils jouent et Lise le sent lutter pour ne pas la bousculer. S'il voulait, il pourrait la tuer. Dès qu'elle lui parle, il s'immobilise, les oreilles un peu moins pendantes, aux aguets. Il semble tout comprendre de ce qu'elle dit, c'est extraordinaire comme il lui obéit. Même son père le dit.

Lise pense à la raison pour laquelle elle l'a appelé Noun et elle sourit de la farce : l'animal n'a rien d'une peluche. La taille de ce chien dépasse le mètre, a constaté Maman qui, finalement, s'est faite à sa présence. Ce n'est pas entièrement une surprise. Mais Élisa a accepté le molosse plus rapidement que Lise ne s'y attendait. D'autant que, molosse, le mot dit bien ce qu'il est : Noun est une bête immense. Lise ne s'en formalise pas, loin de là, elle qui aime tant s'entendre qualifier par Maman d'enfant sauvage. Son père, lui, dit de Lise qu'elle est timide et elle comprend l'adjectif comme un mal qui lui serait tombé dessus et nécessiterait un traitement : elle serait timide comme elle a attrapé la varicelle, en première année de maternelle. Il faut avouer qu'elle se cache lorsque ses parents reçoivent des amis – elle a dans l'idée que peu d'enfants agissent ainsi –, il y en a qu'elle n'aime vraiment pas : Jacques Depillet, Yvan Kern, Edwige Marbeau, des gens comme ça. S'il lui prend l'envie de sortir de sa cache pour affronter le monde, elle dit bonjour d'une voix de musaraigne et son père fait les gros yeux, elle déteste. Dis-le plus fort, gronde Maman, on ne t'entend pas, nos amis vont croire que tu ne les as pas salués. À côté de ça, certains, plus souvent certaines lui plaisent sans qu'elle sache pourquoi, elle les trouve gentils, voilà. Alors Lise se met à leur raconter l'intégralité de ce qui lui passe par la tête, c'est-à-dire beaucoup de choses et des farfelues, selon ce qu'a écrit la maîtresse de CP dans son carnet. Mais elle peut aussi s'enfuir pour un mot qui a sonné trop fort à ses oreilles, pour un regard qu'elle n'apprécie pas. Elle redoute moins les animaux. Certains sont déplaisants ou dangereux mais aucun n'est capable de faire semblant d'être gentil. Aussi Lise en a-t-elle tiré cette règle que, si les bêtes sont honnêtes et certains humains sournois, comme la plupart des adultes qu'elle connaît craignent les bestioles, surtout les grandes, les grosses, les dégoûtantes, alors celles-ci pourront la protéger de ceux-là. Et elle rapporte des serpents vivants à la maison au grand dam de ses parents, caresse de l'index les araignées chasseuses du jardin ou elle décrète d'un ton solennel que chaque crapaud rencontré est un ami de longue date dont elle aime les yeux tristes et pensifs. Lise en a déjà embrassé, pour voir.

Elle apprécie qu'on loue son amour pour la nature et qu'on dise qu'il lui vient de sa mère. Quand on lui demande ce qu'Élisa fait dans la vie, Lise répond : elle fait son jardin. Maman sourit, elle préfère cette occupation-là à la mention « sans profession » qui la met en rage, et c'est vrai qu'elle consacre une partie de son temps d'« épouse-et-mère », autre expression qui la navre, au vaste jardin qui sépare la maison de la rue, à l'abri du bruit et des regards. Un jour, à la pharmacie, Lise l'a entendue parler à une voisine d'une école du paysage où elle avait étudié, avant. Avant quoi ? s'est demandé Lise qui a imaginé sa mère, allongée dans le vert tendre d'un tableau ancien. Mais elle n'a pas posé de questions car elle a compris – à quoi ? – qu'Élisa n'en avait pas envie, que cela pourrait lui causer du chagrin. Maman a demandé à la pharmacienne de l'Aspro et de la Boldoflorine puis, ses achats réglés, elles sont rentrées chez elles. Lise a senti sa mère se détendre en longeant l'allée qui mène à la maison. Élisa regrette souvent que la construction semble avoir été posée là comme elle aurait pu l'être n'importe où. L'effet est renforcé par le fait que le bas des murs, bien net, échappe à toute végétation – Papa y veille, qui prétend que ça les abîme. Heureusement le jardin est dense et bien entretenu, planté de vieux arbres majestueux : il émane d'eux un calme apaisant, une féerie presque, et Lise se promène dans leur ombre en altesse. Pour ses six ans, Maman a fait construire un bassin d'une profondeur incertaine, donc lugubre, auprès duquel Lise passe des heures à imaginer quelles créatures pourraient le peupler, en plus des cinq carpes koï achetées en grande pompe à l'animalerie – un moment magique. En penchant son visage au-dessus de l'eau sombre, Lise distingue les reflets jaunes et noirs d'une salamandre géante, et les jours de grand vent, quand elle prête l'oreille, un brochet lui parle, un gentil, un poisson poli. Lise et sa mère s'entendent comme personne pour amadouer un chat hostile, caresser une vache au pré, dénicher des batraciens dans une mare ou sauver une guêpe de la noyade. Lise a compris tôt que, des mères comme ça, il y en a, mais pas tant que ça.

D'abord, l'opposition de leurs couleurs saute aux yeux : elle est aussi blonde à l'œil noir que Maman est brune au regard azur. Mais, sinon, tout le monde semble s'accorder à penser que Lise est, d'un format réduit et de teintes différentes, la réplique d'Élisa – elle ne s'en plaint pas : silhouette déliée, attaches fines et du dynamisme, un ressort qui leur confère à l'une et à l'autre beaucoup d'allure. Lise a souvent entendu vanter les yeux bleus de sa mère et ses cheveux de jais. Son petit menton volontaire lui donne quelque chose d'une actrice. Papa dit : Ma femme a du chien, et il la regarde avec admiration. Une amie de Maman a raconté que celle-ci, avec son côté bravache, avait fait chavirer Bernard Beaumont, ravi par tant de vitalité. Une expression triste pourtant passe parfois sur le visage d'Élisa, le temps d'un soupir. Lise adore imiter l'air mystérieux de sa mère.

Lise ! Lise ! Maman insiste.

Il faut y aller. Elle se lève.

J'arrive, Maman !

Lise aime son prénom même si elle préfère celui de sa mère. Lise, Élisa : la similitude lui plaît. Coincée entre le « é » et le « a », elle s'imagine être demeurée dans le ventre maternel protégée pour toujours, prête à venir s'y blottir, deux voyelles entre lesquelles apaiser un chagrin. Parfois elle décortique le prénom pour réciter en ritournelles : « Eh, Lise ! Ah ! », « Eh ! Lise ? Ah… » ou, très vite, « Et-Lise-a » en ajoutant, derrière, un bout de phrase : « Et-Lise-a sauté dans la crème anglaise », « Et-Lise-a galopé sur une limace rousse… » Laquelle est laquelle ?

La voix vient du petit verger.

Allez, Noun, viens. Soyez sages, les Playmo !

Lise se dirige à regret vers cette partie du jardin, la plus éloignée, derrière la maison. Élisa ne l'appellerait jamais en vain.

Tous ces plaisirs que Lise ne partage qu'avec sa mère. Lors de leurs siestes, l'été, sous le liquidambar, sur la couverture écossaise étalée, la petite radio noire dispense de la musique classique et Élisa lui raconte des histoires sur les compositeurs, les interprètes, les instruments, elle en sait des choses, Maman. Leurs promenades en forêt ravissent Lise ; avant Noun, elles en faisaient déjà, déchaussées dans la mousse, à l'affût de fleurs rares, pelotes de réjection et squelettes de feuilles comme découpés dans la dentelle.

Lise pose doucement ses orteils sur le gravier. Pour rejoindre le verger, il faut traverser l'allée qui mène à la maison, c'est obligé. La bande caillouteuse n'est pas large mais Lise ne tente même pas de la sauter, elle ne parviendrait pas à atteindre l'herbe de l'autre côté, et elle pourrait se blesser. Habituée à marcher pieds nus, elle avance pourtant avec précaution : certains graviers sont tranchants. Elle préfère mille fois la terre humide que le soleil de juin a déjà chauffée ; elle aime sentir la substance brune s'agglutiner par petits bouts entre ses orteils. Élisa et Lise remisent leurs chaussures dès que le temps le permet, selon l'adage décrété plusieurs fois par jour : « L'été, les pieds sont en liberté. » Dommage que la pratique, qui court du début du printemps aux premiers froids d'automne, agace Papa. Il ne manque pas une occasion de rappeler les ruses de la nature : piqûres d'insectes invisibles, rampants au mordant venimeux et de toute façon saletés, pourritures et pointes cachées sous les herbes. La nature est fourbe, assène-t-il, méfiez-vous ! Quand Lise s'énerve, Maman explique en riant que c'est sa façon à lui de signifier qu'il leur est indispensable. Mais Lise trouve l'avertissement d'autant plus idiot que, Bernard, en ce qui le concerne, ne craint pas les animaux. Même si, de toute évidence, il ne les aime pas trop. Sauf empaillés. Rien que d'y penser, Lise tremble : une tête de sanglier orne le mur en face de son bureau et un blaireau debout sur ses pattes arrière sert de porte-parapluies. Elle les déteste. Avant Noun, c'est simple : elle évitait d'entrer dans la pièce lorsque son père n'était pas là. Sur le bureau, surtout, une vipère juchée sur une tige menace le pot à crayons, comme si le serpent allait se jeter sur un Bic, ou, juste à côté, sur le Minitel. La vipère naturalisée la glace ; régulièrement elle croit voir sa queue fine osciller. Très lentement, imperceptiblement, elle en jurerait. De ses deux barres verticales qui lui tiennent lieu de pupilles, la vipère la nargue. Au moins, maintenant que Lise a grandi, le serpent posé sur le bureau ne la surplombe plus. Alors parfois Lise s'arme de courage et s'approche, elle se concentre sur les zigzags noirs dessinés jusqu'à l'extrémité pointue ; si jamais ils se mettaient à remuer, elle serait confortée dans l'idée que la vipère représente un danger. Quand elle sent la panique la gagner, elle dirige son attention sur le Minitel. Papa a rapporté le cube gris il n'y a pas longtemps – un objet expérimental, s'est-il rengorgé. Lise quant à elle trouve l'appareil intéressant : sa couleur terreuse est curieusement assortie à celle des animaux empaillés, et le logo PTT collé sur le capot lui plaît. Mais ce qu'elle préfère, c'est le bruit de la connexion : un son venu de l'espace, un sifflement comme elle n'en avait jamais entendu, avant.

Comme Lise se rapproche du verger, elle détecte aux intonations de sa mère l'excitation caractéristique d'une trouvaille. Un caillou pointu lui meurtrit un doigt de pied, tant pis, elle accélère.

Maman tient dans ses mains un jeune merle incapable de voler. L'oiseau brun clair strié de gris a eu de la chance de ne pas se faire croquer : les chats voisins sont des criminels accomplis. Il fixe ses sauveteuses, apeuré. Ses yeux noirs ressortent, comme deux épingles piquées dans les plumes encore duveteuses de sa tête marron glacé. Son bec, court et pâle, claque par saccades. Élisa dépose l'oiseau dans un vieux nid coincé contre la gouttière, en hauteur, hors d'atteinte. Vu d'en bas, on le dirait embarqué dans un vaisseau spatial. Lise court chercher ses Playmobil pour pouvoir le veiller pendant que Maman, elle, retourne à ses fruitiers. Le merle s'apaise peu à peu. Il ferme les yeux. Lise appelle sa mère. Ne t'inquiète pas, il dort. Sa chute l'a choqué. Que d'émotions, pour un merleau.

Plusieurs fois par jour, grimpée sur son escabelle, un fascinant marchepied à une marche dépliante que sa mère emporte toujours avec elle au jardin, Élisa nourrit le merle d'un pâté de graines maison, elle s'est renseignée auprès de la Ligue de protection des oiseaux. Le passereau reprend des forces et jase à leur approche. Lise et Maman sont aux anges. Papa, lui, s'énerve : tout ça pour un merle. Lise sent sa joie se ratatiner comme la sensitive qu'on effleure. Mais Maman hausse les épaules en souriant : laisse, ma chérie. Quand même. Cette voix que prend Bernard en constatant qu'Élisa est encore occupée auprès de son protégé. Lise déteste son ton brutal. Elle doit quand même reconnaître que cette dureté l'amuse ; c'est vrai qu'elle se sent minuscule, livrée au bon vouloir de ce géant qu'elle appelle Papa. Il se montre si tendre et si inventif. Dans la Lancia qui fonce, il la prend sur ses genoux et lui fait tourner le volant. Dès que les pieds de Lise atteindront les pédales, il lui apprendra à conduire, promis, contre l'avis de Maman – On s'en fout, il dit. Et Lise rougit, mais elle rit. Leurs parties de cache-cache, aussi, la réconfortent à la moindre peine ; son père trouve toujours des histoires nouvelles pour qu'il devienne indispensable de ne pas se faire voir.

Le merle est sauvé. Il faut néanmoins continuer de le nourrir haut perché et Bernard se met à manifester son inquiétude pour sa femme. Lise pense qu'il y a un rapport : elle aperçoit son père, un matin aux aurores dans le verger, penché sur l'escabelle d'Élisa dont il a l'air de revisser un pied. Le soleil est à peine levé, il fait frais. Mais Lise est sortie de son lit, elle ne saurait pas dire pourquoi : il le fallait, c'est tout. Elle s'approche. Papa ne semble pas la voir. Les muscles des bras de son père montent et descendent. Sans lever les yeux, il demande :

— Coucou ma puce, qu'est-ce que tu fais là ?

Comme quoi.

Lise voudrait son petit-déjeuner.

On crie dans la maison.

Lise accourt, Papa suit.

Dans la pénombre de la cuisine, Élisa toute chiffonnée de sommeil se dévisse le cou pour regarder, horrifiée, son épaule boursouflée. Une araignée, pronostique Bernard. Maman gémit, douloureuse. C'est la première fois qu'elle se fait mordre. Il n'y a là rien d'agréable, mais Lise ne comprend pas pourquoi sa mère en fait tout un plat : Élisa n'est pas de ce genre-là. Tant de choses semblent bizarres, ces temps-ci. Maman surveille Papa : ce qu'il fait, quand il rentre, qui il voit. Et lui, pendant ce temps, ne peut pas s'empêcher de complimenter certaines de leurs connaissances, ou des amies à lui, parfois, qui passent à la maison. Lise les trouve débiles : quand il leur parle, elles se trémoussent. Le genre à avoir peur de tout. Maman aussi a noté le manège de ces frétillantes : quand elle les regarde, ses yeux ont l'air de lancer des fléchettes. Empoisonnées. C'est qu'Élisa n'est pas comme ça, elle. Bernard badigeonne de Phénergan l'épaule gonflée, Lise reconnaît le tube vert et blanc. Maman sursaute, sourcils froncés, lèvres pâles.

En tout cas elle n'était pas comme ça, avant.

Avant quand ?

Lise réfléchit.

Avant le séjour au gîte. Oui. Ça date de là.

Un matin, le merle s'envole. Lise est fière. Le même jour Élisa tombe en s'asseyant sur l'escabelle, sans mal heureusement, les quatre fers en l'air. Lise y repense peu après, quand sa mère tue une épeire qui patinait dans l'évier : aplatie, la bestiole, d'un coup de torchon distrait. Sa mère lui a pourtant expliqué l'utilité des araignées. En d'autres temps, elle aurait sauvé l'épeire. Quelque chose a changé. Et pas en bien. Maman semble moins vigoureuse qu'avant. D'ailleurs, elle s'est mise à jardiner avec des gants pour préserver, soi-disant, ses mains des ravages des épines, de la terre et du temps.

Un après-midi, Élisa sort sa longue suspension en macramé dans laquelle pousse un bégonia : de temps en temps, il faut supprimer ses fleurs fanées. Mais voilà que, gantée et sécateur en l'air, elle chasse un chat occupé à fourrager une plate-bande proche. D'ordinaire Maman l'aurait appelé, et l'animal ne se serait pas fait prier.

Lise se met à guetter sa mère.

5

Lise trébuche en descendant de la Lancia, elle tâche d'oublier que Noun n'est pas à ses côtés. Le parking est immense, elle ne l'imaginait pas comme ça. C'est une bonne chose que la voiture soit de couleur brique, un genre d'orange repérable. Lise s'agrippe où elle peut, non, pas dans la charnière de la portière : c'est dangereux, sa mère le lui a cent fois répété. Alors elle se raccroche à l'idée que son chien l'attend à la maison, ce soir elle le retrouvera. Maman a promis à Lise qu'elle lui montrerait l'image du gâteau qu'elle compte faire, son anniversaire tombe quelques jours après la rentrée : Ssssept ans le disss-sssept sssseptembre 81, Lise fait siffler les chiffres avec sa langue, ça rend bien.

Dommage que son père soit encore rentré tard. Déjà qu'elle ne le voit que le soir. Ça n'est pas qu'elle n'aime pas déjeuner avec sa mère : tous les jours, Élisa lui cuisine les plats qu'elle préfère, jambon purée ou du steak haché et des pâtes alphabet. Mais parfois elle aimerait bien manger à la cantine, avec ses copines. Elle n'ose pas demander, elle a dans l'idée que sa mère n'apprécierait pas, Lise s'en voudrait de laisser Maman déjeuner seule, en fait, c'est ça.

Surtout, Lise voudrait voir son père plus souvent. Bien sûr, elle adore les mots qu'il lui laisse quand il sait qu'il ne rentrera pas à temps pour la voir. Il écrit toujours ses messages sur les mêmes feuilles, bleues, que Lise retrouve pliées un peu partout dans sa chambre : sur son bureau ou sous son oreiller, entre les draps, dans la poche d'un imper ou d'un cardigan. En certaines occasions Papa lui adresse un vrai courrier glissé dans une enveloppe. Toujours du même bleu, il n'en change pas. Et Lise relit chaque lettre plusieurs fois.

Papa attrape Lise par la main et l'entraîne vers un bâtiment sans fenêtre, tout gris à l'exception de quelques triangles rouges, peints dans un coin de la façade de métal. Bernard ouvre une petite porte, Lise ne l'avait pas remarquée : l'ouverture à taille humaine est elle-même découpée dans la paroi pivotante, grande comme une maison, qui se découpe sur le mur immense.

Quand même. Même au marché, le samedi matin, son père les accompagne de moins en moins souvent. Son travail l'accapare, Maman et lui se disputent à ce sujet. Mais Lise sourit en jetant un coup d'œil à Papa : aujourd'hui, ils ne se quitteront pas.

Un vacarme métallique s'échappe de l'usine, comme une armée cuirassée qui assaillerait Lise.

L'usine de Bernard, elle s'y rend pour la première fois.

La Lancia a traversé la ville pour y arriver. Lise a regardé par les fenêtres des pavillons, des gens se préparaient pour aller travailler, on aurait dit une photo : rien qu'un geste figé, un court instant mais elle pouvait les distinguer. Puis la voiture s'est engagée dans un autre quartier, elle a longé des cubes à habiter posés dans des prairies plutôt que des jardins, et des barres d'immeubles en béton blanc, aux formes nettes et fenêtres horizontales, pareilles à des tablettes de Galak géantes.

Lise était déjà passée devant l'usine mais n'y était jamais entrée. La maîtresse est malade, ce matin. Maman aussi. Qu'est-ce qu'elle a ? Lise ne sait pas mais elle ne demandera pas ; elle trempait avec précaution sa biscotte dans son lait quand son père a décrété qu'elle l'accompagnerait. Maman n'est pas bien en ce moment. Depuis plusieurs jours – quelques semaines ? –, elle souffre de maux de ventre inexpliqués. Blanche, visage crispé, bras croisés, elle comprime son abdomen. À chaque fois, elle doit s'allonger sur le canapé ou dans son lit, porte fermée, rideaux tirés, et Lise est tenue de chuchoter. Personne n'a le droit de déranger Maman. Lise déteste son isolement.

Papa la tire à l'intérieur du bâtiment. Elle regimbe avant de céder : elle n'est pas sûre d'avoir envie d'entrer. Bien sûr c'est une aventure, mais à laquelle Noun n'a pas été convié. Et l'idée de se rendre, sans son chien, dans un endroit inconnu si bruyant ne la tente pas. Avec lui, plus rien n'est effrayant. Même les ogres et les sorcières qui impressionnaient tant Lise ne lui font plus peur. Que son père exige qu'on lui lise les contes de Perrault et de Grimm dans leur version intégrale n'a rien arrangé : il est hors de question, Élisa, que tu lises à Lise des abrégés. Quelle horreur quand une sœur de Cendrillon se tranche exprès le pied au hachoir pour pouvoir l'introduire dans la pantoufle de vair. Ou quand la reine mère de la Belle au Bois dormant se jette dans la cuve grouillant de serpents. Mais tout ça, avec Noun, terminé. Quand l'évocation d'un sévice lui donne la nausée, Lise se colle contre son chien ; un antidote à l'horreur si efficace qu'elle se délecte maintenant des pires atrocités. Le soir, en y repensant, yeux grands ouverts dans l'obscurité, elle appelle Noun. Son chien arrive dans l'instant, Lise écarte les draps, ses parents seraient furieux. C'est dégoûtant, tempêterait Maman ; la place d'un chien n'est pas là, gronderait Papa. Mais le dogue, qui connaît très bien sa place justement, n'hésite pas : il saute directement, Viens ici mon tout-petit, s'allonge à ses côtés, grosse tête contre petit cou, Lise rabat la couverture, elle s'endort rassurée. Et Noun sait d'instinct jusqu'à quand demeurer auprès d'elle, à quelle heure du petit matin il deviendrait périlleux de rester.

Papa installe Lise dans son bureau à une table de fer, le siège est un peu bas ; il lui montre comment le régler, la grosse vis monte et descend. Lise sort ses crayons, son livre de coloriages. Elle entend son père donner des ordres sèchement. Il fait des blagues parfois mais, avec lui, les choses ne traînent pas. Les coloriages ne sont pas tous jolis mais le bloc est neuf – pourquoi la sensation d'entamer un paquet de feuilles se révèle-t-elle délicieuse ?

Le téléphone sonne.

En entrant, la femme qui travaille dans la pièce à côté lâche une pile de dossiers.

Son père rit en décrochant le combiné, la fille rougit, Lise descend du tabouret pour l'aider à ramasser les pages éparpillées. Lise est sûre que son père parle de cette femme quand il discute au téléphone. Bernard dit qu'il aime bien comme elle est habillée et Lise entend le combiné ricaner. Elle regarde la fille agenouillée, ses grandes jambes tremblent sous son collant fin noir. Papa la regarde gentiment. Finalement la fille sourit. Lise aussi. Au téléphone la conversation se poursuit :

— Tu en es où avec l'embauche des nouvelles, à l'approvisionnement ?

La réponse au bout du fil n'est pas claire, une voix d'homme semble-t-il, Lise entend mal. Bernard s'esclaffe :

— Tu m'en mettras deux ! Deux beaux choux à la crème.

Lise ne voit pas le rapport. Mais elle imagine les friandises pâtissières, rondes et dorées, éclaboussées de crème, la discussion fait saliver. Bernard Beaumont se lève d'un bond en raccrochant le téléphone : Allez, ma puce, viens. Lise peine à le suivre, il descend presque en courant l'escalier métallique, Attends-moi, Papa. Son père qui fait un pas quand elle en trébuche six,

Ne me perds pas. Elle ne le quitte pas des yeux dans la forêt de machines qui la surplombent, gigantesques. Un craquement lugubre résonne, dans le bâtiment l'écho l'amplifie. Si seulement Noun.

— Bonjour Annie, bonjour Valérie !

Papa cavale dans le dédale des machines et des piles de cartons, plein d'entrain, il connaît toutes les ouvrières, ses petites chéries comme il dit, il les appelle par leur prénom. Et chacune lui répond Bonjour Bernard dans un tel unisson que le cœur de Lise se gonfle de toute cette gloire paternelle récoltée. Une ouvrière les salue, si minuscule que, de loin, Lise a d'abord cru que c'était une fille de l'école. Blonde et menue, la jeune femme est haute comme trois pommes, c'est son père qui lui a appris l'expression. Quand il l'a prononcée devant Lise la première fois, la formule lui a évoqué un parfum acidulé sucré, une peau rosée de Reine des reinettes ou d'Ariane, une pomme comme ça. La petite ouvrière leur sourit, l'espace d'un instant l'éclat de sa gentillesse couvre le vacarme oppressant. Le crissement des scies industrielles est épouvantable. Si Papa n'était pas à ses côtés, c'est simple, Lise s'enfuirait. De part et d'autre des travées elle se sent piégée par les machines : de hautes structures de métal, enchevêtrement de rouages et de piques ou intégralement lisses au contraire, de toute façon incompréhensibles, et d'autant plus menaçantes. Il n'y a pas lieu d'exagérer, les lignes de production sont dangereuses, Papa lui a formellement interdit de s'approcher de la plus inoffensive d'entre elles. Car impossible de discerner à vue d'œil le péril inhérent à leur fonctionnement, insoutenable chaleur, lames tranchantes, haute cadence ou courant électrique mortel. Lise tient fermement la main de son père et se concentre sur la ligne jaune tracée au sol, un itinéraire censé les protéger de tous les engins qui déboulent et roulent à fond de train dans les travées.

Justement. Un chariot les double en pétaradant. Bernard tire brusquement Lise par le bras : 'tention, ma puce. Son épaule la lance mais elle préfère encore la douleur. Une autre ouvrière apparaît qui ne porte pas l'uniforme clair comme ses collègues – les autres petites chéries. Elle est brune, la peau mate, très jolie. Sous son tee-shirt blanc Lise lui voit le soutien-gorge. Ses lèvres rouges et rondes s'étirent, l'ouvrière adresse un sourire charnu à Papa, un pas du tout semblable à celui que la fille haute comme trois pommes a esquissé tout à l'heure. Les rencontres se succèdent au détour des travées, certaines employées, tout sourire, font leur belle quand d'autres baissent les yeux, profil bas, serait-ce de la timidité ? Quelques hommes s'affairent aux machines, aussi. Tous, Bernard les salue, d'un signe de tête ou de la main, Ça va, Jean-Yves ? Au poil, Bernard, au poil. Salut Thierry, n'oublie pas de passer me voir. Ah ça, je n'y manquerai pas. Tous ont l'air d'adorer son père. Bernard Beaumont est un patron aimé.

Papa et elle rejoignent un groupe d'hommes discutant fort. Ils sont quatre, debout, au milieu d'une travée. À l'oreille, elle croit distinguer celui avec qui son père discutait tout à l'heure au téléphone, Lise est sûre de reconnaître sa voix. Elle comprend de qui il s'agit, elle a déjà entendu parler de lui : c'est le contremaître, son bras droit, l'appelle Papa. L'ouvrière au fin tee-shirt blanc repasse devant eux. Continuant de parler, les quatre hommes se tournent vers elle, la suivent des yeux, elle marche vite pourtant mais ils la fixent au ralenti – drôle de façon de faire –, leurs regards se font pressants, ils glissent sur sa peau lisse comme la Chantilly sur le banana split de Maman, Lise secoue la tête, elle ne sait pas pourquoi mais ça la peine de penser à Élisa, là, maintenant. Elle sent qu'on l'observe.

— Tu es mignonne, s'exclame le bras droit en lui caressant la joue. Un vrai petit chou.

Lise se fige, elle n'apprécie pas du tout ça. L'homme continue. Alors, comme l'araignée qu'on agace, elle fait la morte. Reine de l'immobilité. Elle scrute la main qui l'a touchée puis la manche de son père, en tâchant de se représenter de quelle façon le bras droit pourrait s'en détacher. Le contremaître lui sourit. Lise se cramponne aux cuisses paternelles, le tissu du pantalon est rêche mais elle s'y colle quand même. Soudain le groupe la remarque. Pire : ils s'arrêtent de parler. Si seulement ces messieurs pouvaient l'ignorer. Le plus discrètement qu'elle peut, Lise lève la tête, Tu es là, Papa ? Malheureusement, oui, et il la regarde avec sévérité, Allons Lise, sois gentille, réponds poliment, tu veux ? Les hommes se mettent à rire, leurs éclats se fondent en une vague de hahaaa assourdissants, gonflés par le souffle des machines qui les entourent. Lise n'ose pas se boucher les oreilles. Ferme les yeux. Noun ! Noun ! chuchote-t-elle à voix basse. Une peccadille sonore dans le tintamarre de l'usine mais, pour elle, un trésor. Elle implore que son chien vienne. En pensée elle parvient à le convoquer : le molosse s'installe sur son dos, Lise allongée à plat ventre sur la ligne jaune d'une travée se cache, disparaît sous le chien gigantesque, son nounours à dents qui la recouvrirait tout entière, parfaitement dissimulée, invisible aux regards.

De retour dans le bureau de son père, elle se réinstalle à la petite table de métal, même la grosse vis sous ses fesses lui paraît préférable aux machines qui grondent en bas. Si seulement elle pouvait être en train d'écouter la radio avec Maman, quelque chose de joyeux, *La Marche turque,* une musique comme ça. Elle ne sortira pas d'ici jusqu'à l'heure du retour, que Bernard le tienne pour acquis, elle aime bien quand Élisa dit ça, elle prend une voix de souris.

Une ouvrière entre et d'un coup l'air n'est plus si doux, comme s'il faisait froid. Son père invite la femme à entrer – elle est plus âgée que les autres, Lise ne dirait jamais d'elle qu'elle est une fille – et d'un geste plein d'entrain, il lui désigne une chaise :

— Je t'en prie, Fanny. Alors, qu'est-ce qui se passe ?

L'ouvrière se penche en avant, au fur et à mesure qu'elle parle sa voix devient cassante, Papa se redresse. Il pousse un grand soupir et, l'œil amusé, sourire en coin, il interpelle Fanny d'un air coquin :

— Allons, Fanny, l'équipe est soudée, l'ambiance sympa. Ce serait dommage de tout gâcher, tu ne crois pas ?

La femme le fixe sans un mot. Elle marmonne qu'on va en reparler et se lève en prenant son temps.

— Ce sera par courrier, assène-t-elle.

Et Lise devine que ce ne sera pas une lettre bleue. Bernard la suit des yeux, il n'a plus du tout l'air coquin. L'ouvrière laisse la porte se refermer toute seule derrière elle, Lise est rassurée d'entendre ses pas s'éloigner. Le vacarme ambiant amortit le bruit de succion de ses semelles épaisses.

Papa redescend au niveau de la production. Sans Lise, cette fois. Bien contente de ne pas être forcée d'y retourner, elle dessine Noun. Zut, elle a oublié ses ciseaux, mais Papa, lui, doit en avoir. Elle parcourt des yeux l'immense table de travail. Dans un tiroir, peut-être ? Lise descend du tabouret avec précaution, quand il tourne sur lui-même le siège pourrait la déstabiliser. Elle se dirige vers une pile de tiroirs, son père ne serait pas trop d'accord, tant pis, elle ouvre le premier. Que va-t-elle y trouver ? Il est si excitant de fouiller. Des trombones en forme de cœur, un petit paquet de papiers jaunes autocollants. C'est quoi ce truc : la photo en noir et blanc d'une jolie dame aux yeux bizarres, on dirait qu'elle regarde par-dessous son regard. L'image est belle, classieuse dirait Maman, deux mots sont inscrits en bas à droite, Lise déchiffre un grand H, Har… quelque chose, elle a du mal à lire l'écriture penchée. Elle repose la photo cartonnée.

Encore des stylos. Gagné : un cutter et des ciseaux. Papa revient. Lise entend l'escalier métallique grincer, en hâte elle referme le tiroir. Drôle de photo, quand même ; elle aimerait continuer à l'examiner. Mais elle saute sur le tabouret, Ouf, elle n'est pas tombée. Bernard entre dans la pièce, sans un mot ni un regard pour elle. Lise sagement est en train de découper une feuille de son cahier. Elle va dessiner son chien gigantesque, il prendra toute la place, il va lui en falloir, du marron. À condition de s'appliquer elle sait maintenant très bien comment représenter Noun. Maman le lui a montré.

Comme Lise lève le nez, elle voit par la longue fenêtre horizontale qu'il est tard, elle cherche des yeux la Lancia, s'inquiète de ne pas la repérer, Mais qu'elle est bête : le parking est de l'autre côté. La nuit ne va pas tarder. Ça tombe bien, son dessin est terminé. Le portrait de Noun s'étale, à gros traits mais bien tracé, parfaitement reconnaissable sur la feuille de papier. Quand la femme qui travaille dans le petit bureau, à côté, se lève pour partir, Bernard lui a dit qu'elle pouvait, que pour lui c'était terminé, Lise fait pivoter le tabouret à vis et en descend pour lui présenter son œuvre. La fille aux grandes jambes ferme son manteau, c'est dommage il cache son collant fin ; elle s'approche du bureau, de près Lise la trouve encore plus jolie mais elle aime moins son parfum. La jeune femme la complimente longuement, elle dit deviner qu'il s'agit d'un très gros animal. Lise la sent gênée. Ça se voit que la fille a envie de déguerpir mais Lise s'empêtre dans ses explications, Comment faire pour terminer la discussion.

Elle sort de l'usine en début de soirée, fermement accrochée à la main de son père. De son autre main, enfoncée serrée dans la poche de son blouson, elle touche le rouge à lèvres bonbon qu'il lui a offert. Elle adore le goût du sucre un peu piquant, elle commence toujours par sucer le bâtonnet, elle lui remet dessus le capuchon, celui-là est vert, sa couleur préférée. Vient toujours un moment où Lise n'y tient plus et croque : en quelques instants le bâton sucré disparaît. Ne reste alors que le petit cylindre de plastique, elle ne sait pas trop qu'en faire mais ne veut jamais le jeter. Il n'y avait plus personne dans les travées, sauf le contremaître qui d'un signe de la main les a salués, et la jolie ouvrière au tee-shirt transparent. Hâte de retrouver Maman. Sur le parking Lise accélère, on dirait que Noun courrait à ses côtés. Papa la félicite : elle a été sage, comme une image, et Lise se redresse, cœur serré. Mais la fierté n'y est pour rien, contrairement à ce que son père semble penser. C'est que, rendue à l'air libre, à sentir le vent dans ses cheveux, elle exulte : depuis longtemps déjà, son esprit a quitté les lieux. Elle n'aura plus peur de retourner à l'usine. Ça tombe bien : en l'installant à l'arrière de la Lancia, entre deux baisers, Papa lui souffle qu'elle reviendra sans doute souvent.

6

Penchée à sa fenêtre au risque de basculer, Lise observe les allées et venues des déménageurs, curieuse de découvrir les nouveaux occupants de la maison d'à côté, elle a si longtemps été inhabitée. Une volée de cartons précède une table basse marron curieusement profilée, deux fauteuils fleuris roses et un piano droit passent cahin-caha la porte d'entrée, puis une femme, dont Lise ne distingue d'abord que les longs cheveux châtains, franchit le seuil de la maison. Quelques minutes plus tard la fille réapparaît en pleine lumière, et voilà que sa main blanche s'agite selon un gracieux mouvement de moulinet, C'est pas vrai : la jeune femme lui adresse un petit signe. Elle est à peu près du même âge que Maman. Plus jeune, en fait. Lise lui trouve un air de fée. L'instant d'après elle s'évanouit à nouveau dans l'ombre de son nouveau logis. Lise se dévisse la tête. Elle suffoque en s'inclinant par-dessus la rambarde pour mieux regarder. Le temps passe sans que rien ne bouge à côté. Un souffle imperceptible fait onduler les jeunes feuilles des grands arbres, accrochées aux branches ; on dirait qu'elles ont peur de tomber. Juste au-dessous de Lise, à l'aplomb de sa fenêtre, les fougères commencent à se déployer, enroulées sur elles-mêmes comme une bande de najas dressés. Dépitée, Lise se rabat sur le spectacle des merles qui soulèvent, pleins d'espoir, la mousse percée de part en part par les bulbes. Émergés de leur lit de terre, muscaris, jacinthes et fritillaires annoncent, fièrement et en couleurs, la venue du printemps.

Collée à la leur, la maison dans laquelle s'est engouffrée la jolie femme est plus étroite que celle des Beaumont. Lise n'y est jamais entrée mais elle sait qu'il y a une chambre contre la sienne. Pendant plusieurs semaines, des travaux de rénovation ont réveillé le bâtiment à l'abandon, Lise entendait gratter, scier, marteler de l'autre côté de la cloison. En voyant un matelas emballé suivi d'un grand sommier passer avec difficulté – elle entend les déménageurs râler –, elle tâche de se figurer comment la voisine va aménager sa chambre à coucher, s'il y a de la moquette au sol et du papier peint sur les murs, ce qu'il peut représenter. Dans la sienne, le papier rouge ancien dessine des moutons et des bergers, au repos ou en train de marcher, tous éparpillés devant des buissons. Lise aime penser à ce qu'ils font, une fois la nuit tombée : peut-être un mouton s'enfuit-il, une bergère court-elle se cacher. Papa déteste le vieux papier, régulièrement il se met en tête de le changer. Heureusement Maman lui répond, toujours calme, comme si ça n'était pas important : on s'en occupera à la rentrée, Bernard, à l'automne prochain ou à Noël peut-être bien. Et Lise sait que ce ne sera jamais le moment, qu'il y aura toujours quelque chose de plus urgent à faire, avant.

De sa fenêtre elle devine, plus qu'elle ne voit, la porte d'entrée de la nouvelle voisine. Le ballet du mobilier a repris. Par sa bouche goulue, la maison d'à côté aspire un à un les meubles entreposés sur le perron, tandis que les cartons sont défaits, pliés, recrachés. Lise suit le festin de la maison. Une maison rénovée, pimpante, en bonne santé. Si la jeune femme pouvait apparaître à nouveau, pourraient-elles se parler ? Paupières clignotantes, Lise passe la lumière fraîche au tamis de ses cils. La voix de Maman, curieusement métallique, rompt le cheminement des rayons. Lise sursaute : sa mère est entrée dans sa chambre, elle ne l'avait pas entendue, ouh là tu m'as fait peur, Maman. Élisa assène :

— Ferme cette fenêtre, Lise, tu vas prendre froid.

— Mais, Maman, je regarde le déménagement…

— C'est comme ça. Tu fais ce que je te dis.

Sa mère amorce un demi-tour et fait un pas vers le palier. Lise se dirige vers la fenêtre :

— Tu sais, la jeune femme qui est arrivée, elle est comme toi…

Noun se lève et remue la queue doucement. Lise hésite, mais pas longtemps :

— Elle a de jolis cheveux châtains. Très longs. Longs comme tu les avais, avant.

Rêve-t-elle ou sa mère s'est raidie ? Lise la regarde sans sourire : elle a été plus que déçue, bouleversée qu'Élisa se soit fait couper les cheveux, c'est tout récent. Elle a roulé des yeux horrifiés en voyant sa mère remonter l'allée, de retour de chez le coiffeur : de courtes mèches noires, pointues, ondulaient autour de ses joues, comme prêtes à repousser les câlins. Sur le coup, Lise n'a rien dit. Et Maman rien demandé. Alors que c'est quand même un changement, la nouvelle coupe d'une Maman.

Sa mère se tient toute droite et regarde fixement la rampe de l'escalier, la belle rampe de bois doré qui tourne en descendant vers le rez-de-chaussée. Mais qu'est-ce qu'elle a ? La rampe s'est transformée en serpent ou quoi ? Élisa se remet en mouvement. Sans se retourner, elle ajoute doucement :

— Allez, Lise, allez, ne discute pas !

Lise est toute décontenancée mais ferme la fenêtre, fille obéissante et muette. Maman a des remarques qui la prennent au dépourvu, parfois. Et puis sa mère passe à autre chose :

— Veux-tu qu'on aille faire un tour au bassin ? J'ai aperçu des guirlandes d'œufs de crapauds. Il est un peu tôt, l'année n'est pas très avancée mais des têtards sont peut-être déjà nés ?

Le samedi qui suit, l'école est fermée – c'est journée pédagogique –, Lise flâne à la maison. Elle est en train d'écouter les *Fabulettes* quand un autre refrain s'élève par-dessus la chanson. Elle se précipite sur son mange-disque, inquiète qu'il puisse être cassé, appuie sur le bouton, Fini la fête, Lise fait taire la mouchelette.

Mais l'autre mélodie continue, c'est un piano, elle reconnaît l'instrument, à la radio Maman et elle en écoutent souvent. Pour voir, Lise relance Anne Sylvestre ; puis à nouveau l'interrompt. Elle en est sûre dorénavant, les notes volettent, mais d'où vient cette musique ? Oui, c'est ça : la voisine est musicienne. Lise ne parvient pas à savoir où a été installé le piano, mais elle en perçoit si distinctement le son qu'elle croit deviner les ongles de la pianiste qui tapotent l'ivoire du clavier. Noun se lève, oreilles dressées. À son tour il s'immobilise, truffe arrimée au plafond, sûr qu'il les goberait bien, lui, toutes ces notes en suspension. Lise danse, le molosse malhabile la suit, de sa queue on dirait qu'il bat la mesure. Et la chambre se change en boîte à musique dont Noun et elle seraient les figurines toupies, condamnées à tournoyer.

Soudain le son change. Des notes piquées montent, hostiles. Martelées, accentuées, elles cognent aux murs à les faire vibrer, comme une myriade d'insectes à carapace qui se jetteraient tous ensemble contre une vitre. Troublée, Lise descend. Vous entendez ça ? Le piano, là, c'est quoi ? Son père pose bruyamment sa tasse à café dans l'évier et avance que c'est du Chostakovitch ou du Prokofiev, un Russe électrique en tout cas. La tension serait-elle contagieuse ? Élisa se met à repasser de façon saccadée, son agacement est perceptible. Dans l'autre maison les doigts de la musicienne galopent et cliquettent toujours sur le clavier, les notes grimpent et dégringolent, insistent sur la gamme, en rafales. La pianiste joue si vite qu'on croirait ses phalanges poursuivies par un monstre, c'est un concert-poursuite. Élisa pose son fer fumant et soupire :

— Il m'agace déjà, ce piano. On sort ?

Lise et son chien se retrouvent embarqués :

— Mais pour faire quoi, Maman ? Il est tôt !

Lise désapprouve cette manie qu'ont les grandes personnes de sortir à tout bout de champ. Maman sourit :

— Bah. Des courses !

Assise sur la première marche, dans l'entrée, Lise enfile ses tennis à scratchs, maussade. Elle sent de la poussière sous ses pieds, d'inhabituels moutons agglutinés sur les carreaux noirs et blancs, le ménage n'a pas l'air d'être le fort de Maman, en ce moment. Quand Lise se lève, chaussée, habillée, et sort, sa mère se tient déjà dehors. Du perron Élisa admire ses fleurs, le réveil du printemps la ravit, chaque année elle le dit. Lise lui décoche un regard : Maman a retrouvé ses joues roses et sa bonne humeur.

En fait de magasins ouverts, il n'y a que la boulangerie de l'Église et la librairie papeterie dont les rideaux ont été levés. Noun s'arrête et lève sa grosse tête pour humer l'odeur chaude, salée sucrée qui s'échappe de la fenêtre du fournil. Lise aussi se délecte et s'approche, surtout captivée par la vitrine derrière laquelle sont rangés les bocaux de bonbons, ordonnés par couleur. Quand sa mère sort de la boutique, Lise a droit à une viennoiserie, une aubaine, elle en glisse quelques miettes à Noun, lui aussi est convié au festin, et pourquoi pas.

Dans la librairie papeterie, au moins son chien peut entrer, d'autant qu'il sait se faire discret. Lise regarde les rayons encombrés de journaux. Maintenant qu'elle sait lire, elle peut déchiffrer les histoires sur les couvertures, en plus de regarder les photos. Que fait la fille toute nue ? Et sur cette autre revue, tout en bas des étagères, l'homme lui fait quoi, à la dame ? Lise n'ose pas demander mais elle est hypnotisée. Elle se sent tirée par la manche :

— Ne regarde pas ces journaux, Lise, ils ne sont pas pour toi, voyons.

Lise détourne les yeux. À regret, mais ce serait dur à expliquer. Papa en a des comme ça, lui, dans son bureau, elle en a vu parmi ses dossiers. La marchande de journaux prend un air sévère idiot, Lise déteste son regard. Élisa marque un temps d'arrêt, elle semble réfléchir. Elle se secoue les cheveux, un réflexe de quand elle les avait longs mais ça ne fait plus le même effet, et les entraîne, Noun et elle, au fond du magasin. À la suite de quoi Lise, étonnée, enchantée, se trouve gratifiée d'un journal qui n'a encore rien d'intime mais qu'elle guignait depuis longtemps : un grand carnet à la couverture rose plastifiée, ornée d'un chiot. Comble de la sophistication, l'objet est défendu par une serrure ET un cadenas métallique. Un faux métal, sûrement. Il n'en demeure pas moins que le journal est inviolable. Debout, arrêtée sur le trottoir, Lise l'ouvre, le ferme et le rouvre, elle caresse le papier blanc relevé de lignes roses et n'en revient toujours pas. Mais Maman appelle, il faut la rejoindre sans traîner. Lise marche tête haute, l'image du chiot serrée contre son cœur ; l'affinité avec Noun ne peut relever que de la magie. Dans le sillage de son chien immense elle se met à sautiller, comblée de félicité.

Quand tous trois rentrent à la maison, la matinée est bien entamée mais le son du piano tient toujours de la percussion. Lise retire ses tennis et s'interrompt, frappée par l'évidence : la voisine est une pianiste professionnelle. Quelle chance. Prise d'une migraine, Élisa monte se reposer. Lise en profite, elle se rechausse et s'esquive dans le jardin, Noun sur ses talons, elle s'approche du portail avec précaution. Interdiction de le franchir sans prévenir. Tant pis. Regard à gauche, à droite. Personne. Pour une fois elle désobéit. Elle court vers l'entrée du jardin voisin et avise la boîte aux lettres. L'inspecte. Satisfaite, elle rebrousse chemin, Allez, Noun, viens. Referme le portail derrière elle. Délicieuse, cette petite équipée en catimini. Lise est devenue espionne, quelle destinée.

Elle remonte dans sa chambre et s'assied à son bureau. Devant elle le carnet au chiot est posé, bien rangé, son trésor. Elle le contemple sans oser encore écrire dedans. Que va-t-elle pouvoir y noter ? Tout, elle racontera tout. Pour commencer elle inscrit le nom qu'elle a lu sur la boîte aux lettres de la nouvelle voisine. Maud Lainne. Elle s'applique à tracer les lettres, tout en écoutant le récital donné de l'autre côté de la cloison. C'est comme si, en son absence, sa chambre avait été réaménagée en salle de concert. Lise range son carnet, elle a l'idée d'un nouveau jeu qu'elle va appeler comme ça, justement : le concert. Elle saute de sa chaise et dispose sur le tapis, au pied de son lit, de petits carrés de papiers colorés. Puis elle bat le rappel. À la suite de quoi il lui faut encaisser une poignée de billets, dérobés à La Bonne Paye. Vite, le concert va commencer. Elle installe sur des sièges de fortune ses petits amis : peluches, poupons et quelques Playmobil triés sur le volet. Les invités de marque que sont Barbie Rêve d'or, un grand ourson malade et Léda, la poupée molle, ont droit à une chaise empruntée à la maison de poupée. Tandis que quelques autres sont posés, version strapontin de luxe, sur un coussin lilliputien. À la fin du morceau Lise donne le signal des applaudissements. La fête était magnifique, n'est-ce pas, Noun ? Puis chacun regagne son lit, sa boîte de rangement. De l'autre côté du mur, plus rien. Le concert est terminé.

Lise regarde son horloge, il n'est que onze heures, il reste une bonne heure avant le déjeuner, si le temps ne passe pas plus vite elle va s'ennuyer. Elle entend des pas, dehors, s'approche de la fenêtre. C'est Maud qui transporte un panier et des outils de jardinage, apparemment. Elle pose son barda au bord d'une platebande et s'agenouille. Lise se poste derrière ses rideaux, la voisine est drôle comme ça, qu'est-ce qu'elle fait ? Bien cachée, Lise espionne la jeune femme. La bonne idée : elle va écrire dans son carnet tout ce que fait la voisine, comme une vraie détective. Elle sent qu'elle va adorer.

Alors que son ventre commence à gargouiller, elle descend à la cuisine. Sa mère entre, Ça va, mon chat ? Tiens, Maman ? De retour parmi nous ? Lise a faim, c'est pas trop tôt. Sa mère attrape un bout de quiche dans le frigo, On finit les restes ? Et, machinalement, elle allume la radio. Lise n'a que le temps de reconnaître le morceau que Maud travaillait hier encore, ou le jour d'avant, la musique du Russe électrique. Maman lève les yeux au ciel et, d'un geste agacé, éteint le petit poste à piles.

— Bon, je sors jardiner.

— Maintenant, Maman ?

— Bah oui. Tu viens m'aider ?

Le grommellement de Lise est étouffé par la porte d'entrée qui claque à toute volée. La tête de Bernard apparaît dans la cuisine :

— Salut Élisa, tu sors ?

— Eh bien, oui. Quelques mauvaises herbes à arracher, figure-toi. Salut.

Sa mère sort avec un drôle d'air, qui n'échappe pas à son père. Papa suit Élisa des yeux, pensif. Puis il rassemble son énergie légendaire, Lise a mille fois observé comment il se redresse, baisse un peu la tête, épaules en avant, Bernard prêt pour la vie. Il se retourne et il sourit :

— Que veux-tu faire, ma Lise ?

À son tour il allume la radio et se met à danser en claquant des doigts, il l'aime bien, lui, le morceau que Maud jouait.

— On danse, ma puce ?

— Je préférerais qu'on fasse une crapette, Papa.

Il l'attire à lui.

— Oh, Papa, s'il te plaît.

— On a qu'à crapetter en dansant ?

Lise pouffe en tourbillonnant. Regard noir dardé sur elle, Ah ça c'est malin. Bernard la tient serrée contre lui. Faussement fâché, il la surplombe de toute sa hauteur. Mais Lise se dégage et s'affale sur le canapé :

— Non, crapettons, Papa. Allez. S'il te plaît.

— Ok, ma petite chérie, ça roule, mon trésor. Distribue les cartes. Je te préviens, je vais t'atomiser.

Le coup de sonnette retentit en plein déjeuner. Lise se renfrogne : déjà que sa mère est rentrée tard du jardin, alors qu'elle-même avait si faim. Il reste encore de la quiche. La pâte est un peu sèche. Maman s'agace : Vous n'allez pas m'en laisser, qui veut terminer ? On insiste à la porte d'entrée. À nouveau Élisa se fige, comme quand Lise avait évoqué les longs cheveux de la nouvelle voisine. Cette fois Maman fixe la crédence au-dessus des spatules et du bloc à couteaux. Pâlichonne, sa petite maman. Lise sort de table et se précipite à la porte. Qui est là ? Ah bah, justement : la jeune femme d'à côté lui sourit, ses longs cheveux marron clair lui descendent jusque sous les seins, ils encadrent son visage laiteux comme un petit-suisse, le contraste est lumineux, Lise apprécie. La voisine porte de grosses lunettes qui agrandissent ses yeux vert d'eau, le vert d'une eau douce mais pas pure, pareille à celle du bassin, dans le jardin.

— Salut. Ton papa ou ta maman sont là ? Moi, c'est Maud, ta voisine.

Comme le son de sa voix est flûté ! Lise n'ose pas dire à Maud qu'elle sait. Que son nom complet, même, elle le connaît. Noun flaire les jambes de la nouvelle venue.

— Il ne vous fera rien, assure Lise, inquiète de ce que son chien puisse effrayer une fée.

— Moi non plus.

Ça y est, Lise est apprivoisée. Elle laisse passer la jeune femme devant elle, Maud entre dans la cuisine, elle semble un peu fébrile. Lise se demande si elle n'est pas sur le point d'être malade, comme quand Maman dit, toi, tu me couves quelque chose. La fée explique qu'elle est désolée, mais qu'a-t-elle à se tortiller ? Vraiment, vraiment elle est désolée, encore que Lise ne lui trouve pas, elle, un air si navré.

— Auriez-vous un cruciforme par hasard, un tournevis que vous pourriez me prêter ? Avec tous ces cartons, pff. Impossible de remettre la main sur le mien.

Elle rit. La fée est une crâneuse, en fait, Lise est déçue mais ne croit pas se tromper. Maman n'a pas le temps d'ouvrir la bouche que déjà Bernard se lève et sort. Comme toujours, avec lui, c'est du rapide : le voilà qui réapparaît avec l'outil demandé. C'est fou comme il est prévenant, disent les gens.

— Venez, je vous raccompagne.

Voilà. C'est tout lui. Il s'efface pour laisser sortir la jeune femme et la suit dans le jardin. Lise les regarde s'éloigner, elle sent ses doigts poisser, il ne fait pas chaud pourtant mais elle va avoir besoin de se laver les mains. Un craquement la fait sursauter. Qu'est-ce que c'est ? Oh, mais attention, Maman. Élisa a lâché le petit poste noir, sa radio qui gît en pièces, complètement ouverte, disloquée.

Papa rentre assez tard de chez Maud, le dîner est déjà terminé, mais qu'est-ce qu'il faisait ? Il revient quand même s'asseoir à table, l'air affamé, et avise la radio. Son diagnostic est rapide : elle est irréparable. Il la jette sans hésiter.

7

Lise referme derrière elle la grille du jardin et regarde le ciel avec inquiétude. Aura-t-elle le temps d'atteindre le perron ? Elle croit sentir quelques gouttes, déjà. D'ordinaire, elle adorerait se faire le pari d'arriver à la maison avant la pluie : clic, clac, maison magique. Elle ramasse un bâton, un dernier pour son chien. Aucune envie, en fait, ni de rentrer ni de se presser. En sortant de l'école elle avait bon moral, pourtant ; elle a eu dix-huit en dictée, sa mère va sûrement la féliciter, Maman qui lui a dit qu'elle faisait un excellent CM2, la sixième s'annonce bien. Encore quelques mois avant son entrée au collège, en septembre 1985, Lise n'a pas du tout envie d'y être. C'est à cause de Noun. Ou, plutôt, c'est à cause de la façon dont les autres enfants regardent Noun.

Quand le chien et elle ont traversé le square caché derrière l'église, tout à l'heure, presque désert comme toutes les fins d'après-midi, un jeune type a fait un détour pour les accoster ; de loin, Lise a deviné son hostilité. Avec raison : descendu de son skate, visière de casquette pointée vers eux, il leur a dégainé un regard en harpon avant de cracher : chien de SS. Lise a failli s'étrangler, elle a voulu répliquer que non, tout le contraire, elle s'est renseignée : il retrouve les personnes disparues, son chien est un genre de Saint-Hubert. Noun justement a relevé la tête et, de son seul regard, a interrompu le type qui faisait mine d'en rajouter. Noun, son Noun. Rien de tout ça n'arrivait, avant. Quand elle était plus jeune, évidemment que les autres notaient la bizarrerie de leur duo, le dogue ne passe pas inaperçu. D'autant qu'ils ont vite été repérés, tous les deux, le matin et après le déjeuner : Noun accompagne Lise à l'école puis repart seul. Depuis peu, il vient aussi la chercher. Il n'y a pas à traverser, l'école est tout près. Quand même, c'est fort, pour un chien, Lise est fière. Elle a raconté à sa mère que dans les premiers temps où Noun le faisait, ses camarades étaient épatés. Mais comment l'animal avait-il pu apprendre le chemin ?

Maman a pris son air futé :

— Il le connaissait déjà.

— Comment ça, ne te moque pas de moi. Je ne vois pas comment…

— Tout petit, Noun a mémorisé ton odeur, ma Lise, il saurait te retrouver où que tu sois. Et puis on a fait le trajet mille fois, lui, toi et moi. Donc, le chemin, il le connaît depuis belle lurette, rien de bien compliqué pour un tel chien. Pour aller te chercher, *toi*, en plus, sa maîtresse adorée, je crois que tu pourrais aller étudier au-delà des Alpes qu'il te retrouverait. Tu es sa petite chérie…

Maman sourit :

— En plus d'être *ma* petite chérie.

— Mouais.

Lise a fait semblant de n'être qu'à demi-convaincue alors qu'elle se sentait gorgée de bonheur.

Mais aujourd'hui elle n'a pas le cœur à la fête. Parce qu'il est loin le temps heureux où les autres ne trouvaient rien à redire à son amitié avec Noun. Maman répète souvent que les enfants ont cette grâce, pour leur malheur parfois, de s'en tenir aux faits sans en tirer les conséquences. Elle dit vrai : jusqu'alors, les copains de l'école avaient accepté Lise ainsi, curieusement accompagnée. Le collège approchant, les jeunes de son entourage ont l'air de trouver suspect qu'une fille, pas grande en plus et drôlement fine, soit perpétuellement escortée d'un molosse qui pourrait la broyer. Tous, ou presque, ils la cherchent. Leur attitude a changé.

Va chercher, Noun ! Zut, Lise a mal lancé le bâton, il a failli atterrir dans l'aubépine que Maman aime tant. Mais le chien attrape la branche au vol, son coup de mâchoires est radical. Lise se baisse pour remettre la boucle de ses nu-pieds. Il ne pleut toujours pas. Exit le nazillon – son père adore ce mot –, n'y pensons plus. Le dogue dépose à ses pieds le bout de bois dentelé d'échardes et amputé. Cette fois elle le lui lance en essayant de viser correctement. Dégingandé mais rapide, Noun court, attrape, recommence, insatiable.

Lise ne l'aime pas autrement. Une goutte s'écrase sur son petit doigt de pied. En allongeant le pas, elle trébuche sur une binette laissée en plan. Si Élisa tient encore à peu près sa maison, elle néglige son jardin. Mouron, liseron, plantain envahissent l'allée. Les plates-bandes, ça fait longtemps, ont été dévorées. Les gouttes déferlent, Lise n'aurait pas dû mettre ses nu-pieds. Elle aime leur cuir blanc et que la semelle s'épaississe vers l'arrière, en vrai ce sont des sandales à talon. À tous les coups elle va les abîmer ; chaque mois d'avril elle commet la même erreur de ne pas résister au printemps. Le long du bassin elle se laisse frôler par le saule, mais elle prend garde au févier d'Amérique – l'arbre préféré de son père – aux épines dures comme des clous et aux longs doigts – quelques cosses géantes qui lui restent de l'année dernière et se déploient au-dessus de l'eau, tentaculaires. Les arbustes poussent tout en branches, avides de lumière. Lise elle-même fait sa fleur folle. Elle ne le fait pas exprès. Des mèches s'évadent de ses nattes broussailleuses, ses genoux sont perpétuellement couronnés et ses ongles douteux ; par ailleurs on le lui dit : Lise se délie, en insolence et toute en jambes. À son approche un rouge-gorge se tait, il plonge dans l'osmanthe au parfum sucrailleux, Lise tremble pour lui, les feuilles sont comme celles du houx, acérées. Elle ne sait pas ce qu'elle déteste le plus : sentir la pluie ou les gravillons s'immiscer entre ses orteils. Sans compter les graminées piquantes, avides de lui lécher les mollets. Derrière Noun, Lise presse le pas vers la maison. C'est fichu. Elle est trempée.

Tiens, la voiture de Papa. En plein milieu de l'après-midi ? Il rentre ? Déjà ? Lise se cache, sans raison, ça lui prend comme ça. Le céanothe fait une cachette idéale. Dissimulée derrière le buisson bleu, elle laisse passer la voiture qui s'arrête, quelques mètres plus loin. Papa sort. Un bruit de voix. Il n'est pas seul. Le docteur Miallet, peut-être ? La nuit dernière, Maman, taraudée par ses douleurs abdominales, s'est levée. Elle a trébuché sur une balle de Noun et s'est retrouvée à terre, juste devant la porte de la chambre de Lise, dans le petit couloir qu'elle n'avait pas pris la peine d'allumer, de toute façon l'ampoule est grillée. Il s'en est fallu de peu qu'elle ne glisse, à quelques centimètres près, dans l'escalier. Lise et Bernard ont été réveillés en sursaut. Son père s'est déchaîné contre Noun. Bon sang de clebs, ses balles traînent partout là où il ne faut pas. Vite émergée du sommeil, Lise s'est cabrée. Traînent ? Noun n'a pas trop de jouets et c'est elle, Lise, qui est chargée de les ranger. L'unique balle du molosse aurait échappé à son attention ? En attendant Maman s'est fait mal au dos, la chute ne va pas arranger sa fatigue. Elle est souvent patraque, ces temps-ci. Et elle semble avoir maigri. Même Bernard le dit.

Lise réfléchit. La pluie commence à la transpercer. Tant pis, être mouillée ne l'a jamais empêchée de penser.

Le mois dernier, Maman et elle flânaient au centre commercial, Élisa étrennait les bottes à hauts talons qu'elle venait d'acheter. À l'entrée d'une boutique, pas très stable, elle a vacillé pendant plusieurs secondes, en avant, en arrière, comme un culbuto, avant de se raccrocher in extremis, grimaçante, à la porte du magasin. Pour Lise, la honte que c'était. Un homme et une femme se sont précipités pour demander à sa mère si ça allait. En reprenant pied, devant leurs mines soucieuses Élisa s'est mise à rire, mais à rire, alors la femme et l'homme aussi se sont esclaffés, finalement Lise s'y est mise, tous quatre se gondolaient, ils ne pouvaient plus s'arrêter, autour d'eux le rire de Maman se propageait.

À cette pensée Lise se retient de glousser. Hors de question que son père ou quiconque la remarque. À espionner Maud chaque jour, ou presque, elle a acquis la capacité de se déplacer, furtive, d'un bout à l'autre du jardin ou de la maison ; la filature est devenue sa seconde nature, elle a l'âme détective et entend le rester.

Après le dangereux balancement de Maman au centre commercial, Lise s'est rendu compte qu'on trouvait Élisa charmante de se montrer si spontanée et apte à l'autodérision. Lise s'est réjouie. À y repenser, même, et sans qu'elle sache vraiment pourquoi, cette histoire l'a rassurée.

Ça n'est pas le docteur Miallet. Bernard contourne son engin pour ouvrir la portière à une jeune fille qui parle avec animation. Lise ne la connaît pas. Dommage, elle n'entend rien, avec cette pluie. Elle se recroqueville derrière le céanothe. L'eau lui dégouline dans le dos, même sa culotte est à tordre, Noun, ne te frotte pas. Son père sourit, mais la conversation ne dure pas : il pleut trop. Lise a le temps de constater que la fille, dix-sept, dix-huit ans, est assez maquillée. D'une façon plutôt jolie, même si Lise n'aime pas trop la couleur à ses lèvres, son rouge tire vers le rose bonbon, est-ce que certains lui ont dit qu'ils avaient envie de la croquer ? Lise aime bien la sensation d'enfoncer les dents dans ses babines. Le visage encastré dans les grappes, cils embrouillés, elle suit du regard les lèvres sucrées qui folâtrent quelques instants sous la pluie, avant de disparaître, diluées dans la grisaille. Elle ressuie l'eau des feuilles en sortant de derrière le buisson, elle n'est plus à une goutte près. Et ses nu-pieds sont bousillés.

— C'était qui ?

Son père se retourne, surpris :

— Bonsoir, ma puce. Mais tu es toute mouillée ! Tiens, mets ça, ne va pas prendre froid.

La veste de Bernard atterrit sur les épaules de Lise. Trop large, le vêtement la recouvre comme une cape. Elle est surprise de son poids, c'est quoi ce tissu ? Il est lourd. Et les poches. Pas croyable, il y met quoi, Papa ? Elle réitère sa question. Son père la regarde, il a l'air de trouver ça drôle, en plus :

— Une fille du quartier, elle n'habite pas très loin. Elle est plus âgée que toi mais tu pourrais t'en faire une amie. Ou prendre exemple sur elle. Elle est soignée, elle est jolie.

Il gravit les marches du perron puis ajoute, en égouttant ses manches :

— Elle attendait à l'arrêt de bus, trempée. Je l'ai raccompagnée.

Lise veut marquer sa désapprobation mais sa mère, qui descend du premier, lui évite cet embarras. Élisa, pimpante, pose un pied dans l'entrée, très sûre de son effet. Elle a chaussé ses nouvelles bottes, un sautoir de résine satine sa poitrine, cela fait des jours et des jours que Lise ne l'a pas vue si apprêtée, joyeuse comme ça.

— Attention de ne pas dégringoler, Maman.

Sa mère pouffe en enfilant un trench noir verni dont elle noue la ceinture au plus serré :

— Ne t'inquiète pas, ma Lise, j'ai la technique, dorénavant.

Et elle fait claquer ses talons sur le carrelage de l'entrée. Lise lui trouve un chic fou. Élisa s'avance vers la porte, s'empare de son parapluie et, passant devant son mari, fait sa fière. Lise l'envisage, ravie. Mais Bernard la détaille, exigeant :

— Je ne suis pas certain de ton rouge à lèvres.

Maman le fixe un long moment. Lise s'interroge. Puis, brusquement, Élisa fait demi-tour, dans l'encadrement de la porte du salon elle bute contre Noun, étendu par terre tout mouillé. Maman s'affale dans le gros fauteuil et ôte ses bottes.

— Je suis fatiguée.

Lise est furieuse – furax, comme disent ses parents. Parce que, quand même : Je ne suis pas certain de ton rouge à lèvres, ce n'est pas gentil, Papa, pourquoi avoir dit ça ? Lise aimerait poser la question mais elle sait comment se terminent les discussions du genre.

Quand Maman se plaint ou demande une explication, Bernard élude, excédé, comme si sa femme était timbrée. Élisa remonte. Lise file consigner les pensées qui lui tournoient sous le crâne dans son cahier verni rose, elle caresse le chiot étalé sur la couverture. Jambes pendantes par-dessus les accoudoirs du fauteuil, elle s'applique. Elle commence à écrire vite mais ne va pas non plus *très* vite. Pourquoi sa mère est-elle si fatiguée ? Il arrive encore qu'elle lui explique une leçon, ou qu'elles partagent une tartine, la lecture d'une histoire. Mais ces brefs moments de complicité laissent à Lise un goût de chagrin : interrompus toujours trop tôt, ils témoignent d'un temps révolu.

Quand même, elle monterait bien voir Maman. Depuis sa chute, elle parle encore moins qu'avant. Lise s'approche de la chambre de ses parents et frappe, elle n'aime pas qu'Élisa fasse sa recluse. Elle insiste :

— J'ai un problème, Maman, je peux ?

Des vêtements ont été sortis et jonchent le sol. Lise s'assied au bord du grand lit. Sa mère l'attire à elle, Lise, yeux fermés, hume à plein nez le parfum maternel et s'abandonne. Elle lui explique qu'elle se sent différente, lui fait part des réflexions dont elle est l'objet, sur Noun aussi, et les copines qui semblent la trouver bizarre. Élisa s'écarte d'elle et la regarde. Puis, d'un geste de la main comme si elle chassait un taon :

— Que veux-tu que je te dise, si ces filles sont des connes ?

Lise accuse le coup. Qu'a-t-elle bien pu lui faire ?

— Trouve-toi des filles intelligentes. Change d'amies !

C'est vite dit.

Sa mère ferme les yeux, douloureuse. Lise connaît la chanson. Elle prend sa petite voix, contrite :

— Merci, Maman.

Si elle est fâchée contre sa mère, elle ne sait pas exactement en quoi. De toute façon elle ne le montre pas, surtout pas à Papa. En revanche elle dresse la table devant Bernard avec brusquerie, en cognant les couverts, en entrechoquant les verres et sans poser, comme d'habitude, son assiette entre celles de ses parents. Papa n'a pas l'air de s'en formaliser. Il propose un apéritif, comment refuser ? Vin rouge pour lui, jus de raisin pour elle. Et Élisa ? Elle prendrait quoi, Maman, si elle était là ?

Sa mère redescend enfin, les yeux brillants. Aucun doute, elle a pleuré ; mais le repas se déroule à peine plus pesant qu'à l'ordinaire. Et Noun-ci, et Noun-ça, toujours dans ces cas-là, Lise reporte la conversation sur son chien. Mais elle chipote. En sortant de table elle monte sans un mot à sa chambre. Elle ôte soigneusement ses sandalettes blanches, moins abîmées qu'elle pensait, son père heureusement l'a aidée à les rattraper.

Lise s'étend tout habillée sur son lit et fait prendre la pose à ses pieds nus sur le mur. Une balade à la verticale, au plus haut et jolie cambrure, Lise se détend. Elle écoute le silence, une activité plus compliquée qu'il y paraît. Mais elle ne perçoit que le chuchotis de la conversation de ses parents, comme un souffle d'air frais mais pas franc, qu'on n'a pas senti d'abord et qui vous colle un rhume. Elle est presque endormie lorsqu'elle entend du bruit dans l'entrée, des pas au bas de l'escalier. C'est Papa :

— Lise ! Lise, ma puce, tu dors ? Est-ce que tu voudrais jouer à cache-cache ?

Elle se redresse, le plancher froid la fait frissonner, elle bute contre ses nu-pieds. Comme une souris, elle sort de sa chambre et file dans l'escalier qui monte vers le grenier, si étroit que les grandes personnes provoquent un frou-frou désagréable quand elles l'empruntent, leurs vêtements frottent contre le vieux papier peint éraflé aux fleurs énormes : depuis longtemps, Lise se figure que les larges pétales bariolés sont des pièges qui agrippent les adultes trop costauds. Arrivée sur le palier, rarement fréquenté, elle pousse la petite porte brune à sa droite, un panneau qui donne sur un long placard, un cagibi plutôt on pourrait dire, Lise aime le geste qu'elle exerce sur l'ouvrant, un geste vif et précautionneux à la fois pour ne pas faire de bruit, elle s'est entraînée mille fois.

Aucune envie de jouer. Ni avec son père, ni avec qui que ce soit. Et sûrement pas à cache-cache. Dix ans et demi ça n'est plus un âge pour y jouer, elle est trop grande, n'importe quoi. Lise ouvre en grand la porte du placard, se dissimule sous les vêtements hors d'âge suspendus, mal assise sur un coussin jauni qu'elle a installé là il y a des années. Une fois le cagibi refermé, il fait vraiment noir, c'est idiot de ne pas y avoir pensé. Elle pose son visage contre une doublure pelucheuse et se balance un peu, histoire de trouver une position confortable, la poussière des vieux habits lui monte au nez, elle est à deux doigts d'éternuer. Ça pue là-dedans, mais elle se force à respirer, lentement. Se cacher pour ne pas jouer à cache-cache, l'idée est brillante, voilà quelque chose, quand même. Lise entend Papa parti à sa recherche. Régulièrement il l'appelle, sa grosse voix tonne dans l'escalier. Le bruit de ses pas s'approche. S'éloigne. Se rapproche. Elle croit sentir une respiration de l'autre côté de la porte ; retient la sienne.

— Lise ! Liiise ! réclame Papa avec force. Je suis la grosse bête. Où es-tuuu ?

Le « u » du « tu » s'évapore dans la nuit comme le hululement d'un hibou. Lise bouge, la poussière accumulée dans les vêtements lui brûle les sinus, elle croit qu'elle va éternuer. Elle se force à fermer les yeux, pense à Noun, où est-il ? Le silence revient. Franchement, à son âge, le jeu n'a plus d'intérêt. Mais se dissimuler pour ne pas y jouer ne vaut pas mieux. Allez, Lise, ne va pas capituler. La maison redevient silencieuse. De tout en bas elle croit saisir un bruit de pas, un grincement.

Elle entreprend de fouiller les poches des habits accrochés au-dessus. Qui sont ces gens suspendus ? À tâtons dans l'obscurité, Lise fait parcourir à ses doigts les pans de tissus avachis, chemises fines comme des toiles d'araignées, manteaux plus lourds que des rideaux. Soudain, elle s'interrompt. Elle n'y voit rien mais elle est presque certaine que, dans le fond, un vêtement a bougé. C'est son blouson légendaire, le blouson rouge de quand elle avait quoi, cinq, six ans. Le tissu. On dirait qu'il frissonne.

Le plus doucement qu'elle peut, elle reprend son exploration. Dans la poche d'un veston, un veston d'homme, c'est sûr – Lise le devine à la trace de parfum qui en émane –, enfin elle sent quelque chose sous ses doigts : un petit cylindre. Lise n'a pas besoin de voir pour deviner : c'est un tube de rouge à lèvres, un trésor des trésors. Comme elle donnerait cher pour un peu de lumière dans le placard noir, pour découvrir quelle teinte exacte le tube froid de métal recèle. S'il pouvait s'agir d'un rouge flamboyant, un rouge cerise ou coquelicot, elle préférerait. Oubliant un instant la grosse bête, Lise ouvre le tube et hume la substance avec avidité. Le vieux rouge rance la plonge dans un état extatique. Mais un tumulte à l'étage au-dessous la fait sursauter, les pas se rapprochent.

Lise n'y tient plus, se tartine les lèvres comme elle peut, sans miroir et dans le noir ce doit être un massacre. Tant pis. Elle se délecte du geste, passe et repasse, la sensation cireuse sur ses lèvres, le parfum suave à ses narines. Un frottement soudain contre la porte. Quelqu'un gratte doucement la peinture, le crissement la fait frémir. Lise ferme les yeux du plus fort qu'elle peut, se bouche les oreilles. De l'autre côté de la cloison elle croit entendre le souffle de son père, manque défaillir. Trop empressée, elle ouvre d'un coup, en grand, la porte derrière laquelle elle s'était recroquevillée.

Deux grands yeux noirs la fixent. Une tête de monstre, sombre dans le gris du soir, poilue, gueule ouverte. Ouf.

C'est Noun.

Lise se prend un savon lorsqu'elle redescend dans la cuisine, bariolée entre le grimage et le crime. Papa sort prendre l'air, sa fureur se devine à ses gestes, à sa façon de marcher, de respirer même. Maman, hautaine et dégoûtée, prie Lise de monter séance tenante se débarbouiller, de quoi a-t-elle l'air avec son horrible sourire ensanglanté ? Lise fait la moue, ça n'arrange pas son allure, sûrement, mais elle s'en moque. Ce n'est qu'une fois arrivée dans la salle de bains, en sentant l'eau couler sur son visage, qu'elle se détend. Noun paraît ravi : pattes avant sur la porcelaine du lavabo, dressé plus haut que sa maîtresse, il veut participer aux ablutions. Lise, pataugeuse, se prête au jeu des éclaboussures. Flaques et traces de pattes, la salle de bains devient mangrove, un marais dont le dogue et elle, pieds mouillés, seraient les palétuviers. La baignoire à pattes d'aigle l'appelle, une rareté qui date des propriétaires d'avant ; impériale, elle trône sous la fenêtre, juste à côté du lavabo, contre le mur carrelé blanc. Papa s'y est fait, Maman déteste sa vulgarité, Bernard concède que la baignoire est gratinée. Les pattes d'aigle sont en or, serres contractées, sur le qui-vive. Pour Lise, elle semble sur le point de s'envoler. Élisa entre dans la pièce, furibarde, et ouvre en grand le robinet. Elle règle la température de l'eau en deux temps trois mouvements, la cascade tiède fait un bruit assourdissant. Du plus loin qu'elle s'en souvienne, Lise aime l'eau en tous ses contenants, mer ou piscine, douche, bain, mare décantée. Qui veille sur les carpes koï : la salamandre ? le brochet ? la fée ? Plongée dans le bain manu militari par Maman, Lise se frotte la bouche, se rince puis, au risque de glisser, elle se contorsionne pour se contempler dans le miroir du lavabo. De son sourire rougeoyant ne reste qu'une inflammation. Et Lise émerge des flots, rutilante, comme un œuf dur juste écalé.

8

Devant le grand miroir de sa chambre qui, à l'occasion, lui sert de confident, Lise vêtue de son seul pull tire sur la laine bleue. Maman dit que c'est du synthétique, et elle prononce le mot en accentuant la dernière syllabe, *tique*, avec dédain comme pour ficher la honte à la vilaine matière, Tu ne mérites pas d'exister, synthé*tique*. Lise se tourne un instant pour offrir son derrière au reflet. Mais comment un matériau pourrait-il savoir qu'il existe ? Cachez-moi ces petites fesses, dirait son père en riant. En fait de pull-over, Lise rêve d'un tricot douillet à manches chauve-souris, un de ces modèles qui dévoilent une épaule au gré des mouvements, comme si ce n'était pas fait exprès. Elle en a vu un vert en mohair dans une boutique près du marché. Il était en solde, en plus. Sur la vitrine était affiché en grandes lettres fluo roses, affreuses, qui empêchaient de bien voir : « Hiver 1987 : les soldes vous font perdre la tête. » Lise hésite à demander le pull à ses parents. Quand elle fait des courses avec Élisa, elles n'ont plus toujours les mêmes goûts. Après, Lise s'en moque pas mal parce que sa mère est quand même sympa. La semaine dernière elles se sont fait une virée, elles ont essayé un tas de vêtements. Peut-être vont-elles s'acheter la même combinaison, une jolie rouge en coton, elles en ont passé une chacune, Lise a trouvé Maman drôlement jolie, en fait.

Comme elle tergiverse en ce moment, c'est dément.

Elle se redresse. Tire davantage encore sur le pull. Glandouille typique d'un samedi matin. N'a-t-elle rien d'autre à faire que de s'inspecter ? Bah non, l'affaire est importante. Il y a cette période de la vie où le corps change si vite – à chaque jour ou presque des sensations inhabituelles, l'esquisse d'une silhouette, un détail nouveau – qu'on ne se reconnaît plus en croisant son reflet ; plus rien de soi n'est familier. Le prof de SVT a expliqué qu'il y a deux phases où l'humain subit une telle transformation : les trois premières années de la vie, dont nul ne se souvient, et l'adolescence, la puberté. Lise en a d'abord noté des signes chez des filles plus âgées, l'été dernier elles s'étaient mises à porter des tee-shirts si lâches qu'on leur voyait les seins qui commençaient à pousser. Elles faisaient leur fière. Ça pointait. Lise se rapproche du tain glacé, elle sent que c'est pour bientôt, quant à elle ses tétons sont boursouflés, elle n'a pas envie qu'ils se voient. Y a-t-il déjà des gens au collège qui se sont fait la réflexion : Lise Beaumont, elle a les seins qui poussent ? Elle étire à nouveau le pull bleu vers le bas, jusqu'au haut de ses cuisses. À dire vrai elle a peur de le déformer, que ça se devine qu'elle s'est cherché les seins, la honte que ce serait. Dans le reflet, Noun se frotte la truffe. Il est vraiment gigantesque, c'est comme si Lise le découvrait, parfois. Pas étonnant qu'il fasse peur aux gens. C'est peut-être pour ça que personne ne vient jamais chez elle. Elle l'a vraiment compris avant-hier, en entendant des filles s'échanger leurs adresses, elles se donnaient rendez-vous, Lise a réalisé que c'était courant. Une habitude, même, pour la plupart d'entre elles. Que Lise n'a pas. Ce doit être à cause de Noun. En vrai la perception nouvelle qu'elle a de son chien la chagrine et la réconforte à la fois. Devant la glace, Lise prend la pose. Sur les affiches, dans les pubs, les filles font la tronche ; à son tour elle s'entraîne à faire la belle renfrognée. Le verdict est sans appel : elle a l'air débile. Elle aimerait bien parler avec quelqu'un, en fait, le mieux serait avec Maman. Honnêtement, ces temps-ci, Lise trouve Élisa moins… moins… moins quoi ? Moins jeune ? Moins belle ? Moins moderne ? Lise ne se réjouit pas de moins admirer sa mère, mais va t'ôter une opinion de la tête une fois que tu te l'es formulée : les idées, les mauvaises surtout, lui envahissent le crâne pareilles à des ronces, et Lise peine à se les arracher. Elle lève le menton le plus haut qu'elle peut. Difficile de se mater le reflet dans cette position pénible, mais c'est la seule possible pour faire pendre ses cheveux au plus bas dans son dos, se rendre compte de son allure, Lise les voudrait longs comme ça. Elle s'approche du miroir à le toucher. D'un coup, retire le pull bleu. À l'envers du tricot les mailles font un dessin différent, plus moelleux. Elle jette le vêtement au sol derrière elle, se colle au verre froid, ses tétons se rétractent d'un coup comme deux anémones de mer frôlées. De haut en bas elle frissonne, frissonne longtemps. Puis elle pivote, doucement, se frotte contre la vitre gelée en prenant soin d'y laisser ses seins appuyés, ils sont tout durs désormais, bien collés à la glace, on dirait qu'ils lui font des baisers. Lise a encore conscience de son souffle qui s'accélère, elle aime bien la sensation de va-et-vient qu'elle opère, elle prend soin de ne surtout pas regarder son reflet, c'est quand même un peu dingue ce qu'elle fait. En vrai ça n'est pas la première fois qu'elle se dit qu'elle est dérangée. Un bruit la sort de la torpeur. Quelqu'un a poussé un soupir. À moins que ce ne soit la maison elle-même, ou les murs qui respirent. Lise recule d'un coup, croise dans le miroir son double, hébété. Fin du spectacle, mademoiselle, il est temps de se rhabiller.

En s'approchant de la chambre de ses parents sur la pointe des pieds, par la porte entrebâillée Lise aperçoit sa mère, hagarde dans son lit.

Prudence.

Est-ce Maman qui a soupiré ? Elle a dit à Lise avoir essayé de nombreux médicaments, pour tâcher de soulager ses maux de ventre. Sans grand succès, apparemment. Lise a trouvé d'innombrables plaquettes dans les tiroirs, un tas de comprimés colorés qui n'y étaient pas, avant. Et puis sa mère s'octroie des remontants, un petit verre de temps en temps, en fait assez souvent. Des cocktails qui ne lui réussissent pas. Quand elle l'a questionnée, Élisa s'est énervée : Laisse-moi, tu m'empoisonnes. Sa détresse n'arrange pas les affaires de Lise, privée d'une aide précieuse pour ses devoirs. Or elle est bien consciente que, si elle a appris sans effort durant ses années d'école primaire, elle aurait besoin de soutien pour son collège. C'est clair. Et son père, qui n'est pas du genre à penser que l'ambiance familiale puisse y être pour quelque chose, est parti en quête d'un répétiteur. Une absurdité. C'est une répétitrice, en fait : Joan Quark, une Anglaise venue étudier dans la région. Fier de lui – pour changer –, Papa a trouvé la perle rare : Tu vas voir c'est une fille formidable, incroyablement vive. Il a prévenu Lise, au petit-déjeuner : la perle arrive aujourd'hui à quatorze heures. C'est ce qui s'appelle être mise devant le fait accompli. Un samedi, en plus : la Brit va lui gâcher le week-end.

Lise revient à sa chambre dont elle referme la porte doucement. Elle ne veut plus voir sa mère. Plus la voir dans cet état. Les yeux fixés sur la poignée, elle réfléchit. En bas, la pendule de l'entrée sonne midi. Papa a-t-il dormi avec Maman, dans leur lit ? Lise se demande s'il n'a pas passé la nuit dans son bureau : ce matin, il y avait un oreiller sur le sofa, à côté du blaireau. Pas un coussin, elle en est sûre : il était recouvert d'une taie. Lise rouvre la porte de sa chambre et en profite pour écouter. Rien. Pas un bruit. Elle aimerait bien percevoir un son, au moins une respiration, le chuintement d'un vêtement qu'on défroisse, de pages qu'on tourne, un signe de vie, quoi. Mais Maman dort. Ça devient grave : elle est entrée en mode hibernation. Elle a encore dû faire une insomnie, depuis quelque temps Lise est réveillée par des pas, la nuit. Elle est presque sûre d'avoir reconnu ceux de sa mère. Pourquoi Élisa déambule-t-elle à pas d'heure dans la maison ?

Son père s'affaire dans le jardin. Lise l'entend nettement, lui, farfouiller dans le bûcher. Elle s'approche de sa fenêtre d'où elle le voit œuvrer. Tiens, voilà Maud. De l'autre côté du mur, Lise l'aperçoit quittant sa maison. La pianiste est habillée chicos et, de ce que Lise distingue étant donné la distance, elle est maquillée. Elle va donner un concert, peut-être. Comme ce serait bien de pouvoir la suivre. À pas de loup Lise la prendrait en filature, elle noterait tous ses déplacements, ses rendez-vous, avec qui, où. Elle assisterait à ses concerts, du même coup. Lise continue son travail de détective. Plus que jamais. Malheureusement, elle est souvent empêchée. Elle ne peut pas aller partout, il lui faut rendre des comptes à ses parents. Elle soupire. C'est casse-pieds.

Ha, ha, han. Quel fracas.

En bras de chemise malgré la température, Bernard débite le bois que les élagueurs ont laissé. Il s'est enfin décidé à les appeler, il fallait faire quelque chose pour le jardin. Le bûcher était presque vide, l'entreprise est bien tombée.

Ha et han.

La hache de son père s'abat sur les branches, larges comme des cuisses.

Élisa sort de sa chambre. Tiens, Maman ! Sale mine. Ça va ? Comme si c'était la peine de poser la question. Comme s'il existait une chance que quelqu'un avec une tête pareille se sente bien.

Ha et han. Une dernière. Pour le bûcher.

Bernard monte rejoindre Élisa sur le palier. Cachée derrière sa porte entrebâillée, Lise voit tout, entend tout. Hache en main, il ne l'a même pas posée, Papa s'approche, Maman pleure. Mais qu'est-ce qu'elle a ? Il s'agace. Entre deux sanglots, Élisa dit qu'elle s'est sentie salie, souillée. Qu'elle a trouvé des preuves. Lise dresse l'oreille. Des preuves de quoi ? Il ne fait plus de doute que Papa ne se comporte pas bien. Mais encore ? Elle se tend. Pour mieux entendre. Pour comprendre. Lise saisit qu'il s'agit d'une histoire de photos. Alors là, elle est larguée. Un mystère de plus à résoudre. Comme si elle n'en avait pas déjà assez.

Bernard roule des yeux enragés :

— Mais qu'est-ce que tu racontes, ma pauvre Élisa ?

Lise voit les muscles de son père se crisper sur la hache, elle n'est pas rassurée. Maman ne voit rien, elle, qui se met à hurler. Bernard lui lance, menaçant :

— Tiens-toi, bon sang ! Tu vois dans quel état tu es ? Ça va bien, là…

Élisa serre les poings, on dirait qu'elle va trépigner :

— Parfois je me demande comment je peux te supporter !

Bah oui, Maman.

Lise est pétrifiée. Son père redescend. Sa mère regagne sa chambre, pâle comme la farine. Une fois la porte claquée, elle vocifère encore, *mezzo voce*, puis les piques s'estompent, enfin le silence.

Avec d'infinies précautions Lise referme sa porte. Noun s'allonge en travers. Si quelqu'un entre brutalement dans sa chambre, le molosse risque d'être blessé, à tout le moins il sera bousculé.

Prudence.

Mais ça ne risque pas d'arriver. Son père s'agite, en bas. Sa mère s'est terrée. Jusqu'à quand, jusqu'à quoi. Lise ouvre son journal : elle a rarement senti Élisa à la fois si rageuse et si désespérée. Il y a là quelque chose de pas net. Plus précisément, de disproportionné. Voilà. C'est écrit. Consigné. Noun se lève. Elle prête l'oreille : on bouge, dans la maison. Lise a tellement l'habitude d'être seule – ou avec sa mère, pas plus bruyante qu'un caillou – qu'elle connaît les bruits, tous les sons susceptibles d'être émis à chaque endroit, par chaque objet ou matériau, elle sait discerner qui se tient à quelle place, à dix centimètres près. L'expérience de la solitude a décuplé ses sens. Elle reconnaît les différentes qualités de silence ; il est parfois si profond, dans la maison, qu'elle croit pouvoir s'y enfoncer. Quand, tout entourée de néant, elle n'entend vraiment aucun son, elle s'imagine cachée dans l'envers du vacarme, là où personne ne pourrait venir la trouver. Comparé à ses amies qui se baladent toujours en groupes, des grappes de filles comme des grains de raisin serrés, c'est sûr, les radars de Lise sont plus affûtés. Aucune copine ne vient jamais à la maison. Il faut bien qu'il y ait des compensations.

Quatorze heures, déjà ? La plaie : voilà l'Anglaise. Joan Quark, ça, c'est un nom. Descendant les marches deux à deux, – Quark ! –, Lise a du mal à ne pas pouffer. Arrivée en bas, elle se jette un regard dans la porte vitrée de la salle à manger : alors, il est à qui, ce petit visage poli ?

En ouvrant à la fille, avant même de la saluer, Lise est saisie par son parfum : une odeur étonnante de marshmallow grillé. La fragrance est si forte que Lise, à l'instant où elle l'a dans le nez, voit des brochettes de guimauve danser devant ses narines dilatées. Certaines mères en préparent pour les anniversaires, au barbecue ou dans la cheminée, le goût de chamallow fondu grillotté est à se damner, Lise est au bord de saliver. Elle invite la jeune femme à entrer. Incroyablement vive ? On va voir. En attendant, qu'est-ce qu'elle est jolie, Lise ne peut pas s'empêcher de la regarder. On va se mettre dans le salon, madame, si vous voulez ? Un papier s'est perdu sous la table basse, des magazines jonchent un fauteuil, tout cornés. Puisse l'Anglaise ne pas remarquer le bazar, Élisa n'apprécierait pas. D'ordinaire la négligence ne ressemble pas à sa mère. D'ordinaire. Mais Joan et elle s'installent de part et d'autre de la table de la salle à manger sans que la répétitrice manifeste quoi que ce soit. Noun se couche à leurs pieds. Bernard semble s'être volatilisé.

L'intégralité des devoirs dans toutes les matières y passe, et vite. Règles du prétérit et axiomes de géométrie s'égrènent comme des perles de sucre. La pétulante Joan exhale une telle gaieté que Lise, My dear DEAR sweetie Lise, se laisse amadouer. En la raccompagnant à la fin de la leçon, elle examine la robe bariolée de Joan, ses chaussures à boucles noires. Ce qui, chez d'autres, relèverait de la faute de goût passe chez miss Quark pour des audaces de charme. Lise détaille l'Anglaise avec cruauté – une nouveauté dont elle se serait passée – et note que la fille a des rondeurs au-dessus des genoux qui les lui alourdissent, elle semble n'en avoir rien à faire, do not really care. Sa robe courte, bien prise à la taille, attire le regard sur sa poitrine charnue. Elle fait oublier les attaches un peu grasses qui s'agitent au-dessous. Joan s'éloigne, elle musarde un instant dans l'allée au niveau du bassin, puis elle longe la grille et disparaît du jardin. Lise reste un moment dans l'entrée, immobile. Elle n'est pas sûre de devoir s'en réjouir tant que ça, mais l'arrivée de la jeune Britannique pourrait être une bonne nouvelle dans sa vie.

Ha, han.

Elle l'avait oublié, celui-là. Lise pensait qu'il en avait terminé avec sa hache. Tu parles. Elle imagine les bûches fendues sous les coups. Les craquements du bois sont remplacés par un bruit de voix qui sort Lise de sa rêverie. Joan et Papa rient. L'Anglaise n'est pas encore partie ? Lise s'avance sur le perron, d'abord elle ne distingue que son père, de dos, mais qu'est-ce que c'est ? Bernard recule et Lise voit que Joan se tenait si proche de lui que Lise les avait confondus, précisément c'est leurs corps qui se confondaient, en un corps à corps en fait, elle est bien bonne, celle-là, ils sont gonflés. La voix de Papa résonne :

— Bye bye, mon chou !

C'est ça, bye bye.

Joan s'en va pour de bon, cette fois.

Lise fait grincer ses dents du fond. Encore que le but serait plutôt de les aiguiser. Quand enfin elle desserre la mâchoire, elle l'avait tellement comprimée qu'elle a manqué tordre son appareil dentaire.

De retour dans l'entrée elle prend la pose, à nouveau, devant son reflet ; les miroirs sont devenus les sentinelles de sa beauté – on peut toujours rêver. Lise a besoin de se changer les idées. Ce qu'elle voudrait c'est avoir des seins en fait, maintenant elle aimerait bien. Des un peu gros. Qui se voient sous son pull, ça serait joli. Sexy, disent les plus grands. Il y a des filles qui se tortillent en murmurant le mot, et des garçons qui le prononcent en traînant sur l'« y », leur air glouton. Son père rentre dans la maison en même temps qu'Élisa descend l'escalier d'un pas hésitant. Lise précède ses parents dans le séjour. Son père demande déjà :

— Alors, ce premier cours avec Joan ? Bien passé, à ce qu'il m'a semblé. J'ai l'impression qu'avec la Quarkette, tu t'es bien marrée ?

Portenaouak. Lise déteste la voix qu'il prend, douce et autoritaire à la fois, l'intonation lui fait horreur. Elle n'est pas la seule. Sa mère, mécontente, fait remarquer que Lise n'est pas là pour se marrer, et que la Quarkette n'étant pas la Callas, non plus, peut-on appeler la créature par son prénom ? Le silence s'installe. Lise tente une diversion, Euh... pour moi, ça va. Mais ses parents ne l'écoutent pas. Élisa persifle :

— Je note que ton père n'a pas choisi la plus laide.

Nous y voilà. Ç'en est trop, Lise tourne les talons. Elle a juste le temps d'apercevoir son père, furibard, qui se dirige vers le fond du salon en bousculant Élisa. Déséquilibrée, Maman recule au bord de tomber, Eh, fais attention, Papa, c'est pas possible, ça. Heureusement, Élisa, le souffle coupé, se rattrape au dossier d'une chaise, Lise remonte à sa chambre en courant. Il faut absolument qu'elle l'écrive, que son père a poussé sa mère, qu'il l'a presque frappée, c'est obligé, elle doit se souvenir du geste, presque un coup, c'est une information importante à noter, Lise sait qu'elle se sentira moins mal, après. Elle attrape un stylo. Puis le lâche : ses mains tremblent trop. Noun a suivi, elle manque refermer la porte sur lui. Chambre close, yeux fermés, elle écoute. Très attentivement comme s'il s'agissait d'explorer l'espace sonore. Elle imagine sa mère reprendre son souffle – à moins qu'elle ne le retienne. Lise s'étend sur son lit, son journal posé sur elle. Elle a beau se concentrer, elle n'entend rien. D'accord sa mère est loin, mais ce silence n'est pas normal. Noun, viens ici. Lise repose le carnet à côté, impossible d'écrire, pour le moment : pas en état. Elle veut le molosse tout contre elle, Viens, Noun, c'est ça. Elle le voit grossir dans le miroir, babines humides. Élisa se met à crier, ah là, maintenant, Lise l'entend. Protège-moi, Noun, s'il te plaît. Monte avec moi, on se met dans le lit. Oh, ces cris. Lise ne veut plus écouter. Maman chante sa colère, Ne t'inquiète pas, Noun. Viens sous la couverture, on se bouche les oreilles. Lise pleure, son ventre durcit. Cette ardeur de sa mère à vociférer sur ce qu'elle estime que son mari lui doit, loyauté, fidélité, les agissements ignobles de Bernard, Élisa crie qu'elle n'en peut plus. N'en peut plus. N'en peut plus.

Sous les draps et la couverture remontés, mains serrées sur les oreilles, Lise fait tout pour ne pas entendre, ne pas savoir, faire comme si ce qui se passe en bas n'existait pas, n'existerait jamais, il faut faire ça. Les cheveux de sa mère lui descendaient jusqu'au bas du dos, autrefois, et Lise aimait se glisser entre la chevelure et le cou maternels, tu as les cheveux longs comme une cabane. Lise approche son visage de la gueule de son chien. Elle se saisit des longues oreilles, Ça va aller. Et les pose sur les siennes. Elle sent le carnet à l'effigie du chiot tomber du lit. Tant pis.

Élisa hurle à nouveau. Lise réalise que, dorénavant – depuis quand, exactement ? –, Maman, quand elle est triste, ne se met plus seulement à pleurer. C'était le cas, avant : quand Grand-Père est mort ou que Rachel, son amie d'enfance, est partie suivre son mari en Afrique, sa mère affichait un regard rougi, gonflé d'une peine immense. Aujourd'hui son chagrin s'accompagne systématiquement de hurlements :

non seulement Maman pleure, mais elle beugle. Lise réfléchit.

Vite, son carnet. Ça, elle parvient à le noter. Le stylo est son associé qui rapporte fidèlement les changements d'humeur de ses parents. Justement. Lise préférait la tristesse pure de sa mère qui ne signait qu'un moment, une cause de chagrin circonscrite. Celle-là, mélangée de colère, est plus profonde on dirait, davantage dispersée, plus malheureuse. Le goût des larmes d'Élisa diffère-t-il, par rapport à avant ? Alors, Maman, quel parfum lacrymal, aujourd'hui : désespoivre, rage amère, furie douce ? Fébrilement, Lise écrit. Plus de cris. Déjà ça. Bernard est muet. Est-il toujours dans son bureau ?

Ha. Han.

Non.

Papa est reparti sectionner les branches coupées. Les craquements du bois éclaté reprennent de plus belle. Maman monte s'enfermer et Lise sait qu'on ne la reverra plus jusqu'au lendemain. Aujourd'hui, Lise n'aura pas eu de mère. Pas de père non plus, d'ailleurs, vu que lui, sans se soucier, crie qu'il part travailler. Un samedi après-midi ? Il se moque de qui ? La porte d'entrée claque. Lise perçoit le bruit du moteur de la Lancia. Y a-t-il quelqu'un dans la maison ?

La nuit tombe, Lise attend Bernard, la fenêtre se change en miroir. Dans l'écran surgi de l'obscurité, dansent la fille aux lèvres rouges, Joan Quark et l'ouvrière au tee-shirt transparent. Lise se demande bien pourquoi elle est là, celle-là, c'était il y a longtemps. Une silhouette se découpe au fond du jardin noir. Les branches acérées du févier font un drôle de reflet dans le bassin, Lise veut en avoir le cœur net, elle sort de sa chambre et voit la hache sur le palier, Ça n'est pas sa place, qu'est-ce qu'elle fait là ? Papa a dû oublier de la ranger. Le tranchant l'éblouit, elle s'agenouille et pose son doigt.

Prudence.

Elle a envie de faire disparaître la silhouette qui se découpe près du bassin, se l'enlever de la tête, la découper vraiment. Elle se demande comment ça ferait. Le tissu en même temps que… Il vaut mieux faire ça dehors, Maman préférerait.

Son chien gémit doucement.

Pendant qu'elle y est, elle va élaguer Joan Quark. Et la fille au rouge à lèvres. Maud Lainne, aussi : son piano servira de billot, Lise aime faire rimer les mots. Ces crâneuses pourraient bien y passer. Découpe. Lise appuie.

Prudence.

Et voilà : elle s'est coupée. C'est tout le mauvais sang qu'elle se fait pour sa mère, aussi. Élisa, réveille-toi. Lise se pince fort le doigt pour contenir le flux. Dents serrées, elle court à sa chambre, s'assied par terre, contre son lit. Girls don't cry. Son chien vient s'allonger contre elle, il est chaud.

Heureusement qu'il y a Noun.

II

SANG NOIR (1988-1992)

9

Lise émerge du sommeil, tendue et douloureuse. Il fait encore nuit. Janvier est de ces mois narquois qui jouent avec l'obscurité. À toujours se réveiller dans le noir, elle ne sait jamais l'heure qu'il est : la nuit ne transpire d'aucune lueur qui indiquerait, depuis quand le crépuscule, à quand l'aurore, un repère de temps. Nue sous la couette, Lise ne distingue rien de ce qui l'entoure mais elle sent, entre ses cuisses, un liquide chaud, gluant. Très étrange, cette sensation du glissant et du collant à la fois. Le contact des limaces aussi provoque cet effet : quand Lise se saisit d'une grande loche et caresse son ventre marron lisse, le mucus roule sous ses phalanges mais, une fois le gastéropode relâché, elle sait qu'il faudra s'y reprendre plusieurs minutes à la brosse et au savon, à la pierre ponce, aussi, probablement, pour parvenir à retirer la couche glaireuse de la pulpe de ses doigts. Là, depuis que Lise a ses règles, c'est pareil. La sensation lui rappelle la bave de la limace, encore plus tenace que celle de l'escargot. Comme le mucus, le sang visqueux adhère et patine, difficile de s'en débarrasser.

Elle se concentre sur la progression du liquide qui se répand, contracte le bas de son abdomen et les cuisses, du plus fort qu'elle peut. Peine perdue : elle sent l'hémoglobine couler sans pouvoir la contenir. Lise espère ne pas avoir trop souillé ses draps. Dans l'obscurité une mélodie retentit, étouffée par la cloison mais bien distincte. Au-delà du mur, dans la maison d'à côté, quelqu'un joue du piano. Quelqu'une, plutôt. En prenant garde de ne pas bouger son bassin, le moins possible, Lise se contorsionne pour apercevoir la petite horloge sur le mur. Mais une crampe la ramène à d'autres considérations. La contraction se déploie, lancinante, pivotante, du bas de son dos jusqu'à son nombril. Ce n'est pas la première fois que Lise a ses règles et la douleur la maintient pliée sur le côté dans une torpeur crispée. Reconnaître une douleur qui vient est une affaire de vieux ; à treize ans, merci bien elle s'en passerait. Elle n'a pas mal encore mais la sensation, déjà éprouvée, lui signale qu'elle va déguster. Là, Lise en est sûre : elle en a pour trois jours de spasmes.

Maud joue la *Lettre à Élise.*

Lise laisse pendre sa main, effleure le pelage lustré de Noun endormi sur le tapis et, soudain, elle est prise de frissons. Il est près de trois heures du matin. Comment n'a-t-elle pas traité plus tôt l'information comme relevant d'une extravagance ? Jouer du Beethoven à cette heure est complètement marteau.

Non, elle ne rêve pas. Et si Maman l'entend ? D'abord lointaines, les fameuses notes se rapprochent. La *Lettre à Élise*, en plus ? Elle est tarée. Il n'y a pas d'Élise au numéro que vous avez demandé. Lettre à qui, alors ? Parfois la musique semble se retirer, aspirée de l'autre côté du mur. À peine Lise croit-elle distinguer les notes, les tenir, qu'elles s'évanouissent dans le silence à la façon des particules de poussière visibles dans l'air qui disparaissent en se posant. Sous elle, Noun ronfle. C'est vrai qu'il émet une modulation profonde qui pourrait évoquer les sons graves d'un piano. La nuit, certains bruits peuvent être interprétés différemment selon qu'on les imagine proches ou distants ; dans le noir, les sens s'égarent. Mais Lise est sûre d'avoir reconnu le timbre de l'instrument, et le jeu léger de la voisine, surtout : elle reconnaîtrait le piano de Maud parmi cent. À l'écouter chaque jour, la musique du mur lui est devenue si familière qu'elle associe certains morceaux à des moments vécus : la transcription des sonates de Scarlatti le jour où Noun a gobé une quiche lorraine entière – l'engueulo que son chien, et elle surtout, se sont pris –, deux préludes de Chopin l'hiver où Maman a contracté sa bronchite, une sonate de Scriabine à Noël dernier, Lise d'emblée l'a adorée. À égalité avec les *Fabulettes* et le Top 50, les pièces préférées de Maud composent la bande-son de sa préadolescence, le générique de son enfance. Anne Sylvestre, Marc Toesca, Maud Lainne : même combat. Mais qu'est-ce qui lui prend, à la voisine, de se mettre à son piano en pleine nuit ? Lise serait-elle en train de rêver ?

Au réveil, le bas de son ventre la fait toujours autant souffrir. Il faut qu'elle se rachète des serviettes hygiéniques. Elle aimerait avoir une pochette pour le collège, c'est à envisager. Comme Séverine, qui a montré la sienne, à la récré : une trousse à grosses fleurs garnie de protections emballées dans des sachets multicolores – la pub passe à la télé. Séverine a des tampons dans les mêmes tons, comme des bonbons. Lise donnerait cher pour en arborer des pareils. Sans complexe. Se montrer aussi à l'aise que ces filles qui n'ont pas peur de rire et de se faire remarquer, de parler fort, porter des couleurs, faire des efforts en gym ou ne rien faire du tout, et s'en moquer : celles qui ont l'air de s'accommoder des circonstances. Lise se tortille dans les draps bien chauds. Elle a envie de faire pipi mais la flemme de se lever, aussi. Juste avant le cours de maths, Séverine a parlé d'une fête chez un garçon de leur classe, Stéphane Larrié, il se prend pour un prince parce qu'il a toute une collection de chaussettes à la mode, Lise ne peut pas le blairer. Dans les couloirs il est toujours en train de se remonter le jean, fier de ses chaussettes, pauvre mec, il arbore les losanges pastel à ses chevilles comme un chevalier ses couleurs. La confiance s'acquiert par les pieds. Lise sourit jaune : elle, c'est le moral qu'elle a dans les chaussettes. Elle n'a rien écouté du cours de maths, au lieu de quoi elle a imaginé la soirée. Comme elle aimerait disposer d'une tenue pour ce genre d'événements. Avoir les bons vêtements, savoir quoi porter en fonction des situations, comment s'habiller quand. Aux confins de l'adolescence, qui maîtrise son apparence maîtrise son existence. Lise, elle, a l'impression de ne rien maîtriser, ni apparence, ni existence, que dalle. Son père parlait à Maman d'une de ses employées, l'autre soir, disant d'elle que, partout où elle entrait, la nana arrivait avec ce qu'elle n'était pas ; jamais avec ce qu'elle était. Il pourrait dire pareil pour elle.

Elle gigote pour chasser une crampe qui lui vrille le mollet, tout en essayant de ne pas accroître le flux. Zut, ça coule. Elle s'empare d'un Sopalin et s'essuie. De toute façon Stéphane Larrié ne l'a pas invitée. Il faut vraiment qu'elle se lève, Noun aussi a envie de sortir. Elle n'a pas sali ses draps. Déjà ça.

Essuie-tout coincé entre les cuisses, elle se dandine jusqu'aux rideaux. Un pan de tissu dans chaque main, d'un coup sec Lise repousse la nuit, Entrez, le jour ; le système de cordons est cassé, elle a toujours peur de déchirer la tenture. La clarté feutrée révèle les meubles, à peine quelques objets. Lise ouvre grand la fenêtre, le froid la pénètre, sa peau se hérisse, elle claque des dents. Mais elle aime bien. En bas, dans le jardin, les arbres aux branches défeuillées semblent la héler ; accoudée, nue, au garde-fou, Lise adopte un ton martial : salut à toi, armée de loustics maigrelets. Elle referme la fenêtre, passe et repasse devant son miroir, frissonnante. Sa peau marque, comme le sable se ride au moindre souffle d'air. Elle pense à la nouvelle arrivée dans sa classe, la semaine dernière, à la rentrée de janvier : Hannah Balla. Sa peau noire marque-t-elle comme la sienne ? Lise n'oserait jamais le lui demander, ce serait inapproprié. La fille est gabonaise et une partie de sa famille vit en Amérique : la classe. L'allure de cette fille quand elle est entrée en cours, minuscule et gracieuse : Hannah Balla est de ces Vénus de poche qui font paraître les autres gauches.

Lise a senti son propre corps se redresser à l'arrivée de la nouvelle, elle a eu envie de faire bonne impression et de s'approcher d'elle, de l'effleurer, même. La fille a défait son perfecto trop grand, elle flottait dedans, et s'est avancée vers le prof de français. Quand sa voix rauque s'est élevée, c'est comme si les molécules d'air dans la classe se figeaient, tous se sont tus, charmés. Hannah est allée s'installer à la place que monsieur Durantin lui indiquait. La chance, c'était à côté de Lise, Lise qui d'un coup s'est sentie importante. Elle exultait. Alors elle s'est tournée vers la nouvelle et, avec énergie, du fond de son cœur elle lui a souri. Hannah s'est assise en lui rendant la gentillesse, Lise a été saisie par sa sérénité. Toute la matinée, elle l'a observée. L'assurance que dégage sa voisine réside dans ses gestes, efficaces comme si l'acte qu'elle était en train d'accomplir relevait de l'évidence. Hannah Balla a toujours l'air sûre de faire partie de l'histoire. Que raconte l'histoire, pour Lise ? De quoi parle-t-elle ? C'est quoi, le problème ? demandait-elle, enfant, quand son père ou sa mère lui lisait un conte et qu'elle cherchait à connaître l'argument. Là, c'est pénible : il va de soi qu'il y a un problème, mais elle ne parvient pas à mettre le doigt dessus. Dans son journal, plusieurs fois Lise a voulu formuler les choses ainsi : Maman a un passage à vide à cause du piano. Mais toujours elle s'est reprise : à cause du piano ? Sa mère si musicienne qui écoute… écoutait tant de musique classique. Lise bute sur le lien de causalité. Elle sait bien, au fond, que ça n'est pas la question. La question, c'est que son père et sa mère se disputent de plus en plus souvent, difficile de ne pas entendre, ils ne se cachent même plus. Lise a surpris de la part de Bernard des mouvements de rage qui l'ont effrayée. Elle a entendu les plaintes de sa mère, aussi, qui se retrouve seule, isolée, blessée – à ce qu'elle dit. Et toujours revient sur le tapis une femme ou une autre, une aguicheuse qui aurait attiré Papa dans ses filets. Comme si Bernard était du genre à se faire prendre. Généralement celui qui prend, c'est lui. Papa a l'art de se servir. Lise a peur que ses parents divorcent, la pensée l'a plus qu'effleurée. C'est le cas de Jérémie et Bruno, les jumeaux de l'autre quatrième : leurs parents viennent de se séparer, il y en a qui les ont vus pleurer. Bernard semble de plus en plus agacé par Élisa. Il a toujours l'air de trouver d'autres femmes plus énergiques, modernes, plus intelligentes aussi, plus… Plus, quoi. Objectivement Papa se comporte de façon plus aimable avec les autres femmes qu'avec la sienne. Évidemment, Maman, ça la peine. Elle se met en pétard. Ils s'engueulent. Lise a fait quoi, pour se taper ça ?

Noun s'étire. Du ventre du chien, monte un gargouillis. Le molosse se lève, quémande une caresse qui ne vient pas.

Quand Lise rentre du collège, il fait presque nuit, le lundi elle sort tard, bonsoir la déprime. Salut, Maman. C'est sa mère surtout qui est complètement déprimée. Bien qu'à certains moments elle prenne sur elle, c'est précisément à la tournure de sa gaieté que Lise la devine éprouvée. Même quand Élisa est contente, apparemment relax, elle en fait trop. Et qu'elle frappe dans ses mains comme une gamine en proposant un Scrabble. Et qu'elle se secoue pour montrer son envie irrépressible de faire des crèmes caramel. Et qu'on pourrait pousser jusqu'au chantier de la nouvelle médiathèque, ça ferait une balade démente pour Noun. En embrassant sa mère, Lise demande, Et Papa, il rentre quand ? Élisa prend une grande inspiration, Eh bien ton père n'est pas là, ce soir, on va se faire un petit dîner, avec un peu de chance il y aura un bon film à la télé, après. Lise regarde sa mère : pas de doute, elle simule la légèreté. Mais hors de question de lui demander ce qui ne va pas. Lise hésite encore un instant, que peut-elle y faire ? avant d'en prendre son parti. Elle s'empare du programme télé et lit les résumés des films à haute voix.

Finalement elles se préparent des crêpes, salé, sucré, Élisa les fait sauter haut, pour leur plus grande satisfaction, et l'odeur de beurre fondu se répand dans toute la maison. Lise se délecte par avance de ce dîner particulier : Maman a dit oui pour un plateau télé, le menu crêpes est tout approprié. Elles s'installent devant *Le Secret derrière la porte*, un film angoissant qui les fait trembler, un délice. Lise tergiverse, pas longtemps, avant de se coller à sa mère. Élisa la serre contre elle, de son pull s'élève le piquant sucré de son nouveau parfum, *Poison*, Lise aime l'odeur mais pas le nom. Détendue, elle se cale plus profondément dans Maman. Lise se sent bien lors de ces soirées seule à seule avec sa mère. Elle aime tant leurs séances ciné qu'elle en oublierait presque le trouble d'Élisa, l'absence de Papa, et que ceci explique cela. Presque. Devant le générique de fin, Lise s'enfonce toute douillette sur le canapé, encore un instant, Maman, s'il te plaît. Du haut de ses treize ans, Lise n'osera jamais avouer qu'elle veut encore se tenir entre le « é » et le « a », prête à venir s'y blottir, deux voyelles entre lesquelles apaiser tous les chagrins.

Après la bonne soirée d'hier, Lise se réveille sereine. L'espoir lui revient et elle entend en profiter. Elle farfouille dans son placard, aujourd'hui elle veut être joliment habillée. Elle sort une jupe droite en jean que son père a rapportée. C'est une amie à lui, une femme « vraiment super » et mère d'une fille plus âgée, qui la lui a donnée pour Lise. Elle doit se tortiller un peu pour l'enfiler, un bon signe. En fait Lise ne connaît ni la mère ni la fille. C'est magique comme le tissu épouse la forme de ses hanches, elle se trouve classe, ça n'est pas fréquent. La toile de jean descend, serrée le long de ses cuisses. Elle se caresse les poils des guiboles, tout blonds, on les voit à peine, Lise commence à comprendre à quel point elle a de la chance. C'est Élisa qui lui a appris le mot, guibole, le terme est affreux mais, depuis, elle ne peut pas s'empêcher de l'utiliser. Comme Maman. À son corps défendant. Parce qu'il fait trop froid pour sortir jambes nues – dommage – elle enfile un collant vert foncé fin. Sa mère n'est pas d'accord pour qu'elle en mette des noirs, selon elle ça fait pétasse. Et pourquoi pas ? Comme a dit Fabienne, l'autre jour, en cours de gym : « Ok c'est une pétasse. Mais moi aussi, parfois, j'aimerais bien en être une. » Lise déroule doucement le voile sur ses chevilles en direction de ses genoux, la vague verte la submerge et vient se plaquer à sa peau parfaitement – même au niveau des orteils, passage délicat, la couture ne la gêne pas. Satisfaite, elle chausse ses Creeks sans effort : Lise adore l'effet glissant du collant, mieux qu'un chausse-pied. Elle jette un dernier coup d'œil à son miroir : si elle pouvait enregistrer son reflet, là maintenant, comme un moment de grâce où elle ne se déteste pas. Lise pose son sac à dos dans l'entrée et se dirige vers la cuisine. Saint-Martin de X sonne huit heures : bon timing.

Assise devant son café, sa mère la regarde de biais. À tel point que Lise est arrêtée dans son mouvement ; interdite sur le seuil de la cuisine, elle hésite presque à entrer. Il fait froid, en plus, dans la pièce noire et blanche carrelée. Lise note comme sa mère est fine.

Diaphane. Éthérée de partout, sauf des yeux. Parce que ça n'est plus un regard, à ce stade, c'est un coup de poignard.

— C'est quoi, cette tenue ? Où as-tu trouvé cette jupe ? Jamais je ne t'ai acheté un truc pareil.

Lise est sonnée. Où est passée la super Maman d'hier soir ? Mais qu'est-ce qu'elle a ? Lise ne sait que répondre. Sa mère prend un air méprisant. Une méchanceté qui ne lui ressemble pas.

— Quelle vulgarité, ma pauvre Lise : tu te crois femme, attifée comme ça ? Ne me dis pas que tu veux être comme ces pouffiasses qui tournent autour de ton père. Tu ne vas pas ressembler à *ça* !

Lise sent une lame la déchiqueter. Comment peut-on être tant meurtrie par de simples mots ? Elle sait bien à quoi se rapporte le « ça » qu'évoque méchamment Élisa : ce sont les choux, comme les appelle Papa, toutes ces femmes qu'il complimente, et il y en a. Que vaut-il mieux : ressembler à un chou ? ou à Élisa ? Et Maud Lainne, avec ses longs cheveux châtains et ses yeux vert d'eau, elle est quoi ? Mieux vaut faire envie que pitié, dit Papa. Lise comprend que Bernard est rentré si tard hier soir, et reparti si tôt ce matin qu'elle ne l'a même pas croisé.

— Va m'enlever ces nippes. Tout de suite.

Lise se mord la lèvre inférieure. Lors des rares occasions qui lui sont données d'arborer des vêtements ou des accessoires à la mode – ces ballerines rouges et vernies pointues, par exemple, qui feraient pâlir d'envie les copines –, sa mère la rabroue. À bien y réfléchir, d'ailleurs, aucune des amies de Lise ne trouve grâce à ses yeux. Régulièrement Élisa les traite de petites connes – c'est quand même abusé. Elle les déteste ou les méprise toutes : Gina a le regard vide (et les yeux globuleux), Séverine fait sa mijaurée, Céline est un garçon manqué et Fabienne une nunuche, quant à Anne, Maman est catégorique : dans quelques années, c'est une traînée. La désapprobation est formulée de façon si cinglante que Lise, renvoyée à cette camaraderie indigne, se retrouve coupable de haute trahison. Et même quand son père assiste à ces crucifixions – les crucifiées n'ont pas treize ans –, il ne réagit pas.

Elle appuie fort ses incisives contre la chair tendre à l'intérieur. Elle aime la sensation trouble de la morsure dans sa bouche, la douleur au délice mêlée. Elle aime le goût salé que sa langue vient de repérer. Sa mère devient instable. Lise voudrait s'enfoncer dans l'obscurité du jardin, se réfugier au cœur d'un bosquet, derrière un arbuste bien épais, concentrée sur le chant d'un oiseau elle se réconforterait à sa petite musique. Elle pense au piano de Maud. Pourvu que sa mère n'évoque pas la folle *Lettre* beethovénienne d'il y a quelques nuits. Elle ne supporte pas son hostilité, les piques maternelles la dégradent, elles sont dotées d'un pouvoir sorcier.

Lise s'enfuit au collège. Obéissante, elle s'est changée. Mais elle a emporté la jupe en jean roulée dans son sac. Pas folle, la guêpe. Encore une expression de sa mère. Au fond de la cour, dans les cabinets, Lise réenfile la jupe vite fait. Puis elle entre en cours de français, la grammaire l'ennuie comme jamais. Durantin demande si quelqu'un sait l'infinitif de « Il gît ». *Elle* gît, Ducon. Par la fenêtre, Lise contemple les nuages qui racontent leurs histoires, les cumulus sont experts en dessins, vous saviez ça, Durantin ? Il faut dire ce qui est, le mec n'est pas très futé. Quand même, il a l'air de saisir que, pour Lise, quelque chose ne va pas. Le prof s'arrête devant sa table. Surtout ne pas croiser son regard. Lise se concentre sur la ceinture de toile blanche et bleue qui peine à empêcher le jean du prof de tomber. Il est slip ou caleçon ? Lise a du mal à l'imaginer. De toute façon, elle ne pourra pas vérifier. Pour s'éviter de glousser elle se balance doucement sur sa chaise, concentrée sur le mouvement des quatre pieds. Durantin déroule son cours d'une voix monocorde. Sans bouger la tête, Lise relève les yeux et croise la mine du prof, perplexe. Stylo en l'air, il opine du chef. C'est pas bientôt fini, ce balancement du menton ? Il a un toc, ou quoi ? On dirait l'un de ces petits chiens pendulaires : ce cher Durantin aurait toute sa place sur la plage arrière d'une berline endimanchée. Opine, opine, ferait-il, coincé sur la longue lunette de la Lancia. Et les accélérations de Papa lui cogneraient la tête contre le plafond de la voiture.

La sonnerie retentit. Enfin. Le prof de français sort de son mouvement perpétuel :

— Ça va, Lise ?

— Bah oui, monsieur.

Il faut bien dire quelque chose. Certains timbres de voix, certains tempos dans le débit des mots érigent des murs. À cet exercice sa mère est experte, Lise l'a suffisamment expérimenté, ce dont elle se serait passée. Stoppe là, Durantin. Lise est consciente que son flux de paroles, scandé, bloque l'émotion aussi sûrement qu'une porte blindée. Elle regarde son prof, souriante, lèvres closes. Le silence emplit la salle de français comme si la pièce avait été garnie de coton absorbant, la ouate dont les médecins se servent pour nettoyer les plaies. Elle ne resterait pas blanche longtemps. Tête en l'air, Lise ne se presse pas pour ranger ses affaires. Dans le ciel, les cumulus s'effritent. Durantin soupire. Il capitule. Déjà ?

À la sortie, des filles papotent devant la grille du collège, Lise en connaît quelques-unes mais elle ne traîne pas, pas l'humeur à ça. Elle recouvre ses forces en s'approchant de la maison. Quelle journée. Son goûter l'attend, Noun aussi. Elle n'est pas sûre de grand-chose, ces temps-ci, tout tangue dans sa vie, le roulis des jours lui fiche la gerbe mais, s'il y a bien une certitude à laquelle Lise peut s'accrocher, c'est son chien. Elle n'a jamais pris le dogue en défaut, la fourberie n'est pas dans sa nature canine. Elle l'a présenté à Hannah, d'ailleurs – un grand moment. La rencontre a eu lieu après les cours, derrière la maison, dans le verger pavé de givre. Son chien les attendait, contemplatif, assis sous un pommier. Deux mésanges bleues se réchauffaient en se poursuivant, elles zinzinulaient dans les branches, au-dessus de lui. Quand

Hannah lui a tendu la main, il s'est levé et lui a donné la patte, une vraie patte de lion. L'instant était si solennel que même les mésanges, ces petites chipies, se sont tues. Puis le dogue a avancé sa truffe à hauteur du visage de Hannah qui sans hésiter s'est laissé faire, tout sourire elle a même esquissé un « Bonjour, toi ». Mais après, tandis que tous trois regagnaient la maison, Hannah s'est arrêtée, elle a regardé Lise dans les yeux comme si elle voulait l'empêcher de répondre autre chose que la vérité, et elle a dit doucement :

— Il est bizarre, Noun, quand même : on dirait ton frère.

Bah non, pourquoi ? C'est son nounours à dents.

Arrivée devant le portail, Lise s'immobilise : aucune lumière ne brille chez elle. Hier, à la même heure, elle n'a pas osé allumer sa radiocassette : à ce qu'elle entendait, à ce qu'elle n'entendait pas, plutôt, sa mère faisait toujours sa sieste. À cinq heures de l'après-midi. C'est quoi, cette bicoque ? Il s'y passe quoi ? Lise en a ras le bol, de ce climat glacé. Par moments, il lui semble émaner du jardin même. Elle a oublié de changer de tenue, la jupe en jean lui serre les cuisses. Lise cherche sa clef. De l'autre côté de la grille, les arbres nus l'interpellent. Encore heureux, vous êtes là, loustics maigrelets. Une voix s'élève derrière elle :

— Tu veux venir goûter chez moi ?

Quand Lise passe la porte de l'étroit pavillon où vit Hannah, une grande chaleur se propage dans son ventre. Ses chaussures retirées, l'évidence la frappe : elle foule le tapis d'entrée d'un foyer joyeux dont elle devine que les membres sont heureux. Mais à peine a-t-elle accroché son blouson au portemanteau qu'une lame de fond entame son sentiment de bien-être. La comparaison est cruelle : par rapport à la maison Balla, chez elle, c'est le pôle Nord.

Hector, le petit frère de Hannah, veut tout savoir de Lise. Son amie fait semblant d'être gênée, Je lui ai beaucoup parlé de toi, tu sais. Lise va défaillir : Ah bon, pourquoi ?

— Comment ça, pourquoi ? T'es sérieuse, là ?

Lise demeure immobile, Hannah écarquille ses yeux noirs :

— Déconne pas. Tu n'es pas comme tout le monde, Lise. Je te jure : limite chtarbée… Je déconne ! Mais me dis pas que ça t'a jamais traversée ?

Bah non. Lise reste coite. Hector fait diversion, ça tombe bien, il veut rencontrer Noun et pose des tas de questions. Le petit garçon est futé et Lise savoure de lui expliquer comment s'occuper d'un chien, de raconter ses exploits, leurs jeux préférés et aussi leurs secrets. Hannah sort un paquet de Diego et, pendant que Lise touille les chocolats chauds, Hector la boit des yeux. On fait une Bonne Paye ? Lise est enchantée, ça lui rappelle quand elle y jouait, enfant, avec Maman le plus souvent. Hannah installe le plateau de jeu par terre, tous trois prennent place autour, assis à même la moquette crème, Hector tire une carte Transactions, il s'esclaffe : Par ici, le Picasso sans doute faux. Lise rit, il faut aider Hector à jouer, en vrai il n'est pas trop pénible. Hannah tombe trois fois de suite sur une case Transaction, elle a une chance de tous les diables, Lise va perdre, rien à battre. La fin de l'après-midi déroule ses ombres grises, les effluves du goûter se dissolvent, Lise commence à avoir froid aux pieds, bientôt il va être temps de rentrer, elle n'en a pas du tout envie.

En reprenant son sac à dos, elle avise un journal télé sur la table basse du salon. Une photo en couverture retient son attention. C'est le portrait en noir et blanc d'une jolie femme aux yeux bizarres, on dirait qu'elle regarde par-dessous son regard. L'image est belle, la fille chic, Lise fronce les sourcils : la photo lui rappelle vaguement quelque chose. Ce sont ses yeux, précisément : dans le vague et perçants à la fois, ils donnent à la femme un air stupide étrange, entre le dindon et le rapace. Pas drôle, l'oiseau, en tout cas : ça se voit que la nana rigole pas tous les jours. « Tout sur la mort tragique de Dolorès Duval », lit Lise. Qu'est-ce qu'elle disait. « Les révélations d'un proche de l'actrice. » Pendant que Hannah s'affaire dans la cuisine à débarbouiller Hector, Lise en profite, page onze, vite, elle épluche le magazine. Elle y est : la photo reproduite en couverture s'étale pleine page, Lise est sûre de déjà l'avoir vue. Une signature est inscrite en bas, à droite : Harcourt, Paris. C'est le grand H qui, tracé d'une écriture penchée et étiré jusqu'au « -ourt », éclaire Lise. La mémoire lui revient, elle se revoit, enfant, elle avait quoi, six, sept ans, c'était à l'usine, elle était tombée sur la photo qui traînait dans un tiroir du bureau de son père. À l'époque, déjà, Lise s'était posé la question : de qui, de quoi, qu'est-ce que la photo faisait là ? Elle dévale la page. D'après un voisin, l'actrice serait morte de chagrin. Lise lit qu'il est question d'une histoire d'amour mal terminée, de dépression et d'une hospitalisation, *Dolorès Duval a finalement connu la destinée des héroïnes qu'elle avait si souvent incarnées. Qui est le bourreau de son cœur ?*

Hélas elle a comme une idée.

— Tu fais quoi, tu viens ?

Lise repose le journal et quitte la maison des Balla dans un drôle d'état. Heureuse de cet après-midi limpide mais gênée, piquée par un cliché qui lui lacère le cœur.

10

Assise par terre dans sa chambre, Lise ouvre *L'Étranger*. Elle y a glissé un article découpé, deux pages imprimées serré que Hannah lui a passées en cours de français. Ce sont les secrets du Spécial Copines, des confidences de filles. D'une main Lise lisse le fin papier glacé du *OK! Magazine*. Elle étire ses jambes devant elle. Les couleurs pétard lui éclaboussent la rétine : Scoop jaune, Enquête bleu, Témoignage rose, une touche de rouge encadre le titre. Lise laisse glisser ses doigts sur les couleurs du rêve. Un rêve interdit : en dépit de ses quatorze ans, ses parents ne veulent pas qu'elle achète ce genre de magazines. À la façon qu'a Maman d'évoquer « les filles qui lisent ces canards de connes », Lise perçoit une raison singulière au dédain maternel sans parvenir exactement à en saisir la teneur. Elle hausse les épaules. Elle regarde vraiment sa mère autrement, dorénavant. Fini la béatitude. Le temps d'un éclair de soleil sur la joue maternelle, au gré d'une mèche folle, Lise cherche la femme sous Maman. Un sifflement la tire de sa réflexion. Elle aimerait bien que ce soit le garçon imprimé sur la page, un mec mignon qui lui témoigne son admiration. Lise s'approche de la fenêtre. Dans le chêne d'en face, un moineau perché joue les ténors. Zut, côté admirateur, c'est raté. Mais c'est l'automne, l'oiseau, tu te trompes de saison, pour le temps des amours repasse en mai. Lise adresse doucement un petit signe au passereau. Imperturbable, il continue sa prestation. Est-il si agréable de se faire siffler, pour de vrai ? À remonter le fil de ses souvenirs elle se souvient d'une fois où un gros dégoûtant s'était retourné sur elle, Eh bien, eh bien, avait-il susurré, le regard gourmand, Lise n'avait pas su quoi dire, les yeux qu'il faisait, le mec, direct elle avait eu envie de gerber. Une autre fois un homme, moins vieux moins sale mais quand même, l'avait qualifiée de poupée, ça non plus Lise n'avait pas apprécié. Mais se faire siffler par un mec mignon serait autrement excitant. Elle imagine qu'elle se retournerait, ferait semblant d'être en colère. Non, le mieux encore serait qu'il lui écrive, pour lui raconter comme il l'aime. Elle préférerait une lettre d'amour.

Lise se demande si son père écrit à d'autres qu'elle des lettres bleues. À moins que, pour ses petites affaires de choux à la crème, il use d'une couleur particulière. C'est curieux comme avec le temps les souvenirs se décantent – les mauvais, surtout – et mettent les faits en perspective. La mémoire est un bon filtre, pour la vérité, Lise est sûre de ne pas se tromper.

L'église Saint-Martin sonne quatorze heures, dans une heure Joan va rabouler. La poisse, Lise avait complètement oublié son cours d'anglais. Son père insiste pour que la répétitrice vienne encore l'aider de temps en temps, genre maintenant, mi-septembre, pour bien démarrer l'année. Bah voyons. Comme ça, il peut plus aisément se la taper ? Dernièrement Lise a cru reconnaître l'odeur de marshmallow sur une veste qu'il avait laissé traîner. Elle a eu envie d'en toucher un mot à Maman mais finalement elle s'est ravisée : elle n'a aucune preuve. En attendant, ras-le-bol de cette pétasse, Lise est consciente de se montrer de plus en plus détestable. Que ce soit à l'égard de l'Anglaise ou avec son père, d'ailleurs, kif-kif bourricot, zéro distinguo. Bernard est sympa, lui, pourtant, rien à dire. Il a souvent un mot gentil pour elle, ou il l'admire, Tu es belle, ma fille ; dans ces moments Lise s'avoue touchée, coulée, il lui faut résister pour ne pas abdiquer. Papa est venu la chercher, à l'heure du déj, le jour de sa rentrée de troisième. Ah ça, il sait y faire : ce charme qu'il déploie quand il veut. En sortant du restaurant il lui a offert un stylo. Une fois rentrée, Lise s'est empressée de l'essayer : dans son journal, elle a raconté comment, avec son père, ils avaient passé un bon moment.

Un des trucs les plus énervants, chez Joan, est qu'elle irradie de joie. Constamment. Mais comment peut-elle se maintenir dans cet état permanent de ravissement ? Lise n'a pas envie d'être joyeuse, elle, pas l'humeur à ça. En plus la jeune Brit n'a jamais affiché la moindre crainte vis-à-vis de Noun – un scandale. Ça fait penser à Lise qu'il faut quand même qu'elle lui rende *Dumb Witness*, le roman d'Agatha Christie que l'Anglaise lui a prêté, avant l'été, en juin dernier. Joan l'avait remis à Lise en lui faisant mille recommandations : c'était un livre chéri de son enfance gnagnagna, elle y tenait. Lise passe sa bibliothèque en revue, c'est l'horreur, elle ne le retrouve plus. Sa mère l'appelle de sous sa fenêtre, Lise, s'il te plaît, tu viens m'aider à planter les bulbes ? Elle replace les pages du OK dans Camus et enfile un pull. Quand Lise la rejoint, Élisa est d'humeur heureuse, J'ai fait un gratin de macaronis. Maman porte son vieux gilet kaki et ses joues roses entourent le bout de son nez, rose aussi. Lise sourit : ce sont là les couleurs de sa mère, comme le bleu lui évoque son épistolaire de père. Elle suit Élisa qui se dirige vers le fond du jardin en ramenant les pans de son gilet contre elle. Il fait frais, Élisa a l'air fraîche justement, toute diaphane et tellement fine.

— Ton père n'est pas là, ce soir. Passe-moi le plantoir, s'il te plaît.

Elle fait comme si de rien n'était. Tu vas serrer les dents longtemps, Maman ? Gaffe, c'est un coup à se péter le sourire, tu vas te claquer les zygomatiques, ça va douiller.

— L'année prochaine, je supprime les tulipes jaunes, là-bas, devant les groseilliers. Elles sont toutes raides, ras-le-bol. Et puis le jaune, ça va un temps, j'ai pas raison ?

Élisa se tourne vers sa fille. Lise la regarde de biais, mais comment elle fait ? Elle refuse de voir, c'est pas possible. Pourrait-elle ne pas savoir ? Lise enfonce un oignon de crocus dans la terre meuble, elle le recouvre, hop, hop, ni vu ni connu, bulbito. Bien planqué. Comme les frasques de son père. Élisa ne peut pas, ne peut plus les ignorer. Impossible. Lise pourrait lui faire un compte rendu ; elle n'avait pas dix ans que, déjà, dans le carnet rose orné du chiot elle prenait des notes. La jeune détective constatait. Au moins Maman devrait se poser des questions. Et, à partir du moment où on se pose des questions, c'est qu'on a déjà la réponse, non ? Lise l'a déjà expérimenté, le processus est quasi obligé. Elle prend une grande inspiration :

— Pourquoi tu ne le quittes pas ?

Maman ne la regarde pas :

— À la place des tulipes, on mettra des fritillaires.

Le cœur gros, Lise se dirige vers la maison. Tous les bulbes ont été enterrés, enfouis profond ; chut, motus jusqu'à la belle saison. Derrière elle, pas besoin de se retourner, Lise entend le pas de sa mère, c'est sûr : Élisa accuse le coup. Elle n'a plus l'air fraîche du tout. Lise se ressaisit, presse le pas : à tous les coups Joan est déjà là ; Lise ne peut raisonnablement pas arriver en retard à un cours qui a lieu chez elle, dans sa maison. C'est la barbe, elle n'a pas envie d'y aller. En fait Lise voudrait lui baisser son thermostat de vitalité, à Joan, ça existe, comme procédé ? Lui cogner le crâne pour qu'elle cesse de sourire, qu'elle arrête de gesticuler. Et son père qui continue avec ses remarques duplices, comme si Lise ne voyait pas clair dans son jeu : Ça fait du bien, hein, Lise un peu de soleil dans notre maison ? Pour marquer sa désapprobation, Lise a mis un point d'honneur à ne plus travailler ses leçons. Le plus effarant, elle avait bien raison, est que la Quark n'a pas changé, rien, nada, sa joie n'a pas décru d'un iota. Vice ou vertu, ça dépend des points de vue, Joan fait partie de ces gens invariablement gais mais insensibles, dans le fond. Leur entrain, appréciable par temps clair, vire à l'insupportable en cas de vague à l'âme. La Britannique est de celles-là, Lise voudrait l'étrangler. Parce que la fille continue de se gargariser d'allégresse alors que Lise de toute évidence broie du noir, Ça ne se voit pas ?

Un bruit de moteur monte du jardin. C'est l'Anglaise ? Joan ne conduit pas. Front contre la vitre froide, Lise suit des yeux la Lancia. Elle le croyait parti. Pourquoi son père est-il revenu ? Ce doit être pour voir la répétitrice à gros genoux. L'idée lui ronge le foie. Lise se tâte – il est où, son foie, déjà ? Il faut qu'elle y aille. Elle se lève et enfile un survêtement bleu marine, la vendeuse a dit « navy », mais qu'est-ce qu'ils ont, tous, avec l'angliche ?

En arrivant dans l'entrée, son regard est attiré par un truc qui dépasse de sous le radiateur, Lise s'accroupit, Ça alors : une chauve-souris crevée, comment est-elle arrivée là ? Ignoble. Il va falloir s'en occuper.

Quand elle est entrée dans le salon, d'abord Lise n'a pas remarqué Yvan. Yvan Kern, ça faisait longtemps. L'ami de ses parents se tient là, à la dévisager. Bernard apporte des cafés. Sa mère fait mine de lire un journal, mais Lise devine que le cerveau d'Élisa n'est pas en état de comprendre quoi que ce soit. Maman se dandine dans son fauteuil, on dirait une enfant gênée. Lise n'est pas mieux, elle fixe ses pieds ; le regard d'Yvan, elle ne le supporte pas. C'est quand même n'importe quoi d'être reluquée comme ça. Elle, une fille de quatorze ans, par un homme d'au moins quarante, il la mate ou quoi ? Il est clair que, s'il n'était pas assis dans le salon de ses parents, Yvan la sifflerait.

Maman se met à pouffer, hagarde et épidermique à la fois. Papa l'ignore. Ce qui accroît la gaucherie d'Élisa, mais quel âge elle a ? Son état ne s'arrange pas. La voix de sa mère s'élève, minaudante, une voix de gamine :

— Va dire bonjour à l'ami Yvan, s'il te plaît, Lise, sois polie.

C'est ça, et puis quoi, encore ? Qu'est-ce qui lui prend ?

— Mais vas-y. Regarde comme il te trouve jolie.

Lise s'immobilise, tétanisée. Elle a envie de vomir. Et de liquider sa mère, cette pouffe. Yvan Kern est assis nonchalamment dans le fauteuil de cuir marronnasse que Lise déteste, il affecte un genre décontracté, souple, presque affalé. En réalité il est tout tendu, elle le sent, le mec est à l'affût.

— Et alors, Lise, tu ne m'embrasses pas ? Ce serait vraiment chic de ta part, mon petit chou, tu sais comme j'aime ça. Surtout venant de toi.

Le goujat. Ça ne se fait pas.

Lise ne bouge toujours pas. Papa, Maman, réagissez ! Vous faites quoi ? Bernard se retourne, Papa qui pourrait quand même s'intéresser un minimum à ce qu'elle vit. Lise attend, debout au milieu du salon, que son père la remarque, la salue, l'engueule, n'importe quoi mais qu'il lui délivre une parole qui la libérerait. Maman se tortille. Il n'y a rien à attendre d'elle, ça, Lise a compris. À la regarder de cette façon, l'horrible bonhomme la réduit à l'état de peau morte, une fille vide bâillonnée aux parents muets. Mais parlez, Papa, Maman, dites quelque chose. Lise peut toujours courir, elle se sent trahie comme jamais, en péril dans sa propre maison. Tandis que l'autre continue de la déguster des yeux comme si elle était une jatte de crème à laper. Le culot. Lise ne respire presque plus, ses poumons doivent être ratatinés. C'est sûr le mec est un sorcier, elle a été transformée. Enfin Papa lève les yeux de sa tasse de café :

— Joan ne reviendra pas. La nouvelle ne va pas t'attrister, Lise, je ne me trompe pas ?

Lise jubile mais, profil bas, ma fille, cache ta joie.

À son tour Maman sort du livre qu'elle tient à deux mains sur ses genoux serrés. Lise reconnaît immédiatement l'image sur la couverture, flippante : une carte de tarot représentant la mort est coincée dans un collier de chien clouté. L'Agatha Christie de Joan. C'est bien la peine d'avoir retourné toute sa bibli. *Dumb Witness*, qu'est-ce qu'il fout là ? Il est quand même étrange que l'Anglaise ne se soit pas préoccupée de le récupérer. Elle a dû oublier.

— Tu nous mettrais une pizza à chauffer, Lise ? Je meurs de faim, je n'ai pas déjeuné.

Lise se retient au canapé. Manquerait plus qu'elle s'étale. Mais bouge. Enfuis-toi.

La honte. Elle ne se serait jamais imaginé se réjouir de l'éprouver mais, finalement, c'est la honte qui lui redonne l'usage de ses jambes et, d'une pichenette, la pousse vers la sortie. Lise s'enfuit du salon. Vite, elle s'enferme dans la cuisine avec son chien. Dehors le vent cingle les vitres qui tremblent, les feuilles commencent à jaunir, dans la terre humide insectes et vers s'affairent sur les résidus de l'été, le jardin pousse ses derniers feux. Lise a des devoirs, mais pas du tout envie. Elle ne les fera pas. Maman pourra toujours hululer comme une tarée, elle qui lui serinait quand elle était enfant : en dehors du travail, point de salut. Curieux pour une mère qui ne travaille pas. Des murmures s'élèvent du salon, Papa et Yvan-le-dégoûtant discutent. Et Élisa, elle fait quoi ? Lise ne sait pas si elle a faim ou pas. Elle sort la pizza du congélo et la pose sur le plan de travail : le froid brûle aussi fort que le chaud, elle se fait toujours avoir, avec les surgelés. Elle tourne le bouton du thermostat, le voyant rouge du four s'allume, seule promesse de chaleur au cœur de l'espace carrelé noir et blanc, inhospitalier. Lise voudrait arriver dans une autre cuisine, une pièce gaie et colorée où s'affaireraient ses parents. Une bonne odeur monterait de la gazinière. Une hotte, comble du luxe, serait allumée, le souffle couvrirait la conversation de son père, de sa mère joliment vêtue quoique en tablier – comme les dindes souriantes dans les magazines. Mais monsieur et madame Beaumont se moqueraient du bruit de la hotte, tout à leur discussion ils papoteraient autour d'un verre, peut-être qu'en riant, même, ils se le partageraient. Et Lise descendrait l'escalier en criant, Hum ça sent bon, on mange quoi ?

Un jour elle a trouvé une revue, derrière un bureau, au lycée. Dedans une femme posait, qui ne portait rien d'autre qu'un tablier. Des socquettes et un tablier.

Le voyant du thermostat s'éteint. La cuisine est froide et sombre, bien que la gazinière n'ait pas mis tant de temps que ça à chauffer. Le tablier flotte à son crochet, blanc sale, inanimé, Lise n'arrive pas à s'en détourner ; elle ne peut pas le laisser là, il lui fait trop penser à Élisa. Elle le détache précautionneusement. Dans un autre monde, il serait vivant. Elle l'enfile par le ruban du col, un peu juste : elle doit prendre garde, chaque fois, de ne pas s'étrangler. Elle pourrait se suspendre à la patère en même temps que le tablier, ses parents la trouveraient, pendillant par le ruban. Pratique comme tout : tiens, voilà Lise, au besoin elle est attachée là. Ce froid est à mourir, dirait sa mère. Et on lui ferait du bouche-à-bouche.

Au moment où Lise veut enfourner la pizza, elle perçoit un mouvement, se retourne : Yvan Kern s'est approché d'elle à la toucher, mais comment a-t-il fait pour entrer ? Elle n'a même pas entendu la porte. Tremblante, elle se brûle à la résistance en introduisant la Reine dans le four préchauffé.

— Je peux t'aider ?

On ne t'a rien demandé.

Déjà, Yvan farfouille dans la corbeille en osier, sur la table, et s'empare du couteau à pain. Comment sait-il qu'on utilise celui-là, pour couper la pizza, il est devin ? Elle n'est pas cuite, espèce d'assassin, il faut lui laisser le temps. Il ne va pas garder le couteau en main ? Noun grogne. La présence de son chien la rassure, la masse de ses muscles et son corps, haut comme un rempart. Le molosse est tout comprimé. Lise le sait prêt à agir au besoin, paré pour la lutte. Comme elle lui en sait gré. Chut, Noun, tais-toi. Ne montre pas tes crocs, sois gentil. Parce qu'on lui a appris, à Lise, que son chien gigantesque a intérêt à se tenir, ranger ses dents immenses sous ses babines, interdiction de s'en servir. Si elle pouvait le compacter pour le glisser dans un sac à main, évidemment ce serait opportun, mais cinquante kilos dans un cabas, passez votre chemin.

Noun aboie. Il jappe, plutôt. Un jappement aussi bref que puissant. Impressionnant. Les casseroles pendues à la crédence résonnent. Ça, alors. Yvan recule contre la table mais reste droit. Immobile, Lise, elle, est partagée. Si elle se satisfait que le chien gronde après cet homme qu'elle n'a jamais pu supporter, dans le même temps l'animosité de l'animal la conforte dans la crainte que Kern lui inspire : le molosse ne grognerait pas sans raison. Son chien s'assied, hiératique, tandis qu'Yvan, reprenant du poil de la bête, regarde Lise en souriant. Elle n'a pas une grande expérience mais elle lui trouve un regard prédateur. C'est pas une cour c'est une chasse à courre. Si elle est honnête, ça lui plaît quand même un tout petit peu d'être chassée : susciter ce qu'elle perçoit de désir l'émoustille. Même par cet Yvan répugnant. Elle serait donc appétissante ? Lui en tout cas fait mine de ne pas pouvoir résister. Ce qui lui fait tourner la tête, à Lise, plus qu'elle ne voudrait se l'avouer. Comment réagit-on, en fait, quand on se fait mater ? Hannah saurait, elle, c'est sûr. Quelqu'un a-t-il le mode d'emploi quand un ami de la famille vous déguste des yeux ? Il s'avance :

— Tu me dis si je peux faire quelque chose ?

Elle secoue la tête avec difficulté. Son cerveau pèse une tonne – si ça pouvait la rendre plus futée.

— Ta mère a raison, tu es devenue une jeune fille ravissante, Lise.

Sans un mot elle sort de la cuisine et remonte l'escalier en courant. Oubliée, la Reine enfournée. Lise se trouve mal. Gauche, stupide et paralysée. Nulle part où se réfugier. Même en elle-même, elle se sent interdite de séjour.

Elle quitte sa chambre en trombe, ça sent le brûlé. Combien de temps est-elle restée assise sur son lit, l'encéphalogramme plat, la tension à zéro ? Elle se précipite dans la cuisine et éteint le four à la hâte. La pizza a commencé à noircir, il faut l'extirper.

« Elle ne va pas être facile à découper. »

Lise sursaute. Yvan Kern est toujours là. Il a posé le couteau sur le plan de travail, encore heureux. Elle vacille. L'homme vient la soutenir en posant sa main contre sa taille, Lise sent un gros pouce s'enfoncer dans le gras de son dos, sous les côtes. Il appuie un peu trop fort, un peu trop là où elle n'aime pas, à un endroit du corps où ça ne se fait pas. Puis voilà que, de son autre main, il lui effleure le cou, Quel maboul, il fait quoi, là ? Lise turbine sans pouvoir réagir. C'est elle, la foldingue. Noun se relève, il s'approche mais ne bronche pas. Kern, ça ne l'empêche pas. Lise n'a jamais été touchée comme ça. Un frisson la parcourt jusqu'à la base des cheveux. Pas que de peur. L'homme s'empare du couteau et lui sert une part de pizza, la seule portion à ne pas avoir été calcinée. Titubante, Lise parvient à s'asseoir. Il lui tend l'assiette en souriant. Elle se recule sur sa chaise, soucieuse de ne pas se brûler. La garniture est bizarre. Lise lui trouve un aspect rouge mou inquiétant. Son père entre.

— Elle est complètement carbonisée, commente-t-il.

Lise ne fait pas long feu. Elle file dans sa chambre et se couche tôt. On tapote à la fenêtre. Des gouttelettes frappent de petits coups de poing. Lise rêve qu'un grand chien noir la surplombe dans son sommeil, la gueule du molosse au-dessus de son visage, les pattes velues qui l'enserrent, le corps soyeux contre le sien. Elle n'ose pas regarder la chose à l'aplomb de son pubis, îlot blond émergé de son corps pâle parsemé de grains de beauté, comme les points d'une gousse de vanille, fendue puis vidée dans un bol de lait. Le grand chien se tient immobile au-dessus d'elle, Lise émerge de la torpeur. Pensée floue de demi-sommeil ou fantasme d'une bête fantastique ? Elle se délecte de sa propre peur, rassurée-terrifiée par l'animal qui la dérobe aux regards, à sa merci mais sous sa garde, aussi.

Quand elle ouvre les yeux, au petit matin, Noun n'est plus dans la chambre. De sa fenêtre, Lise voit le chien flairer près du bassin – Papa a dû lui ouvrir. L'odeur âcre de la pizza brûlée flotte encore dans la maison. Elle fait parcourir à ses doigts la peau toute blanche de son cou. Contre son miroir, du plus près qu'elle peut, Lise cherche une marque là où Yvan Kern l'a touchée, elle ne s'attend pas à autre chose. Elle tend son cou jusqu'à en faire saillir les tendons et scrute son reflet : elle guette un signe familier. Pas la moindre trace. Aucune rougeur. Son corps ne dit rien. Elle est dépitée.

En vérité elle voudrait que ce soit sa mère qui se mette à saigner, Élisa tout ensanglantée pour que Lise puisse le signaler : Mais vous voyez bien qu'il lui est arrivé quelque chose, regardez, Maman est blessée.

11

Quand Lise rentre du lycée, sa mère est encore couchée. Ça devient grave. Lise s'approche du lit pour l'embrasser mais, dans la pénombre de la fin du jour, une journée terne de novembre qui plus est, elle ne voit pas le foulard roulé en boule sur la moquette et, surprise, elle trébuche sur le tissu mou. Se rattrapant là où elle peut, à hauteur de l'épaule d'Élisa, comme la chemise de nuit glisse Lise s'agrippe à la clavicule maternelle. Elle ne peut s'empêcher de sursauter, heureusement elle parvient à réprimer son dégoût : l'os de l'épaule, habituellement si joli qu'il appelle les baisers et souligne la ligne gracile du cou, la clavicule de sa mère n'est plus qu'une arête saillante sous son épiderme déshydraté. Maman a un cou de poulet. Effarée, Lise la regarde en coin. Sa mère n'a même pas remué, elle semble ne s'être aperçue de rien.

Pardon, Maman. Salut.

Elle est vraiment complètement décharnée. Sa peau presque poudrée n'est pas plus épaisse qu'une feuille de papier de soie, douce comme celle d'une vieillarde, très douce, ça, il faut dire ce qui est. Où est la jeune Élisa vigoureuse qui jardinait à mains nues, échevelée sous la pluie, sécateur coincé dans la ceinture, une branche par-ci, une tige par-là, et les bouquets fleurissaient dans ses bras ? Où est la vamp charmeuse aux robes courtes, à la taille bien prise et aux hanches souples, que Lise, petite et fascinée, voyait ondoyer sous le regard de Bernard, et ses œillades énamourées de jeune liane en retour ? Où se tient l'amoureuse de la nature qui lui a fait découvrir la flore et ceux qui la peuplent, oiseaux, batraciens et habitants souterrains du jardin, la vie grouillante à leurs pieds, il suffisait de se baisser ? Sous la chemise de nuit, le squelette frémit. La détresse d'Élisa s'impose. Lise ne peut plus faire comme si.

De retour à sa chambre, elle sort son journal de la table de nuit et s'installe sur son lit dos au mur, contre l'oreiller dressé. Lise se cale confortablement et pose le carnet sur ses cuisses. L'objet a vieilli. La couverture à l'image du chiot pendouille, les pages sont cornées, depuis longtemps le cadenas s'est brisé, Lise s'en moque. Dans ses moments les plus tristounes elle tient le carnet contre elle, et presque immédiatement se sent reconstituée. Il lui suffit de l'effleurer, parfois même rien que d'y penser, et la voilà apaisée. Mais, plus que du réconfort, Lise, en cette fin d'après-midi grise, ressent l'excitation d'écrire quelque chose de vrai. L'acte de consigner une parcelle de vérité lui procure une bouffée de sérénité. Dans le carnet rose verni de son enfance, en même temps, il y a de quoi rire. À son âge : quelle folie. Fifille de quinze ans fait des chichis ? Après tout, ses copines n'en sauront rien. Elle décapuchonne son stylo rempli de cette encre bordeaux dont son père lui a offert la bouteille, l'an passé. Personne d'autre à sa connaissance n'utilise une telle couleur, aussi s'est-elle persuadée que le flacon dodu recèle un élixir magique : quand elle tend l'objet à la lumière, sa transparence révèle la teinte du liquide, sang séché, et Lise se délecte de posséder de l'hémoglobine d'alphabet. Les mots lui viennent aisément et la plume, en glissant, draine ses idées noires. Plus que jamais il va lui falloir veiller au grain, que son père et sa mère ne commettent aucune bêtise. Allez jouer sagement, les enfants. Des croches et des noires – des noires bordeaux mais, musicalement, des noires – surgissent, gribouillées dans un coin du carnet. Elles partent des marges et s'élancent dans toutes les directions sur la page. Lise voudrait plonger dans les notes comme dans un bain d'accords et de rythmes, dièses et bémols lui flotteraient autour, gare quand même aux croches solitaires dont les queues piquantes pourraient la blesser. Lise embarque sur la portée, dans le sillage d'une bagatelle, l'ombre de Beethoven venue la cueillir, vous joindrez-vous à notre voyage, Fraulein Lise, s'il vous plaît. Mais le souvenir de la clavicule fragile se faufile jusque dans ses mains, son stylo balbutie. Lise flaire une logique, non pas intellectuellement en suivant le cours de ses pensées, mais dans ses tripes : un mal de ventre similaire la meurtrit quand elle pense à la détresse de sa mère et au piano nocturne de la voisine. Tant pis si les mots se cognent en masse dans son esprit, Lise griffonne. La plume lui file entre les doigts, crachote. Sur le papier, les pâtés bordeaux se multiplient, la page coagule des caillots, Lise s'en moque : ligne à ligne elle continue son petit ballet, prête à toutes les indulgences pour les ratés de sa pensée.

On bouge quelque part. Elle prête l'oreille : tiens, Maman s'est levée. Lentement, Élisa descend les escaliers, Lise l'entend poser les pieds sur chaque marche avec mille précautions. La sonnerie du téléphone s'élève dans le silence. Sa mère va répondre d'un pas soudainement empressé, pour ce que Lise peut en juger. À la façon dont Élisa s'exprime, c'est Bernard qui parle à l'autre bout du fil. Maman se met à rire. Lise imagine les osselets qui s'entrechoquent dans son corps ; quelqu'un serait bien avisé de les compter, des fois qu'il vienne à en manquer. Lise saisit que son père invite sa mère à le rejoindre aux Bois noirs, le restaurant du coin qui a failli être étoilé. Mais oui, c'est leur anniversaire de mariage : Élisa et Bernard ont convolé un douze novembre, Lise s'en souvient, maintenant – en revanche elle n'est jamais certaine de l'année. Le temps est exécrable, les amoureux sont maudits. Heureusement que ça n'est pas tous les ans le même rideau gris. La nuit tombe d'un coup, suivie de trombes d'eau. Mariage pluvieux, mariage foireux. Lise a de ces idées, parfois. L'acidité d'esprit lui va comme un gant.

De boxe.

Elle sort de sa chambre, prise d'une intuition douloureuse : il faut veiller sur Maman, Lise la sent prête à faire n'importe quoi. Penchée dans l'escalier, elle l'observe qui enfile son trench noir verni. Quand Élisa ouvre la porte, le roulement de la pluie envahit la maison, un grondement en pointillé par-dessus lequel Lise perçoit deux, trois cliquetis : sa mère a ouvert son parapluie. Est-il possible de la laisser partir ainsi ? Saint-Martin de X sonne la demie de dix-huit heures. Descendue dans l'entrée, Lise voit sa mère s'enfoncer, titubante et fantomatique dans la nuit, elle risque de se disloquer sous la pluie. Lise se retrouve trempée à peine franchi le seuil de la maison : quelle débile, elle ne s'est pas habillée. Tant pis, elle se précipite en jean et tee-shirt dans le jardin, à la poursuite d'Élisa. Le froid la mord, elle frissonne. Sa mère chancelle. Le restaurant n'est pas tout près. Pourra-t-elle marcher jusque-là, dans son état ? Impossible, Maman. Il pleut tellement. Le ciel ruisselle d'un noir bleuté. Lise crie qu'on n'y voit rien. Agrippée à son parapluie, Élisa se retourne, furibarde : sa fille lui interdirait-elle de retrouver son mari ? De quoi se mêle-t-elle, l'ado rebelle ?

Élisa tient, serrée entre ses doigts maigres, une feuille bleue froissée si mouillée qu'elle commence à se déchirer. C'est le papier à lettres de Bernard, Lise en mettrait sa main à couper. Élisa surprend son regard et se rengorge comme une enfant, pareille aux copines en primaire quand elles faisaient les chipies, Lise n'en revient pas : elle rêve, ou quoi ? Sa mère tortille des épaules :

— Il n'y a pas qu'à toi, sa « puce », qu'il adresse des petits poulets.

Elle a complètement disjoncté. Les trombes d'eau n'empêchent pas Lise d'entendre sa mère vociférer, si elle n'était pas si inquiète elle se boucherait les oreilles. Élisa repart d'un pas mal assuré vers la grille. Hors d'elle, elle continue de hurler sa vindicte, Lise ne discerne que le dos oscillant du parapluie, comme quoi Lise tenterait de lui voler son amour. Maman se débat, on dirait un animal blessé, dont Lise gratterait la plaie, mauvaise graine, mauvaise fille.

— Fous-moi la paix, Lise. Tu me tues !

— C'est pas moi !

Stoppé net, le bombé du parapluie pivote dans un mouvement de ballet et dévoile une Élisa calme, comme dégrisée. Malgré l'obscurité Lise distingue les yeux de sa mère, plantés hargneux dans les siens. La voix maternelle s'élève :

— Tu te débines, maintenant ?

Mais non. Elle n'a pas voulu l'offenser, pas d'offense, non, Maman, jamais, juré. Lise reste à grelotter pendant qu'Élisa s'éloigne à nouveau. Sa mère passe la grille, cheveux corbeau et manteau brillant assortis à la nuit mouillée. Le portail se referme sur elle, Lise ne la voit presque plus. Le parfum de la terre ameublie par la pluie lui parvient aux narines. Offense. Le mot lui martèle le crâne à l'emboutir, clairement elle a connu des jours meilleurs. En plus, elle va mourir de froid. Le sel de ses larmes lui ronge les joues, même la douche qu'elle se prend ne parvient pas à les rincer. Lise n'en peut plus.

Un vrombissement s'élève par-dessus le grondement de l'eau. En un instant l'obscurité se trouve envahie, comme remplacée par le bruit d'un moteur. Une voiture passe en trombe à hauteur de la grille, un son mou accompagne le crissement des freins puis c'est le silence. Maman ? Lise n'attend pas la réponse qui de toute façon ne vient pas. Elle se met à courir.

Élisa gît, étalée sur le bitume. La pluie, redoublant d'intensité, fait presque disparaître le corps sanglé dans l'imperméable verni, inanimé sur l'asphalte martelé de liquide obscur. Pas besoin d'être médecin pour se rendre compte que la position de sa mère n'est pas naturelle. Lise se précipite, le torrent qui tombe du ciel l'assomme à moitié.

Pardon Maman je ne voulais pas te blesser si je t'ai dit des mots qui t'ont fait du mal il faut me pardonner fais-moi un signe Maman je ne l'ai pas fait exprès.

Offense.

Lise tombe à genoux près d'Élisa, ce regard fixe que sa mère a.

Pardon, Maman, dis-moi que ça va.

Mais elle voit bien que, non, ça ne va pas : Élisa ne bouge pas. L'ombre du lampadaire étire les méplats de ses joues, c'est comme si le rayon de lumière s'était concentré de part et d'autre de son nez pour donner à voir l'étendue de sa pâleur, sa maigreur.

D'un bond, Lise se relève et appelle son chien du plus fort qu'elle peut. Nou-oun. Étranglée par la pluie, à moins que ce ne soit par les sanglots ? elle ne parvient pas vraiment à crier. Mais elle est certaine qu'il l'entend et, quoique le dogue ne soit plus très ingambe, Lise sait qu'il ne la laissera pas tomber. Le conducteur, lui, ne s'est pas arrêté. Ça n'est pas possible, un meurtrier pareil, ce connard l'a tuée. Un aboiement clair et profond tire Lise de la sidération. Le molosse l'appelle, elle aime son timbre de cor de chasse. Dans le brouillard, debout près du corps, elle sent plus qu'elle ne voit la masse noire approcher. Son chien hume ses mains, il pèse de tout son poids contre elle. Puis Lise entend des pas, des cris qui la transpercent : Maud émerge de son jardin, elle roule des yeux affolés. Mais faites-la taire. Sous la pluie, la voisine hurle qu'elle a prévenu les secours.

Pour ne pas entendre, Lise ferme les yeux – réflexe idiot. La sirène résonne. De sous ses paupières closes elle distingue les gyrophares. Le camion rouge freine prudemment et déverse quatre casques rutilants. Au même instant il s'arrête de pleuvoir. Il fait atrocement froid mais, Dieu soit loué, au feu voilà les pompiers.

— Mademoiselle, venez avec moi.

Mais pourquoi s'adressent-ils à elle comme ça ? Et pour sa mère, ils font quoi ? Il faut s'occuper d'Élisa, messieurs. Ah elle n'avait pas vu qu'autour du corps étendu ils étaient trois. On la saisit, l'homme qui lui a demandé de le suivre insiste, il la prend par les épaules et la fait asseoir moitié à l'intérieur, les fesses sur le bord du camion. Lise se retrouve enroulée dans une couverture aluminée dorée. Le matériau ne crisse pas autant qu'elle s'y attendait, la protection la réchauffe en un rien de temps, jamais elle n'a ressenti une chaleur de cette nature, si engourdissante, de son cou à ses pieds. Un bruit de pas rapides que couvre un appel étranglé la sort de son abattement : son père émerge, de la rue adjacente et de l'obscurité. Enfin. Papa. Bernard Beaumont, livide, court vers le corps distordu. On n'entend plus qu'un bruit de gouttes isolées qui tombent de haut sur des matériaux durs. Le silence recouvre tout. Bernard s'agenouille et approche sa tête du visage d'Élisa, Lise croit le voir pleurer.

Quand il se redresse, ses jambes de pantalon dégoulinent, il cherche Lise du regard. Ses épaules ont dégringolé comme si quelqu'un avait tenté, de part et d'autre de son cou, de les faire descendre d'un cran. Bernard s'approche, il veut serrer Lise contre lui. Elle, d'abord, se recule – réflexe de bête accidentée – mais, à sentir le parfum chaud de son père, se jette dans ses bras. Un fourgon s'arrête un peu plus loin, un gendarme en descend qui se dirige vers eux. Il prend Bernard à part. Lise va se rasseoir à l'arrière du camion de pompiers, que se passe-t-il ?

— Elle va avoir besoin de soins, monsieur, pour la prise en charge on peut vous aider.

De qui parle-t-on, là ? De sa mère, sûrement, c'est ça. À moins que. Pourquoi le flic la fixe-t-il comme ça, de derrière ses gros sourcils ? Et voilà Papa qui revient. Son père pleure – là, c'est certain. Et Maud aussi, qui chiale derrière ses grosses lunettes. Lise la regarde, appuyée contre le portail de son jardin, la pianiste renifle tout ce qu'elle peut, bon sang, on croirait entendre une chaudière. Lise est un peu dégoûtée, pourquoi Lainne affiche-t-elle cet air de conne apeurée ?

— Viens avec moi, ma puce.

Papa la tire par le bras. Et Maman ? Il ferait bien de s'occuper de sa femme, oui, Élisa, il serait temps. Lise voudrait tant que quelqu'un prenne soin de Maman. Et correctement, hein, pas en faisant semblant. Quant à elle, elle ne veut voir personne. Sauf son chien. Son nounours à dents. Lui seul saurait franchir la vitre embuée derrière laquelle elle se tient, fixe comme un papillon cloué. C'est tellement embêtant d'être cantonnée sous ce verre. Assise sur le bord de tôle rouge, Lise se tortille à l'arrière du camion. Voici une ambulance maintenant, qui se gare contre le trottoir. Des infirmiers, à ce qu'on dirait, descendent et s'emparent avec précaution d'un gros paquet bâché qu'ils déposent dans leur véhicule blanc tout éclairé, à l'intérieur, de machines et de tuyaux. C'est quoi, ce ballet des utilitaires ? On se croirait dans un feuilleton télé.

Les gendarmes, eux, passent la zone au crible, ils prennent des mesures, cherchent des traces. Rien de simple, devine Lise : il a tant plu. Sous la couverture qui ne la réchauffe plus, elle guette les forces de l'ordre. Ce qu'ils peuvent l'agacer. Son père se tient contre elle, à côté. Lise sent son corps brûlant, la chaleur humaine n'est pas un vain mot. Comme il est pénible de ne pas pouvoir passer de l'autre côté. Il faut qu'elle fasse gaffe, le verre de la vitre est sûrement tranchant, elle pourrait se blesser. De l'arrière du camion rouge Lise ne regarde plus vraiment, ni les gendarmes, ni les pompiers, ni les derniers venus – les ambulanciers. Elle les voit plutôt s'activer, sans s'y intéresser, comme elle se planterait par ennui devant une émission culinaire sans le son, dans un café-tabac, en attendant quelqu'un. Un clac tonitruant la fait sursauter : ce sont les ambulanciers qui ont refermé la porte de leur engin, ils ne seront pas restés. L'officier qui a parlé à Bernard revient. Il souhaiterait interroger Lise. Tss tss tss, c'est hors de question. Elle lui tourne ostensiblement le dos, faisant mine d'explorer l'intérieur rouge du camion. Papa s'est levé et passe un bras autour de ses épaules, Lise grelotte et claque des dents, il la confie à Maud, heureusement la pianiste a cessé de pleurer, encore qu'elle semble toujours aussi terrifiée. Maud se propose de raccompagner Lise. Dacodac, mais il faut attendre son nounours à dents, il était rapide, avant ; maintenant il marche comme un escargot. L'ambulance et le camion de pompiers s'éloignent lentement. Silencieux, les véhiculent d'urgence voguent sur l'asphalte trempé. Comment ça, le fourgon de gendarmerie est sur le point de partir, lui aussi ? Le conducteur a pris la fuite, ils font comment pour le rattraper ? Lise veut pleurer mais ses larmes sont coincées.

Un merle se met à siffler. Depuis quand les oiseaux diurnes chantent-ils dans l'obscurité ? Élisa aimait tant les animaux. Quand le passereau gargouille ses trilles de diamant, Lise s'arrête, pliée en deux, un spasme lui coupe la respiration. Le merle. Elle revoit le jeune oiseau que Maman avait sauvé, Lise avait quoi ? six, sept ans ? Elle se remémore sa mère perchée sur son escabelle, l'araignée qui l'avait mordue à l'épaule et celle qu'Élisa avait tuée. Elle pense aux fritillaires, aux aconits, des fleurs comme ça, odorantes de vie, mais Lise sent la mort partout.

Elle s'arrête et fixe Maud Lainne.

Enfin brisée, la vitre embuée. Il y a un mur, aussi, entre les deux Allemagne qui vient de tomber : un événement historique. Lise se met à crier que sa mère est morte. Le sens des mots la fracasse en même temps que ses larmes giclent en cataractes. Ne manquerait plus que Lise s'étrangle avec ses sanglots. Les trois mots clignotent comme des grenades dégoupillées, Maman-est-morte, qui auraient bien pris leur temps pour exploser. Elle veut retourner voir les gendarmes, il faudrait qu'elle leur dise, c'est ça, la vérité – Mais la vérité quoi ? – La vérité qu'il est arrivé quelque chose à ma mère. Merci mais il lui est arrivé quoi à votre mère ? Rien à faire, les mecs sont trop bouchés. Lise piaffe sur la chaussée, devant la grille du jardin. Les gendarmes vont prendre Bernard avec eux. Quel embobineur, celui-là, mais regardez-le qui s'éloigne, l'œil mouillé, il joue à quoi ? C'est ça, prends place dans la camionnette, Bernard Beaumont. Parce qu'à les avoir vus s'écharper, Maman et lui, Lise se dit qu'il ne devrait pas éprouver trop de chagrin. Pour la énième fois son père, du fond du fourgon, demande à Maud de bien s'occuper d'elle. Il bégaie. Et puis quoi ? Ne joue pas les éplorés, Papa, tu ne me feras pas avaler ça.

Elle pénètre doucement dans son bureau, ouvre un tiroir – depuis le temps elle sait où chercher. Elle choisit d'emblée la paire qu'il lui faut, ça n'est pas la première fois qu'elle lui emprunte des ciseaux. Puis elle file comme une souris, toujours sans bruit, à l'étage, dans la salle de bains. Elle se plante devant le miroir. Le verre est fissuré, elle ne l'avait jamais remarqué. Ciseaux à hauteur du visage, la lame mord dans ses longues mèches blondes. Ses cheveux tombent au sol dans des postures de mille-pattes. Pas mal, ce petit casque blond. Il fait ressortir ses yeux hâves.

La porte d'entrée claque. Quelle heure il est ? Lise reprend ses esprits tandis que Bernard pénètre, hagard, dans le salon. Ainsi les gendarmes l'ont enfin lâché. Il s'affale dans le gros fauteuil marron que son corps dense a rendu profond, les ressorts du siège couinent. Son père affiche une sale tête, on dirait la hure de son bureau. Lise s'approche et tend vers lui les ciseaux, J'ai eu besoin de te les emprunter. Bernard ne réagit pas. Voilà pour toi. Merci, Papa. Lise pose les lames sur ses genoux.

12

Narines au taquet, elle inspire, discrètement mais à fond, avant que Papa ne s'écarte, À tout', ma puce, et il repart dans les méandres des lignes de production. Lise demeure immobile dans le hall d'accueil de l'usine, le vacarme est assourdissant mais contre toute attente elle s'en fout, en cet instant elle ne pense qu'avec son nez, accro qu'elle est au parfum de son père. Elle le hume pareil à un bébé avide de son doudou, une odeur comme un lieu chéri, sur le coup l'association d'idées la frappe mais, à bien y réfléchir, elle est d'une grande banalité. Papa est déjà passé à autre chose. Lise a besoin de consolation : un réconfort général, celui de son père en particulier. Elle a été bien prise en charge, pourtant, depuis la mort de sa mère, en novembre dernier : au lycée, ses profs se sont relayés pour l'épauler ; tout spécialement Durantin, son prof de français ; Jade, l'infirmière scolaire, s'est donné un mal de chien, aussi, un vrai chou – voilà qu'elle se met à parler comme Bernard. Ah, et Lise a consulté le docteur Miallet. Enfin il faut dire ce qui est, son père se montre attentionné, il lui laisse un tas de mots bleus, partout, souvent. Dommage que tout ça ne serve à rien. Parce que voilà, pour Lise, c'est un fait : sept mois plus tard, impossible de remonter la pente. Pour elle, le temps s'est arrêté le 12 novembre dernier.

Elle voit son père rejoindre à grandes enjambées une employée. Arrivé à quelques mètres d'elle, il la hèle : Zohra !

L'ouvrière se retourne. Ses boucles noires virevoltent, c'est tout son corps qui ondule et elle a un sourire épatant. Bernard lui rend la pareille, les dents de Papa brillent comme des diamants :

— Et alors, mademoiselle Messoud, on ne prête plus attention à son… ?

Lise n'entend pas la fin de la phrase. Dommage.

Elle ne se sent pas super bien.

Ce visage lui dit quelque chose. Elle n'a pas à fouiller longtemps dans sa mémoire pour revoir les lèvres rouges arrondies en sourires-flashs comme font les actrices dans les films, à la télé. Elle se rappelle très bien le tee-shirt de la fille, aussi : un tissu blanc si fin qui lui laissait voir le soutien-gorge et même, au-dessous, en transparence, les seins. Lise se souvient de l'endroit précis où elle avait repéré l'employée. Un peu vieillie mais toujours aussi jolie. À l'époque, Lise ne s'était pas formulé les choses ainsi ; aujourd'hui, si : Zohra Messoud, Lise lui envie très fort son sex-appeal.

Nostalgique de ce temps où il y avait une femme pour répondre à ses « maman », Lise sort de l'usine le cœur en vrac. Elle avance sans se presser : en ce moment elle trouve difficile de se retrouver seule à la maison. Elle redoute d'autant plus les grandes vacances qui approchent, les premières sans sa mère, pas de doute que Lise va trouver le temps long. Alors elle marche à travers les champs et les lotissements, jusqu'à l'usine pour rejoindre Bernard, le soir ou, comme aujourd'hui, à l'heure du déjeuner – Lise n'a pas cours de tout l'après-midi, le lycée est centre d'examens pour le Bac, épreuve un : la philo. Ou alors elle divague dans les bois. Noun, trop vieux pour l'accompagner, lui manque. Alors Lise, silencieuse et absorbée, écoute la forêt palpiter.

Elle s'arrête devant la boulangerie de l'Église. Le rendez-vous avec Hannah est à dix-sept heures quinze, ça va, elle a le temps. Les bocaux garnis de bonbons triés par couleur s'alignent toujours dans la vitrine, étiquetés avec soin. Noun s'affale sur le trottoir, Attends-moi ici, vieux chien.

Lise hésite. Entre les fizzy et les roulettes de fruits. Ni le parfum ni la consistance ne sont les mêmes, mais les deux révèlent ce mélange de sucre et d'acidité qui met la langue en extase. Hannah dit que les bonbons, c'est leur péché mignon. Lise ne voit pas où est le péché ; « mignon », en revanche, se pose là. Lise a toujours envie de faire plaisir à Hannah. Elle ne recule devant pas grand-chose pour voir le visage pointu de son amie s'éclairer, pommettes aux avant-scènes, bouche étirée de plaisir le temps de broyer le dextrose entre ses dents.

Finalement Lise prend tout et, aussi, des rouges à lèvres sifflets, des carensac et du chewing-gum. Avec son appareil elle n'a pas trop le droit, elle fait gaffe. Faire des bulles m'éclate, déclamait-elle, enfant ; et à chaque occasion elle dépliait précautionneusement, sans la déchirer, la vignette parfumée. Elle lisait à haute voix le contenu, blagounette ou devinette, ensuite seulement elle enfournait dans sa bouche le rectangle de pâte rose. Au début le chewing-gum était un peu dur, mais c'était à ce moment que le goût se révélait le plus prononcé, un délice particulier. Pour aujourd'hui, elle prendra un tubble, merci. Même s'il coûte cher et qu'elle trouve le dessin du garçon sur le tube affreux. La dernière fois, elle l'a tant pressé que la pâte à mâcher lui a envahi la bouche, en quelques minutes elle s'est trouvée tout imbibée du parfum chimique, à la limite de la nausée, ses maxillaires la lançaient, pire, ça lui faisait mal de mastiquer.

Elle paye, concentrée sur le tas de pièces tenu dans sa paume. Son père ne lésine pas sur l'argent de poche depuis la mort de Maman. Un centime tout mini s'échappe. Lise remet vite fait l'épi argenté dans son porte-monnaie. Il ne faudrait pas que la boulangère le prenne pour elle. Lise dispose d'une petite boîte spéciale pour amasser ces anciennes pièces de un centime délicatement gravées ; une collection de rien, juste pour la beauté. Elle se sent Harpagonne aux petits pieds, ça la fait marrer. La commerçante a la gentillesse de ne pas s'impatienter. Lise sort en prenant garde de ne pas percer le sachet de papier blanc, bourré à craquer.

Devant la boulangerie, une petite queue s'est formée qui signe, bientôt, l'heure du goûter. Lise jette un coup d'œil aux clients qui patientent, tête tournée vers le soleil, si doux en cette fin d'après-midi de juin, on dirait des tournesols. Un jeune homme la dévisage, elle rougit. C'est fou comme elle s'en serait moquée, avant. Alors que là, pas du tout : du haut de ses quinze ans et demi, elle en oublierait presque Noun, affalé sur l'asphalte. Pauvre chien. Elle repart, le vieux molosse sur ses talons. L'idée d'une relation épistolaire avec le garçon de la queue lui traverse l'esprit. Qu'il soit son soleil, elle deviendrait son tournesol. Une faim de lettres d'amour remplace l'envie d'été et de bonbecs. Lise a le temps : Hannah lui a dit qu'elle passerait en sortant de son assoce. Elle fait de la politique, maintenant, ne parle que de ça. Lise n'ose pas le lui dire mais ça l'ennuie ; en même temps elle est impressionnée. Jamais elle n'osera arborer le badge jaune que son amie lui a donné. En secret il a rejoint les centimes aux épis dans la boîte aux objets précieux. Elle se retourne. Le mec mignon la regarde encore. Noun suit lentement. Son chien peine à tel point de l'arrière-train qu'il en vient à se blesser le dessus des pattes arrière : quand il marche son pied à la traîne frotte, tout retourné, contre le bitume ; quelques poils commencent à manquer. Lise soupire et se passe la langue sur les dents, son appareil lui meurtrit les gencives, la saloperie. Dire qu'elle en a encore pour un an. Une voix flûtée la sort de ses pensées.

Lise a du mal à reconnaître la voisine : quelle mauvaise mine. Maud, ça fait longtemps. Lise sourit en ramenant vers elle, d'un geste, son vieux chien qui boitine. La pianiste la rattrape et l'entreprend. Ça tombe bien, toutes deux vont dans la même direction, elles rentrent direct, chacune chez elle, à la maison. La musicienne parle d'une voix étrange, à la fois traînante et trop intense, vu l'insignifiance de leur conversation. Arrivées devant leurs grilles respectives, Maud, enjouée, se tourne vers Lise :

— Tu viens prendre le thé ?

Apparemment l'invitation est lancée tout de go, mais quelque chose semble se jouer que Lise ne saisit pas.

À moins que.

La proposition pourrait-elle avoir un rapport avec une conversation entre Maud et son père dont Lise a saisi des bribes, la semaine dernière ? Bernard était au rez-de-chaussée, elle n'avait pas entendu qu'il téléphonait. Lise de son côté a voulu appeler Hannah : pour plus de tranquillité elle s'est installée sur le palier du premier, d'où elle a décroché le téléphone de l'étage. Mais la ligne était déjà occupée. Quelqu'un parlait au bout du fil. Lise a reconnu la voix de Maud qui, entre deux sanglots, implorait, Tu m'avais promis, Bernard. Sans respirer, le plus silencieusement possible, Lise a reposé l'appareil, soucieuse que le combiné ne cliquette pas ou que, si c'était le cas, son père ne le repère pas. Bonjour le choc. Avant le coup de fil intercepté, déjà, plusieurs fois elle a surpris son père qui rentrait de chez Maud, au petit matin, en catimini. Moins de six mois depuis la disparition de Maman, Lise ne lui en a pas parlé mais elle a été scandalisée.

Maud attend en la scrutant d'un regard anxieux.

Ne jamais laisser filer la chance, dit toujours Papa.

Elle saute sur l'occasion.

Il fait frais sous les tilleuls. Certains sont sur le point de fleurir, que les abeilles surveillent, fébriles. Au pied des arbres une poignée de pervenches tardives ont l'air de comploter. Sous leurs ombelles parme, Lise imagine de minuscules élégantes dévorées de curiosité. Si elle se concentrait davantage pourrait-elle saisir leur bavardage ? À quelques mètres devant elle, Maud avance, si frêle qu'elle donne l'impression de flotter. Lise s'amuse à poser ses pas dans les siens, d'invisibles empreintes de fée pour marelle, attention de ne pas marcher à côté, et si Lise se faisait ensorceler ?

La porte de chez Maud grince. Noun a le droit d'entrer, mais il est sommé de rester tranquille, Allez, Noun, couché, dans le vestibule encombré. Comme s'il avait l'âge de faire l'imbécile.

La musicienne ébouillante la grosse théière céladon. Lise se laisse tomber dans un des fauteuils roses, elle n'aime pas des masses ce style trop fille à son goût, mais s'enfonce dans le coussin fleuri. L'endroit est tel qu'elle en avait gardé le souvenir, des années qu'elle n'était pas venue, les couleurs, les objets, la disposition des deux fauteuils même, Lise reconnaît les rideaux qui, depuis tant d'années, de derrière les fenêtres la saluent. Dans l'air flotte un parfum de bois ciré. C'est fou, d'être ici.

— Pas de sucre mais du lait, Maud, s'il te plaît.

La musicienne, tout en tendant à Lise un mug fumant, se tortille. Dans la tasse le liquide oscille, au bord du débordement. Lise s'avance pour attraper l'épaisse porcelaine industrielle au graphisme orange et marron atroce. Elle craint le pire. Si seulement le thé pouvait faire diversion. Comme Maud a maigri, dis donc. Quel âge peut-elle avoir ? Un camée ancien flotte au majeur de sa main gauche, la bague est si lâche qu'elle pivote, de guingois autour du membre décharné. La musicienne surprend le regard de Lise et se méprend :

— Il appartenait à ma mère. Il est joli, n'est-ce pas ?

Elle approche sa main pour faire admirer le camée. Lise poliment sourit. Elle croit voir la sienne, de mère : même torse rentré, épaules affaissées, haut du corps accablé. Lise reconnaît l'enveloppe charnelle qui s'amoindrit, un rien translucide.

— Tu m'as dit que tu voulais du lait, c'est bien ça ?

Comme Lise acquiesce, la musicienne bondit sur ses pieds, une vraie sauterelle – drôle d'effet. Maud l'assaille pour lui verser une giclée, d'un geste si emporté que Lise, redoutant d'être éclaboussée, recule brusquement, tête projetée en arrière, heureusement le siège n'a pas de dossier. Le babil de Maud continue de déferler comme les notes jailliraient d'une partition. Lise s'étrangle avec le thé. À moitié étouffée, elle se redresse en toussant. La pianiste parle vite, sans articuler mais incisive. Elle parle bagnole. Qu'est-ce qui lui prend ? Elle ne va pas bien. Calée au fond de son fauteuil, Lise se sent assiégée par la scansion métronomique de la fée. Maud ne cesse d'enlever ses lunettes, de les remettre : avec ses verres épais, ça lui change la taille des yeux. Tantôt mouche, tantôt taupe, en d'autres temps Lise eût été amusée.

— Que faisait ton père quand ta mère a été renversée ?

Ça, c'est le coup de grâce. Prise d'une nouvelle quinte, Lise crachote dans le mug marronnasse. C'est dégueulasse. Trop c'est trop. Mais elle est complètement tarée. La musicienne est apparemment subjuguée par la prairie tissée du fauteuil où Lise est assise, elle scrute le tissu, yeux exorbités. La vérité, c'est que Maud a l'air épouvanté. Comme la pianiste ne fait plus attention à elle, Lise se lève discrètement et remercie, d'un murmure, pour le thé. Elle s'empare de son petit sac à bandoulière. Et les bonbons ! Avec tout ça elle a failli les oublier. Noun, mon vieux, vite, on bouge de là. Lugubre, la nana. Miel, Hannah ! Elle l'avait oubliée. Justement. La voici qui piétine déjà devant la grille, en minijupe et perfecto. Elle arbore des chaussettes hautes qui lui remontent au-delà des genoux, par-dessus le collant. Les mots sonnent doubles, adéquats : mini, *perfect.* Voilà Hannah, tout craché.

Son amie pose ses deux mains sur son ventre, repue. Elle se fait un gros bide, comme un bébé au ventre tendu de Blédine, Lise se marre, ça fait du bien. Hannah Balla est sa meilleure amie, il n'y a pas à tortiller. Elle est la seule à venir à la maison, une amie proche, même, Lise a le sentiment qu'elle pourrait tout lui raconter. Problème : Lise ne sait pas *quoi* lui dire, quand tout ça a commencé, quand tout quoi a commencé, les choux à la crème, d'accord, et après ? De toute évidence quelque chose ne tourne pas rond dans cette maison. Mais duplicité et souffrance ne sont pas l'apanage du seul couple que formaient ses parents. Lise a grandi, elle n'est pas naïve, elle a eu le loisir d'observer. Elle a une vague idée, maintenant, de comment sont les gens. Mais, là, concrètement, que s'est-il passé ? Lise se tient toute contractée au côté de Hannah sur le canapé, un vague à l'âme aux relents de confiseries s'est coincé dans son gosier, l'idée la fait sourire. Quant à exprimer ses peurs, ça non en revanche, même auprès de Hannah elle n'osera pas, Lise ne le sent pas, tant pis si c'est un manque de courage ou quoi. Son amie joue à l'agent de police avec ce qui lui reste d'un rouge à lèvres sifflet. Lise espère la bonne humeur contagieuse – si elle pouvait décompresser. Elle se laisse aller au fond du canapé ; dans un soubresaut, son pied valse à proximité du verre. Attention, avertit Hannah. Trop tard, le gobelet est renversé, l'eau se répand, jusqu'à une pile de magazines dont le papier, d'emblée, se met à gondoler. Hannah réagit, vive et précise, elle s'empare des journaux compromis. Mais d'un coup elle suspend son geste et se retourne vers Lise, l'air furibard. Qu'est-ce qui lui prend ?

— Je déteste ça.

Hannah est capable d'être cinglante, Lise ne le découvre pas. Mais là. Elle lui explique ?

Hannah s'empare d'un des magazines mouillés et le lance à l'autre bout du salon. Lise s'insurge : fais gaffe, quand même. Rien du tout, cause toujours. Hannah a envoyé l'imprimé contre le buffet, les pages se sont disloquées, Lise se lève pour aller les ramasser. C'est une revue pour hommes que son père achète parfois, s'il est arrivé à Lise de tiquer, elle a noté que Bernard ne les cache pas, il se targue même d'apprécier, en connaisseur, le magazine qu'il qualifie de branché. Sur la couverture du journal s'étalent une paire de fesses, éraflées par le traitement que Hannah leur a fait subir. Rassise, Lise feuillette les pages au hasard. Hannah l'interrompt et tapote la photo d'une jeune blonde dénudée, regard flou, assise à califourchon sans qu'on distingue sur quoi :

— Elle a notre âge, quoi : seize ans à tout casser, en tout cas elle n'est pas majeure. On dirait une pâtisserie dans une vitrine. Tu trouves pas ça dégueulasse ? Ça ne te gêne pas, Lise, franchement, quoi ?

Lise triture quelques instants la fille cellulosée qui se froisse :

— Tu veux dire que… Tu crois qu'elle est forcée ?

— Je veux dire qu'on ne devrait pas faire comme si c'était cool. Comme si c'était pas du sexe. Du sexe bien dégueu, en plus.

Lise sursaute quand son père entre dans sa chambre. Il fait presque noir, elle avait oublié d'allumer. Hannah est partie. Depuis longtemps. Dans le miroir Lise croise le sourire enjôleur de Bernard. Qui n'apprécie pas Hannah, et réciproquement. De derrière son dos Papa sort un bouquet violet, une poignée de fleurs coupées cueillies dans ce qui reste du jardin d'Élisa. Lise jette un coup d'œil à la fenêtre : il se sera dépêché avant que l'obscurité ait totalement éteint les parterres ; ou alors il voit dans le noir, comme les chats. Lise reconnaît des héliotropes, quelques digitales, une escouade d'aconits. Pourquoi Papa n'a-t-il pas plutôt cueilli des petites centaurées ? Le jardin est plein de ces fleurs sauvages discrètes qui, en juin, déploient une flopée de pétales roses sans chichi et portent, haut sur le cœur, leur bibi rehaussé de pollen. Le bouquet violet de Bernard, lui, n'est composé que de fleurs toxiques : interdiction d'y fourrer son groin. Il s'approche d'elle à la toucher.

— Tu te rappelles nos faux printemps ?

Très bien. Un jour qu'elle avait manifesté son impatience à l'encontre des beaux jours qui tardaient, elle avait quoi : huit ans ? Papa lui avait assuré qu'il allait le faire arriver, lui, le printemps. Il était parti couper deux trois branches de corètes au bas du muret et, de retour à la cuisine, avait aidé Lise à les glisser dans un vase. En essuyant son canif Papa avait expliqué qu'on pouvait duper la nature et elle avait accueilli avec joie cette idée de faire une farce au vivant. Elle revit la scène comme si elle avait eu lieu hier : seule dans la cuisine, les yeux rivés sur le bouquet, Lise guettait. En quelques heures, dans la chaleur de la maison et l'eau à température ad hoc, les tiges en bourgeons avaient crû à la venue du printemps et les boutons jaunes commencé à s'ouvrir. Elle se revoit en fin d'après-midi ébahie face au bouquet de corètes écloses, une dizaine de pompons drus d'un jaune puissant, la cuisine en était illuminée.

Elle lève les yeux du bouquet. Son père lui sourit. L'ombre de l'abat-jour lui dessine comme une barbe.

13

Assise en tailleur dans le jardin, elle glande sans satisfaction. Fini, les cours : voici les vacances d'été. Les deuxièmes sans sa mère ; Lise n'aurait pas cru y arriver. La porte de la maison de Maud claque. Sortie à la fraîche accompagnée de Noun dans le jardin, Lise gratte la terre de ses ongles. Des cris entremêlés de pleurs s'élèvent de l'autre côté du mur : Je t'ai vu avec une pouffiasse. Puis des hurlements : Pourquoi à moi aussi tu m'as fait ça ? Mais pourquoi ? La pianiste gémit. Le silence revient. Lise déplie les jambes. Sous la mousse, normalement, ça devrait grouiller. Mais il n'a pas plu depuis plusieurs semaines : arthropodes, larves et arachnides ont dû aller vaquer plus profond. Sans parler des vers de terre que Lise aime débusquer, rubans de chair rose alanguis dans l'humus. Quand elle en effleure un il se rétracte, anneaux serrés, puis se tord deux, trois fois en changeant d'inclinaison, percutant comme un ressort, avant de s'enfoncer dans l'obscurité encombrée de matière. L'intensité du lombric est telle que chaque fois Lise s'étonne de sa force, insoupçonnable. D'autres fois c'est un coléoptère endormi qui lui offre l'éclair doré de sa carapace, ou une antenne qui dodeline au contact de l'air. Il n'y a qu'à se baisser pour croiser, en cohortes, des monstres plus minuscules encore : un pseudo-scorpion qui se cabre prêt à en découdre, une bande de collemboles éparpillés en gerbe blanche, ou un escargot à peine plus gros qu'une tête d'épingle – Lise doit approcher son visage de la coquille pour distinguer le motif spiralé. À scruter le spectacle du sous-sol, elle se sent comme une géante qui ouvrirait une maison de poupées. À bientôt dix-sept ans il est peut-être anormal de se retrouver à creuser, à quatre pattes dans la terre. Ce devrait être un âge incroyable et Lise, elle, se noircit les ongles à gratouiller. Elle n'y peut rien, elle continue d'être fascinée par le dessous des choses, les personnages qui gravitent sous la surface, en bas : des êtres annelés, caparaçonnés de chitine, segmentés dans leur armure brune, à six pattes, aux yeux démesurés, des poupées particulières. Dommage qu'en cette fin d'été asthmatique, ses amis du sous-sol aient déserté. Dans les profondeurs ils attendent leur heure. La nature esquive. Lise, elle, ne goûte pas du tout le rien de cette terre. Entre les touffes d'herbe jaunie apparaît, par endroits, une croûte poudreuse décolorée. La terre prend son envol au moindre souffle mais, expirée en poussière, elle retombe en nuages avortés. Irrégulièrement, un craquement fend le silence et une branche sèche s'abat au sol – rien ne laissait prévoir qu'il s'agirait de celle-ci. Sous la chaleur, les arbres ont abdiqué.

Il paraît que les pompiers ne cessent d'être appelés pour des branches tombées, c'est maintenant qu'on mesure les effets de la sécheresse et ça ne va pas s'arranger. L'an passé, déjà, l'été a été torride et l'armée a dû être envoyée pour distribuer du foin dans les élevages affamés.

Allongée près du bassin, Lise contracte les orteils contre le dos tout lisse de Noun, étendu au bout de ses pieds nus. Son chien ronfle comme un hibou, bruyamment. Un nounours à dents pour fille de presque dix-sept ans ? Elle rit dans sa barbe. En même temps, voilà, c'est comme ça : elle s'en fout si certains trouvent leur amour gênant.

Son chien ne bouge pas.

La vérité c'est qu'il ne bouge plus beaucoup. La plupart du temps, quand elle veut l'embrasser, dorénavant il lui faut s'agenouiller, le molosse se lève avec difficulté. Il arrive en bout de course. Noun va mourir, Lise le sait, pour autant elle ne parvient pas à s'y préparer. Pour sa mère aussi, elle avait ressenti la même dualité. D'une certaine façon il lui avait paru dans l'ordre des choses qu'Élisa disparaisse, dévitalisée comme elle l'était. Mais des jours et des jours après l'accident, Lise n'y croyait toujours pas. Aujourd'hui encore, il lui arrive de douter qu'une telle chose se soit passée, elle doit se concentrer pour être en mesure de penser : il y a presque deux ans, Élisa Beaumont a été tuée et le chauffard n'a jamais été retrouvé.

Lise gratouille le sol une dernière fois avant de reboucher les petits trous de terre. Elle a les ongles en deuil maintenant, quelle idiote. Noun frissonne : comme tous les jours, une brise agaçante s'invite à l'heure du café, elle charrie son bouquet de parfums citronnés, chèvrefeuille et verveines s'accommodant plutôt bien, eux, du manque d'eau. Le rouge-gorge de Lise – complètement infondée, l'appropriation, mais elle lui plaît – émerge du céanothe, gemme rouge jaillie de son écrin, il ne reste que quelques bouquets bleuis de la glorieuse floraison du printemps. Il se pose sur une branche basse et entame son monologue, le bec fin comme deux bouts d'allumette s'entrouvre pour quelques vocalises métalliques puis la stridulation descend dans sa gorge enflée : on dirait qu'il se gargarise. À tout prendre, Lise préfère le chant du merle mais, quand même, l'air du rouge-gorge est une sacrée pépite. Elle se lève d'un bond, il lui faut aller chercher son vieux journal : une envie de le relire, soudain, Bouge pas, Noun, je n'en ai pas pour longtemps.

Elle revient vite avec, le cahier rose verni pressé à deux mains contre son cœur. Elle feuillette les pages au hasard. Relit ce qu'elle a écrit l'automne de ses quinze ans. C'était juste avant la mort de Maman. Pas facile de déchiffrer l'encre bordeaux pâlie mais, encore heureux, Lise calligraphie avec soin. Ses doigts se crispent soudain sur les pages.

C'est quoi, *ça* ?

Parce que : « avec soin », c'est vite dit.

Plusieurs jours avant l'accident, son écriture a changé : Lise s'est mise à faire des pâtés. Les pages, jusqu'alors impeccablement présentées, ont laissé place à des torchons. Elle peine à reconnaître les lettres tracées tordues, ensevelies sous les ratures. Le texte écrit la veille de la mort de sa mère est quasiment illisible. L'évidence jaillit à tel point que Lise croit sentir les éclaboussures : sur la page ce n'est pas le texte qui dit, c'est l'écriture. Noun gémit. Lise, pensive, le caresse des orteils – elle adore accomplir, avec les pieds, des choses qu'on exécute normalement avec les mains. Quel frémissement dans la vie des Beaumont lui avait picoté le bout de doigts ? Qu'est-il arrivé à sa mère ? Lise referme le carnet.

Le sol est frais près du bassin, à l'ombre dense du févier, c'est bien le seul endroit. Elle s'est installée là pour la mousse qui, ni sèche ni humide, offre un coussin parfait. Lise apprécie de ne pas avoir besoin des vieux matelas de sol qu'avec Maman elles avaient achetés dans un magasin chic, il y a longtemps, une éternité. Yeux mi-clos, Lise somnole. Depuis toujours le contact de l'humus la rassure : si fruits, fleurs et arbres sortent engendrés de cette consistance, Lise peut s'y reposer. Au ras du sol, rien de vraiment mauvais ne doit pouvoir avoir lieu. Sous la mousse sauvage, pas d'incertain : la terre est dure.

Conquérante, une corneille se pose sur le mur qui sépare le jardin des Beaumont de celui de Maud Lainne, son croassement fait taire les autres oiseaux. Par l'entremise du corbeau, le silence de la maison d'à côté semble se diffuser par ici, un brouillard malséant qui s'abattrait et les rendrait tous muets. Lise aimerait tant entendre, comme autrefois, le son du piano. Elle étouffe un juron, change ses pieds de position. Lise perçoit les allées et venues de Bernard. Cette fois, c'est la porte de la maison Beaumont qui claque, À ce soir, ma puce, le crissement des graviers de l'allée signe le départ de son père. Lise ne répond pas. Pas d'humeur. C'est comme ça.

Maud est bizarre. Au début, Lise ne s'en était pas rendu compte ; aujourd'hui l'évidence lui tombe dessus, accoudée au bassin elle en est convaincue : la pianiste est vraiment dérangée. Limite elle pourrait finir en HP. Deux lettres pour un endroit lugubre, c'est son père qui dit HP, on ne parle plus d'asile, prétend-il, mais il pourrait développer les initiales, ne pas faire tenir dans deux pauvres lettres tout un monde de désespoir. Que lui avait demandé la voisine, l'an passé : Que faisait ton père quand ta mère a été renversée ? Maud et son père ont eu une liaison, c'est évident. Y aurait-il eu de l'eau dans le gaz dès ce moment, une brouille qui expliquerait que la pianiste ait balancé sa suspicion ?

Le rouge-gorge refait son apparition, il fourrageait Dieu sait quoi dissimulé dans le céanothe, pour ne pas se faire voir de Bernard, il a raison. Noun pousse un soupir. Lise s'allonge dans l'herbe, offrant son dos découvert au vent de la mi-journée. Une chose lui monte le long de la cuisse, elle se retourne : un carabe doré. Vindicatif, l'insecte, avec ça. Elle le déloge avec douceur, sent les petites pattes griffues protester, il s'agit de ne pas te blesser, où vas-tu comme ça, toi ? Le scarabée n'est pas très poli à vouloir visiter sa culotte. Elle aurait dû en mettre une plus serrée pour s'allonger dans la mousse, l'élastique de celle-ci est lâche, ce soir elle la jettera. Pas de pitié pour les culottes déglinguées. Un grondement caractéristique envahit le jardin : la Gamma démarre. Puis la grille du jardin se referme. Quand le chat n'est pas là, les souris se reposent. Foutue bagnole.

Une sirène la tire de ses pensées. Gendarmes, policiers, pompiers, elle ne sait jamais distinguer. Un camion s'arrête. À la grille du jardin de Maud, on dirait. Des voix autoritaires retentissent. Le portail est ouvert, forcé serait plus exact, en deux trois craquements, sans ménagement. Noun se réveille en sursaut. Doucement, vieux chien, n'essaie pas de te relever trop vite, tu pourrais te faire mal. Lise entend des pas pressés, presque une cavalcade dans le jardin d'à côté. Elle voudrait savoir mais n'ose pas appeler. Le mur, trop haut, l'empêche de voir. Elle se lève, d'une main essuie ses jambes, le dessous de ses cuisses humidifiées par les brisures de mousse, puis court jusqu'à chez elle. Arrivée à sa chambre, un peu essoufflée, Lise ouvre les rideaux. De la fenêtre on aperçoit presque tout le jardin voisin, depuis le temps les arbres ont grandi mais sans masquer la vue tout à fait. La morsure du soleil derrière la vitre l'interrompt : il fait frais dans la pièce, c'est un crève-cœur de faire entrer la chaleur, tant pis, Lise écarte les deux battants et, déjà, se penche. Sous elle, le rosier du perron explose de boutons serrés rouges et les fougères semblent avoir été passées au grille-pain. L'odeur sucrée citronnée des freesias lui parvient, à moins que ce soit celle du jasmin qui pousse de l'autre côté de la maison, à l'assaut de la fenêtre de la salle de bains, pour un instant le parfum du bonheur. D'abord elle ne distingue rien. Rien ne transpire de ce qui se passe dans la maison d'à côté. Jusqu'à ce que la porte-fenêtre de la voisine s'ouvre brutalement. Deux pompiers sortent presque en courant un brancard sur lequel Maud gît. De la rue, des gendarmes les rejoignent. Elle a l'air morte. Lise réprime un cri. Trop tard. L'un d'eux lève les yeux. Il aperçoit Lise, d'en bas lui fait signe. Vite, se cacher : elle se recule dans la chambre fraîche, le cœur emballé comme un métronome – cent soixante à la noire, pas moins. Elle voudrait que l'ombre de la chambre l'avale pour la recracher dans un monde où Maud jouerait de son piano. Protégée du rideau, elle fixe le brancard. D'en haut, la musicienne inanimée paraît minuscule. Lise tâche de fixer son visage. Les pompiers ont oublié de lui mettre ses lunettes. La pianiste voit flou, comment va-t-elle pouvoir lire ses partitions ? Les traits de Maud se déforment devant les yeux brouillés de Lise. Les cheveux châtain clair de la fée se déploient comme des tentacules. Sa chevelure évolue, brunit, raccourcit, devient raide, les yeux de la musicienne virent au bleu, un autre visage recouvre celui de la voisine, un visage tellement aimé.

Le hayon claque, Maud Lainne est emmenée. Le hurlement de la sirène des pompiers qui décroît rapidement laisse deviner un espoir : direction l'hôpital, la pianiste ne doit pas être morte. Lise n'ose pas appeler son père, c'est idiot, elle ne sait pas comment lui dire. Comment lui annoncer la, le, l'état de Maud : inanimée ? entre la vie et la mort ? son coma ? Aucun de ces mots ne recouvre, selon elle, ce qui est arrivé à la voisine, la réalité de son état. Mais elle en sait quoi ? Elle entre dans le bureau de son père, la vipère la nargue, encouragée par le blaireau mais, dégagez, crevures, Lise en a marre de ces bestioles. Elle s'en détourne et regarde le Minitel. Des images obscènes lui viennent. 36 15 Ulla. Les Minitel, c'est pour les choux à la crème. Et elle ? De quel côté de l'écran-vitrine veut-elle s'afficher ? Devant ou derrière, il faut choisir.

Regarder, c'est toucher.

Elle déclipse l'appareil, abaisse le clavier. D'un doigt, elle compose le numéro : trois, six, un, cinq. Puis les quatre lettres de ce prénom étranger qu'elle trouve décidément sexy. Quand la tonalité prend son envol – un son spatial, ou le feulement d'un animal, la nuit –, Lise bloque sa respiration. La silhouette d'une fille nue apparaît, composée de minuscules carreaux gris, la fille est allongée sur le ventre, genoux pliés, il faut un peu d'imagination pour se la représenter. Lise cligne des yeux : l'image s'étale sur toute la largeur de l'écran, elle est fascinée. On lui demande de rentrer un nom. Barbara. Comme la chanteuse, Lise n'hésite pas.

Barbara Beaumont, *Initials BB*. Ça aussi, c'est sexy. En revanche, il doit y en avoir un pacson. Pour son père aussi, d'ailleurs, Bernard Beaumont, ça marcherait. Dans le bureau silencieux, Lise se concentre sur le cliquetis des touches, ses doigts hésitent à parcourir le clavier gris. Sans respirer, elle fait défiler les membres connectés : « Bourgogne 1976 », le mec s'est pris un nom de vin, ça craint ; « Chris-68 », est-ce que ça serait un Américain ? ; « H bas et string », un peu dégueu ; « Geneviève42 »... Comment se figurer que, derrière chaque ligne numérotée, comme elle un utilisateur est branché ? Entre Gladiator et Sergio, il y a BB, suivi d'un numéro à deux chiffres, ceux de son département. Lise pouffe. Si ça se trouve, c'est son père.

Quelqu'un frappe à la porte de la maison. Comment est-on arrivé là ? Pourquoi la cloche de la grille n'a-t-elle pas sonné ? C'est un *la*, avait affirmé Maud et, assise à son piano, elle avait reproduit le tintement en riant. Pour qui sonne le *la* ? Lise referme le Minitel d'un coup, sort du bureau, elle réajuste son tee-shirt en courant jusqu'à la porte d'entrée.

Le gendarme de tout à l'heure se tient sur le perron, képi sous le bras. C'est fou : il ressemble à Michel Sardou. La grille était restée ouverte, il s'est permis de traverser le jardin pour venir jusqu'à elle, Ça va aller, mademoiselle ? Lise sent un frisson la parcourir, elle hausse les épaules, crispée, pourvu qu'elle n'ait pas trop l'air débile, et s'il venait à se douter. Le gendarme la regarde avec aménité, si gentiment que Lise en perd ses moyens. 36 15 Michel, je suis sûre que vous connaissez. Elle regarde l'anneau à sa main gauche. Et votre femme, ça va ?

— Merci, oui, oui, très bien.

Pourquoi la regarde-t-il comme ça ? Lise craint d'être saisie de tremblements. Hors de question de se faire gauler à pianoter sur des messageries de charme. L'officier lui parle doucement, trop peut-être, elle n'est plus une enfant. Maud a eu le temps d'appeler au secours avant de tomber dans le coma, elle pourrait avoir avalé des cachets. Lise a-t-elle entendu du bruit, en voisine, sait-elle quelque chose qui pourrait les éclairer ?

Lise secoue la tête.

— Savez-vous si mademoiselle Lainne vivait seule ?

L'officier de gendarmerie piétine. Devant la mine mutique de Lise, il s'impatiente et, cherchant quelque chose derrière elle, s'enquiert :

— Il y a quelqu'un, chez vous ?

Gentil, mais inquisiteur, le fonctionnaire.

— Quelqu'un, je veux dire, pour s'occuper de vous.

Lise prend une grande inspiration, le plus calmement elle avise le gendarme et dit :

— Je crois que je vais aller voir mon chien.

Elle aurait aimé pouvoir, comme autrefois, se retenir à Noun. Mais le vieux molosse n'a même pas bougé, écrasé de chaleur : de l'entrée elle distingue sa masse brune, loin derrière l'officier, étendue dans le jardin. Le gendarme la laisse encaisser mais il va quand même devoir lui poser quelques questions. Lise et son père savent-ils si Maud avait de la famille ? Aucune idée. S'il ne comprend pas, maintenant, qu'il faut lui foutre la paix. Enfin. Il remet sa casquette, encore heureux, pars, gros, pars vite. Il faut tout de même qu'elle articule un au revoir, allez, ciao, un son. Et Lise, sans s'arrêter de trembler, court étreindre son chien.

Maud est morte. Son père le lui a annoncé en rentrant et elle doit reconnaître qu'il s'est préoccupé d'elle. À plusieurs reprises il a demandé à Lise si ça allait, avec toute cette histoire, bon sang, si elle ne se sentait pas trop sonnée. Il n'a pas dit par qui il avait été mis au courant, de toute façon, sur le moment, Lise ne s'en est pas souciée. Tous deux sont restés tétanisés, l'un contre l'autre blottis dans le canapé. Elle aurait aimé qu'il fasse un temps à faire du feu. C'était raté : en dépit de la fraîcheur du soir qui tombait, l'air était encore étouffant. Contre toute attente, ils ont presque passé une bonne soirée. Lise s'en est rendu compte après coup, en se couchant : son père lui avait témoigné la même tendresse qu'autrefois, quand elle s'était écorché le coude ou le genou, et qu'il la prenait dans ses bras ; que parfois, même, il lui achetait un éclair au café, un Pif Gadget ou une minigomme parfumée, elle n'avait pas besoin de demander.

Seulement voilà : vers minuit, quand ils se séparent, bien obligés, pour aller au lit, Lise comprend qu'il y a comme un problème. Allongée, draps remontés jusqu'au menton en dépit de la chaleur, elle écoute la petite horloge fixée au mur qui continue d'égrener les secondes, les minutes et les heures. Dans l'esprit de Lise la disparition de la pianiste double le tic-tac comme un gong, un tambour, un marteau-piqueur, des arpèges maléfiques. Elle remâche la question que Maud lui a posée, l'an passé. Sur la conduite de son père, ce qu'il faisait quand… Suffocante, yeux clos, elle aussi va devenir marteau si ça continue. Mais une, deux, trois, quatre. Élisa Beaumont, renversée. Maud Lainne, suicidée. Dolorès Duval, aliénée. Joan Quark, évaporée. Quatre poules sur un mur qui picotaient du pain dur. Dans l'obscurité les gallinacés – pas toi, Maman, non, attends – fixent Lise, qui ne parvient pas à se détacher de leurs becs ouverts en grand.

14

Elle n'ose pas la toucher. Recroquevillée au fond du tambour de la machine, la culotte s'affiche timide et froissée en coton bleu layette, ajourée d'une dentelle blanche crissante estampillée de petites bouches charnues. Lise est en train de flancher. La vulgarité, elle s'en remettra. Mais la culotte n'est pas à elle. On l'a mise à laver dans sa machine. Et on a oublié de la retirer. Et on ne s'est pas préoccupé. Du bout des doigts Lise soulève le slip et le scrute, comme un chasseur sur la piste d'un gibier, sous toutes ses coutures. Humide encore, la culotte pue le linge moisi. Depuis quand croupit-elle ici ? Lise fulmine. Sa colère enfle, à gros bouillons. C'est quoi, cette répugnanceté ? À bouillir. Cent degrés. En bas, dans la cuisine, l'eau des coquillettes aussi frémit. Lise ne mange plus que ça. Pourquoi mettre les petits plats dans les grands quand on dîne seule tout le temps ? L'étiquette de la culotte n'est plus lisible mais Lise devine un petit trente-six. Elle pense aux dessous à peine plus amples de sa mère et froisse le tissu dans son poing avant de le jeter en direction de la poubelle, d'un mouvement si brutal qu'une décharge se propage de son épaule jusqu'au coude, une douleur sourde. La culotte tombe à côté. C'est complètement idiot, en plus, le réceptacle est fermé. Rageuse, elle ouvre la poubelle à la main, la pédale ne fonctionne plus, elle ramasse l'horrible dessous qui pend, et l'enfonce dedans.

Avec ses choux, son père est décidément envahissant. Il faut dire ce qui est, il en change souvent.

Elle enfile un gilet et sort marcher. Tant pis pour les coquillettes, elle se passera de dîner. Besoin de réfléchir. Hier, elle n'est pas allée au lycée. Histoire de se faire porter pâle, elle a imité le paraphe de son père. Il faut qu'elle fasse gaffe, son absentéisme devient chronique. Dès novembre : ça craint. La semaine dernière, en voulant se couvrir car, déjà, elle avait séché, sans réfléchir elle a signé le coupon d'absence « Élisa Beaumont » – elle a su très tôt imiter les signatures. Le surgé n'y a vu que du feu mais, après coup, Lise a été choquée : dans son carnet de correspondance s'étalait une trace d'Élisa, toute fraîche. Comme si sa mère vivait encore.

Son gilet ne suffit pas. Elle n'a pas pensé qu'en novembre il ferait déjà si froid. L'hiver qui vient a commencé de déshabiller les arbres. L'armée des loustics maigrelets s'est parée de givre. Passé Noël, le Bac pour Lise va se profiler, on sera vite à la fin de l'année : juin 1992, une éternité.

La fille à la culotte pourrait ne pas faire long feu.

Lise ne se sent pas, mais pas du tout, préparée.

Elle frissonne, vraiment gelée. Demi-tour, vite : se mettre au chaud rapido. Comme elle se dirige vers le perron, elle reconnaît un vieux bruit de moteur : la Lancia commence à dater. Il rentre tard. La voiture s'arrête devant la grille, en plus ? Mais c'est pas vrai. Parce que si Bernard ne prend pas la peine de la rentrer dans l'allée, c'est qu'à tous les coups il a de nouveau une soirée. Pour changer. C'est la combientième fois, ce mois-ci ? La fille-à-la-culotte, c'est qui : Pamela ? Christelle ? Mélanie ?

Son père sort de son engin. Lise ne veut pas l'attendre, trop c'est trop, il est gonflé, elle entre dans la maison. En fait elle réfléchit mieux par écrit. Elle pousse la porte de sa chambre, Coucou, mon vieux Noun, tu dormais ? Lise a d'abord connu la copine de son père par la culotte. Tout est dit. Il faut qu'elle consigne ça dans son journal. Le carnet à l'effigie du chiot a repris du service. Elle ouvre le tiroir du haut de son bureau. Tiens, elle aurait juré qu'il y était. Dans un autre, peut-être ? Excuse-moi, Noun, ne bouge pas. Et là ? Lise commence à s'inquiéter.

À son tour, son père pénètre dans l'entrée. Il sifflote, primesautier. Il est bien le seul. D'en bas, il lui crie :

— Ma puce, je t'emmène au restau, ce soir, tu veux ?

Ça alors. Lise en reste bouchée bée. C'est quoi, encore, cette entourloupe ?

Son père monte les premières marches de l'escalier, sa voix se rapproche :

— Alors, ma puce, ça te dit ? On tente Les Bois noirs ? Avec ta mère, on aimait bien y aller.

Tu m'étonnes. Lise sent comme un petit pincement au bas de son échine. Bien sûr. C'est le restau où ses parents devaient aller fêter leur anniversaire de mariage le fameux soir.

— D'accord, Papa.

Comme si elle avait le choix. Coincée entre le É et le A, Lise va aller au restau avec Bernard. C'est son tour. Nouveau pincement du rachis. La culotte moisie lui reste en travers de la gorge, aussi. Mais Lise grimpe dans la Lancia sans broncher.

Les Bois noirs sont bondés. Une ambiance inhabituelle en ce lieu d'ordinaire feutré. Un groupe d'amis célèbrent un anniversaire, un dîner arrosé. Les convives trop gesticulants font tache dans la salle aux boiseries cirées, Lise les envie. Rires et éclats de voix se propagent entre les pampilles des lustres, les bijoux au cou des femmes resplendissent, les banquettes offrent leur moelleux à des silhouettes moins guindées que dans le souvenir de Lise, les odeurs des corps se mélangent aux parfums des plats, en s'entrechoquant les verres laissent échapper des clings élégants. Quand ils s'assoient à leur table, Lise vacille ; elle n'a rien bu, rien avalé non plus, la tête lui tourne ; elle n'a rien avalé depuis le matin aussi, peut-être que c'est pour ça ? Son père se penche vers elle, détendu, souriant, gentil, et Lise pense que ça fait des plombes qu'elle ne s'était pas sentie si sereine en sa compagnie. Exit le dessous moisi, à la poubelle coton impi. Beaumont, gentil père, ça, oui. Elle capte l'éclat des yeux noirs posés sur elle, les paupières de Papa se plissent, il se penche par-dessus la table dressée et murmure des paroles, inaudibles dans le brouhaha. Lise s'en fiche, elle devine des mots raccords aux lettres bleues, repousse Bernard, retient Papa. Le temps d'une soirée, elle va en profiter, remiser ses idées noires, oublier son échine pincée, remonter le temps. Son père imite les éméchés, il la fait rire, ses anecdotes sont savoureuses, autant que le dîner fin, elle boit ses paroles et trempe les lèvres dans un vin rouge profond. Comme tu es jolie, ma puce. Elle s'empêche de fondre sur place, ne resterait sur sa chaise qu'une petite flaque de beurre liquide. Satisfaite, elle règne en son royaume.

Il est presque minuit quand, assise sur son lit, Lise, repue et épuisée, se déchausse. Demain elle racontera la soirée dans l'antique carnet au chiot. Il faut être juste : bons ou mauvais, les grands moments méritent d'être consignés. Elle regarde autour d'elle. Il est où, son journal intime ? Elle était en train de le chercher, en début de soirée, quand son père l'a appelée. Elle a un mauvais pressentiment, se lève d'un bond. Fouille sa vieille armoire en pitchpin, glisse la main derrière toutes les étagères, retourne les tiroirs : impossible de mettre la main dessus. L'angoisse l'étreint. Car si *elle* a compris, en voyant la page truffée de ratures, qu'enfant elle avait pressenti la mort de Maman, il n'y a pas de raison qu'*un autre* ne file pas le même raisonnement : à savoir que, s'il a pu y avoir pressentiment, la mort de sa mère ne tenait en rien de l'accident. Lise erre dans sa chambre comme s'il s'agissait d'une planète inconnue. Où peut être ce fichu carnet ? La nuit propage ses ombres. Elle appuie son visage contre la vitre, Comme elle est froide. Puis, visage glacé, elle s'effondre, molle comme un chiffon, tout habillée sur son lit. Une zombie.

Au réveil il lui semble ne pas avoir du tout dormi, c'est l'horreur comme elle est décalquée. Une idée lui vient ; floue encore mais corrosive, du genre qui se taille un chemin durable dans la brume de son esprit. Lise s'extirpe de son lit avec la grâce d'une invertébrée. Il faut qu'elle fasse quelque chose. Aucun bruit à l'étage. Son père dort encore. La soirée d'hier n'est plus qu'un souvenir, c'est le moment de s'activer. Pour commencer, il faut absolument qu'elle retrouve le carnet rose verni. Il y a urgence. Si Bernard le lit attentivement, elle est fichue. Lise respire à fond et retire ses fringues fripées de la veille. Pioche dans son tiroir.

Loup y es-tu ? Elle met sa culotte.

De toute façon il se passe des choses anormales, dans cette maison. Après l'été il y avait eu ce classeur, légèrement mais incontestablement déplacé ; une ceinture déroulée dans un tiroir impeccablement rangé ; et une page de cours à l'envers. Lise n'y croyait pas mais, par bravade, elle avait coincé l'un de ses cheveux dans la reliure d'un bloc laissé sur sa table de nuit, un truc d'espion lu dans Pif. Elle s'était félicitée de sa blondeur : à regarder vite fait, le cheveu ne se distinguait pas.

Quelques jours plus tard il avait disparu.

Ça bouge dans la chambre de Bernard. Lise choisit un haut dans son armoire.

Loup y es-tu ? Elle boutonne sa chemise.

Il faut dire que, avec ou sans preuve, Lise sent quand, dans sa chambre, un objet a été manipulé. Du temps où elle s'inquiétait pour Élisa, déjà, elle était à l'affût. Ainsi en est-elle venue à photographier dans sa tête chaque paysage domestique comme un flic le ferait d'une scène de crime. Elle se souvient de la position de la tige du brumisateur de sa lotion, ou des plis d'un coussin contre l'accoudoir d'un fauteuil, ce genre de détails. C'est Hannah qui, l'autre jour, le lui a fait remarquer. Elle dormait chez les Balla, Hannah cherchait son coupe-ongles et Lise a su lui dire, comme ça, sans réfléchir, que l'objet se trouvait sur l'étagère des toilettes, coincé entre *Je sais cuisiner* et *Le Guide du Routard galactique*, à côté d'un élastique à cheveux couleur parme. Hannah l'a regardée bizarrement. Lise n'a pas saisi, sur le moment.

Elle enfile ses tennis.

Loup y es-tu ? Elle noue ses lacets.

Sans bruit, elle pousse la porte du dressing de la chambre de son père. Il vient d'entrer dans sa salle d'eau, toujours à la même heure : une minute après les infos. La soirée d'hier et leur arrivée tardive n'ont changé en rien la ponctualité paternelle. Lise perçoit le bruit de la douche, elle répugne à se l'imaginer tout poilu sous le large pommeau, mais connaît son tempo : elle dispose de quatre minutes, montre en main, avant qu'il ne sorte en trombe, tout fumant de vapeur. La clarté du matin évite à Lise d'avoir à allumer – un atout de discrétion, déjà. Elle ouvre les penderies en prenant soin de ne pas entrechoquer les panneaux, un heurt infime mais, on ne sait jamais avec les sons, la façon dont ils se propagent dans une maison. Si Lise veut retrouver son journal, elle n'a pas intérêt à traîner. Elle farfouille. En silence. Parce que Bernard Beaumont sait être discret. En dépit de sa corpulence, il lui arrive de monter l'escalier, silencieux comme un chat. Depuis longtemps Lise a deviné qu'il connaît les marches muettes, celles sur lesquelles s'appuyer sans que le bois ne geigne. Sur le parquet, ses pas sont à la fois vifs et amortis. Mais c'est quand il manipule des objets, surtout, que son père opère à gestes feutrés. Pas toujours mais quand même : à ce petit jeu, l'animal excelle. Lise cherche. Elle fixe une petite commode encastrée où sont encore rangés quelques affaires de sa mère, du linge de maison empesé jamais utilisé et les décos de Noël. La fin de l'année approche mais Lise ne se sent pas le cœur à la fête. La hotte de son petit Papa à elle semble plutôt garnie de traquenards.

Qu'est-ce que c'est ?

Elle entend un chuintement. Lise quitte le dressing paternel sur la pointe des pieds. La maison a dû craquer. Il a beau s'agir d'une construction récente, les matériaux travaillent. Inutile de jouer les téméraires, ces soupirs de château l'impressionnent. Dans un opéra que sa mère lui faisait écouter autrefois, les murs respiraient, un passage horrible.

À peine a-t-elle regagné sa chambre qu'elle entend s'ouvrir la porte de la salle d'eau. Elle croit sentir sur sa peau le dégagement de vapeur et imagine son père qui émerge, tout ruisselant. Le placard qu'elle vient d'inspecter, au fond du dressing, n'est pas grand : vingt ou trente centimètres de profondeur. Elle lui avait soupçonné un double fond. En fait, non.

Bernard sifflote. De la cuisine monte une odeur de café. Lise entend son vieux chien souffler, Noun à son poste dans l'entrée, étendu un peu raide dans son panier. L'osier craque : le molosse s'étire. Donc le carnet de son enfance s'est évaporé. Mauvais début de journée. Papa : 1, Lise : 0. Ce n'est pas ce qui l'arrêtera. Elle descend lentement les escaliers. Aucune intention de s'en laisser conter. Lise secoue ses cheveux blonds.

Loup y es-tu ? Elle arrive.

15

Calée jambes en l'air sur les premières marches de l'escalier, dans l'entrée, Lise a beau faire sa brave, faussement indifférente, elle est dans ses petits souliers. Cette fois-ci, c'est du lourd : son père tient à lui présenter la fille à la culotte. Corinne. Il s'en est fallu de peu qu'elle passe Noël avec eux, Lise a halluciné. Heureusement que la nana a une famille aimante qui l'a conviée loin, très loin. Ouste, Coco. Dégage. Lise n'invente rien : elle s'appelle Houst, de son petit patronyme. Corinne Houst. Officiellement, depuis, Lise déteste le prénom. Dans son agenda elle a rayé la Sainte-Corinne – dix-huit mai – jusqu'à trouer le papier. Mais voilà, les fêtes passées et janvier arrivé, Lise ne va plus y couper. Bernard a jugé bon d'y aller mollo en commençant par un apéro. Il fait un froid de canard. Tout à l'heure Lise a loupé son DST de philo. C'était un texte de Spinoza. Persévérer dans l'être. Et puis quoi. Et si la fille à la culotte dérapait sur une plaque de verglas ? Non, la voilà, rien ne va.

Corinne Houst sonne, parfaitement à l'heure, Bernard va ouvrir. Yeux fermés, Lise l'imagine une dernière fois avant de la voir en vrai : elle se figure une fille aguicheuse, aux longs cheveux épais et à la bouche charnue. Lise s'attache à remobiliser l'image qui, depuis la culotte moisie, s'est formée dans son esprit ; c'est idiot mais elle ne tient pas à ce que la réalité vienne la remplacer. Avant de la voir, Lise entend la fille arriver : ses chaussures sont ferrées, ça commence bien. Elle serre les paupières du plus fort qu'elle peut, si elle pouvait elle se les ligaturerait. Mais Corinne s'avance dans le salon et il faut bien ouvrir les yeux. Nonchalante, à moins qu'elle soit intimidée, c'est fou ce qu'elle tricote des pieds, elle se prend pour Fred Astaire ou quoi ? On dirait une belette, plutôt, elle est à la limite de sautiller. Lise est désarçonnée. À quoi s'attendait-elle ? La fille est comme sa culotte : pas très distinguée. Petite, chétive, souris grise en dépit de ses cheveux marron terne permanentés, il est affreux, ce frisotté serré, elle porte une robe blanche à volants, son style est maladroit, insignifiant, trop étudié. Sa poignée de main, nerveuse comme si elle redoutait une décharge électrique, colle avec son allure. Lise a du mal à parler, à saluer cette femme, la fille, Corinne, allez, Houst ! Comment la qualifier ? Les chevilles de Lise flageolent tels des filaments de méduse, elle se mord l'intérieur de la joue, reprends-toi. Elle se redresse et articule, peu vaillante, un bonjour expiré. La fille la regarde dans les yeux et glousse. La quiche.

Qu'est-ce qu'on lui sert, à la Houst ? La nana hésite. Bon sang. Elle est déjà insupportable.

— Allez, un Jack Frost, Bernard, s'il te plaît.

Lise manque s'évanouir. Ou bien elle va buter quelqu'un. Mais son père – Bernard – se tourne vers Lise, monsieur se prend pour le seigneur du château. L'air de rien, il fait son beau. Lise le connaît si bien. Elle détourne le regard. Un relent de bile lui jaillit de l'estomac comme un clown flippant surgi d'une boîte, l'amertume lui brûle la glotte, il lui faudrait un truc fort. Mais quand Papa l'interroge, sans un mot, de son regard velouté – velouté, vraiment ? –, d'un mouvement du menton Lise secoue la tête. Il lui faut garder la tête froide, justement. Elle ne sait pas exactement pourquoi mais elle sent que ça pourrait devenir nécessaire.

— Un rien, mademoiselle ? Triste choix.

En plus, il est lourdaud. C'est le moins qu'on puisse dire.

— Nos cocktails sont en promo, ma puce : un Bloody Mary peut-être ? ou un Banana Mama ?

Lise est sur le point d'exploser, il est bouché, Daddy-Guignol, ou quoi ? Non merci. À moins que :

— Un Bloody Élisa, tu me ferais ça ?

Ça lui a échappé. Elle est dingue. Papa l'observe sans sourire. Elle vient de dire une grosse connerie. Bernard repose la bouteille de vodka brutalement, mâchoire serrée. Lise ne règne plus en son royaume, mais alors plus du tout, et ça ne lui dit rien qui vaille. Le trône est occupé, Corinne Houst n'a pas vingt-cinq ans. Sept de plus qu'elle, pas chipette. Lise range derrière son oreille une mèche qui l'énerve. Elle commence à avoir vraiment peur, en fait, voilà. La fille pérore. Lise s'entend lui répondre mécaniquement, Oui, c'est un jardin sauvage. Corinne. Que peut-elle bien lui trouver, à son père ? Bernard ne manque pas de charme, il est magnétique même, Lise en convient. Mais il a la cinquantaine passée. Le double de son âge. Un décompte sordide qui clignote si fort dans la tête de Lise qu'elle ne peut s'éviter de dénombrer. Justement : Corinne Houst pérore qu'elle a fait comptabilité. Comme le hasard fait bien les choses. C'est comme ça que la cocotte a rencontré Bébert – Bébert ! – : elle cherchait un nouveau job, elle voulait en changer, tu comprends, elle avait fait le tour du poste dans son ancienne entreprise. Ben voyons. Alors, quand elle a vu l'annonce à l'usine, elle a postulé. Et, pff, on l'a embauchée comme comptable. Corinne s'esclaffe, un peu gênée. Elle dévoile ses petites dents mal alignées. Ah, et en plus, elle est férue d'astrologie :

— C'est quoi, ton signe, Lise ?

Louve ascendant cobra, tu veux tâter, poulette ?

La fille n'est pas méchante mais insipide. Gros ego, cul moyen, petits seins et mini-cerveau. Si jamais Bernard nourrit à son égard de mauvaises intentions, c'est plié, elle ne fera jamais le poids, elle va se faire rétamer. Lise tâche de converser sur un ton badin, elle se tient à carreaux, c'est elle ou son père est vraiment menaçant ? Elle s'inquiéterait, à la place de Coco.

Quant à elle, avec de tels tarés elle va devoir prendre le large. Non, mais, qu'est-ce qu'elle a fait pour se farcir un paternel pareil ? Un malade de cet acabit ? En attendant, elle les raccompagne à la porte. À grand-peine. Lise sent la colère enfler en elle, s'ils ne dégagent pas vite fait, elle va exploser. Bernard et Corinne – elle ne se remet pas de l'attelage : Bébert et Coco – vont dîner chez des amis.

Arrivée derrière eux, soudain, dans l'entrée, elle saisit un léger bruit. En attrapant sa veste, son père vient de bousculer un vieux manteau. Il n'a pas pris garde au tintement métallique qui a suivi, son que Lise a très bien perçu, elle. En moins d'une seconde, elle avise au sol une petite clef gisant au bord d'un carreau noir. Lise se tend : il se passe quelque chose d'important. Au motif d'embrasser son père elle s'approche et met le pied sur l'objet. Bernard enfile son imper à sa poule. D'un geste subreptice, Lise en profite, ni vu ni connu, pour attraper la clef et la glisser dans sa chaussette.

— Je te confie les clefs du château, Lise. Sois bien sage.

Corinne glousse. Lise s'immobilise. La mise en garde ne peut relever que de la blague – c'est une blague, il le faut – mais, sous les sourcils broussailleux, les yeux de son père n'ont jamais été si sombres. L'a-t-il vue ramasser la clef? En déglutissant lentement elle manque s'étouffer et tousse. Respire. Ouf. Dès que les deux ont franchi la grille du jardin, suffisamment loin, elle se précipite dans la cuisine pour examiner sa trouvaille : une minuscule clef ciselée, en métal brossé, probablement destinée à ouvrir un petit bagage. Ou un coffret. Lise serre l'objet dans son poing. Sa colère et sa peur se dissolvent. Absorbées. Dans la clef.

Elle entre dans le bureau de son père et regarde autour d'elle. La pièce est quand même très encombrée. Elle s'y est déjà attardée, l'a fouillée de fond en comble – du moins le croyait-elle. Mais elle ne disposait d'aucune clef. Sésame, éclaire-la. Dehors il fait nuit noire. À vingt heures, en janvier, c'est pas comme s'il s'agissait d'une nouveauté. *Fiat lux.* Lise allume toutes les lampes. Comme ça c'est plus rassurant.

Elle commence à se décourager quand elle avise, derrière le blaireau, coincée entre la bestiole séchée et le bas du mur, à moitié glissée derrière la bibliothèque, une sacoche de la taille d'un cahier, assez épaisse et dotée d'une bandoulière démesurée, un modèle rustique horrible. Elle reconnaît le baise-en-ville de son père. Quoique Bernard ne l'utilise plus depuis des années, en un instant le mot s'affiche dans son esprit. Enfant, elle s'était interrogée sur l'étrange appellation. Les enfants sont des radars à double sens, avait remarqué quelqu'un devant Lise : ils font preuve d'un flair inné à l'endroit des significations cachées. Aujourd'hui qu'elle prend la mesure du collage verbal, il la révulse. Elle s'empare de la sacoche avec précaution, soucieuse de ne pas se trahir : le baise-en-ville est tout recouvert de poussière, surtout à l'endroit de la bandoulière, il lui faut parvenir à le manipuler sans endommager la couche cotonneuse. Pas simple. Bien assise sur le canapé, elle pose l'objet sur ses genoux en tâchant de maintenir la bandoulière dans la même position, pour éviter la dispersion des moutons. Doucement Lise le retourne. Une petite serrure apparaît. Son cœur bat, Non, elle ne se trompe pas : le travail du métal et la ciselure sont les mêmes. Elle inspire à fond, calme et contrôle, le risque est grand de faire disparaître la poussière en la soufflant par les naseaux, elle voit d'ici la catastrophe. Extirpée de sa chaussette, la clef tourne sans mal dans la serrure du petit bagage. Jackpot. Le baise-en-ville va livrer son secret.

Rien du tout.

Lise enrage. Elle en pleurerait. La sacoche est vide. Elle s'était fait des films. Elle fouille encore une fois le baise-en-ville, enfonce ses mains jusqu'à sentir le revers du cuir sous ses ongles. Rien. Vide. C'est à se gifler. Elle baisse les yeux. Au moins, la couche de poussière qui recouvre l'objet est-elle toujours intacte. Maigre consolation. Lise se lève, toujours aussi précautionneuse, et replace la sacoche comme elle était, derrière le blaireau. En se redressant… Oh non. Un faux mouvement lui a fait cogner le plateau du bureau et renverser la vipère. Vite, vite, ramasser le serpent séché qui a atterri sur le tapis. Bonjour la vision d'horreur. La vipère a l'air de s'être toujours tenue là, raide de la tête à la queue, ses zigzags à demi effacés cachés dans le fond gris ébouriffé, lovée au cœur du tissage épais. Du bout des doigts, Lise ramasse la carcasse déglinguée : là où les écailles sont parties, apparaît la chair durcie, par endroits le squelette se voit, elle devine deux vertèbres qui percent, plus crade elle n'a jamais vu ça. Lise remet le reptile en place.

Un craquement la fait sursauter. Ça bouge dans la maison.

En courant, sans respirer, elle monte à sa chambre. La clef posée devant elle, assise à son bureau, elle écoute. N'entend rien. Une fois son souffle revenu à la normale, Lise se calme. Ses classeurs lui font de l'œil. Il faudrait peut-être qu'elle commence à réviser, sa terminale est une vraie catastrophe. Mais, ça va devenir une habitude, elle n'a pas le cœur à l'étude. Elle relit un petit mot trouvé au fond de la table de nuit de Bernard, écrit de la main de sa mère : Élisa le remercie d'avoir réparé son escabelle qui branlait, c'est pour ça qu'elle la lui avait confiée. Et alors quoi ? Même si son père a réparé le petit siège, la réparation n'a pas empêché sa mère de tomber, Lise s'en souvient, les quatre fers en l'air. Quatre. C'est bien ça. Quatre des conquêtes de Bernard ont disparu, Lise n'a pas rêvé, un tel chiffre ne peut pas relever que de la coïncidence. Reste qu'il faudrait des preuves, au moins une. Rageuse, elle se lève mais, en repoussant la chaise contre le bureau, la bouteille d'encre se renverse. Lise est vraiment maladroite, aujourd'hui. Comme si c'était une surprise. Le liquide bordeaux se répand, heureusement la bouteille est presque vide mais la clef, toute proche, s'imprègne déjà, Lise se précipite pour attraper un mouchoir, elle tamponne, frotte l'objet. Mais zut. Frictionne tant qu'elle peut. Ouf, bientôt il n'y paraît plus.

À l'exception d'une minuscule tache rougeoyante située dans l'interstice d'une ciselure.

Lise s'escrime dessus mais, dans cette teinte, l'encre est quasi indélébile, elle le sait. Elle descend, pas rassurée, replace la clef dans l'entrée contre la plinthe, l'interstice souillé côté carrelage, maladroitement dissimulé. Son père ne doit rien remarquer. Non, non, non. Ni vu, ni connu. Méthode Coué.

Debout sur le perron, Lise respire à fond. Noun approche, elle l'entend : elle connaît le rythme de son pas, le son de ses larges coussinets sur les différents revêtements, la façon qu'il a de s'arrêter pour flairer, son souffle, même. Il vient se lover contre sa maîtresse, pattes branlantes, à hauteur de son ventre. Le vieux chien semble se repaître de la respiration de Lise, il colle la tête contre son diaphragme comme, lors de leur rencontre, il l'avait enfouie sous le blouson rouge taille six ans. Mais, aujourd'hui, l'animal, perclus, ne tient pas longtemps. Elle se dégage de lui doucement, soucieuse de son bien-être, anxieuse surtout de son grand âge. Alors ils descendent se promener dans la nuit frissonnante, pas vite, pas loin, quelques pas à peine, l'un épaulant l'autre, le vieux dogue et elle, Lise, prise entre deux feux qui la consument, la peur et les larmes. Les lampes de l'allée n'éclairent plus grand-chose. Un jour prochain, très prochainement Lise le sait, Noun va la laisser. Comme ils ne voient rien dans la quasi-obscurité, ils ne s'attardent pas. À regret. Car aussi sauvage et exubérant le jardin d'Élisa est-il devenu – d'aucuns diraient carrément inhospitalier –, pour Lise l'endroit demeure un havre de paix. Elle se remémore le parfum des bulbes de printemps, le petit rouge-gorge timide caché dans le céanothe, les grimpantes et les massifs zonzonnant, l'été. Elle revoit sa mère qui taillait, tutorait, éclaircissait, campée sur son escabelle, le poste de radio dispensant ses mélodies. Et Noun qui se roulait, tel un veau dans l'herbe drue.

Au matin, Lise est réveillée par un son inhabituel. Arrivée au bas de l'escalier, elle sent son cœur se serrer, elle comprend vite. Son chien tente de se lever mais n'y parvient pas et, littéralement, ça le fait râler : une plainte faiblarde s'échappe de sa gorge entravée. Il réussit à se hisser sur une patte, la deuxième suit péniblement, mais pas l'arrière-train. Souffle court, le chien branle du chef avec pugnacité, finalement il retombe, comme un soufflet. Lise se précipite et se baisse près de lui, accroupie. Noun pose la patte sur son bras, et expire.

III

Le château (1992-1993)

16

Bernard creuse.

— Tu te souviens, Papa, quand tu avais dit que Noun n'allait pas rester chétif? Comme tu avais raison.

Le trou doit être profond.

— C'était un gentil clebs que je t'avais trouvé, ma puce.

La tombe est bientôt prête. Un amas d'humus noir et gras s'entasse au bord de la cavité.

Soudain, derrière Papa, à la base du tas qui surplombe le trou, un petit monticule se met à bouger. La terre se soulève par à-coups, on s'active là-dessous. L'excavation a dû déranger une musaraigne, ou peut-être plutôt un gros scarabée, un habitant des profondeurs. Bientôt le corps de Noun, enserré dans une vieille chemise de nuit de Lise, sera déposé au fond. Son chien reposera là, veillé par les amis du sous-sol, cloportes, lombrics et araignées qui se relaieront pour lui tenir compagnie. Lise sait que c'est idiot mais l'idée la rassérène un peu.

— Il t'adorait.

La réciproque est vraie.

Bernard s'éponge le front de son avant-bras nu, il ne porte qu'un tee-shirt malgré le mordant du froid. Elle note sa musculature bien dessinée, s'en veut d'y prêter attention, quelle zinzin elle fait.

Comme si c'était une nouveauté.

Lise est folle de son père, avait-elle pensé un jour. Pas sûr que l'affirmation soit encore d'actualité.

Encore que. L'adjectif « folle ». Ça dépend du sens qu'on lui donne.

Les yeux noirs de Papa plongent dans les siens :

— Vous vous aimiez, Noun et toi.

Bah oui, il était son nounours à dents.

Bernard dépose doucement le corps du molosse dans le trou. Galeries, trous, filaments, Lise se concentre sur les traces laissées par le petit peuple des profondeurs, pour ne pas trop pleurer. C'est loupé. Le tas qui surplombait la cavité diminue à mesure que la chemise de nuit disparaît sous les pelletées, sous la terre, Noun va se coucher à jamais.

— Allez, Lise, viens. Rentrons, maintenant.

Lise n'y voit rien tant elle est aveuglée par les larmes, mais elle a plutôt envie de marcher. En dépit de son chagrin, sa peur ne l'a pas quittée. Comment expliquer à Bernard qu'elle se sent davantage en sécurité au milieu de nulle part que dans sa propre maison. Au cœur de la friche de sa mère que douillettement installée dans leur salon. Elle n'y peut rien si son chezelle rimait avec Noun. Le foyer Beaumont ne sera plus le même.

Son père s'éloigne vers le perron, pelle à bout de bras :

— Bon. Moi je file. Le point du matin, je suis déjà en retard. Ah, et ne m'attends pas pour dîner, je suis retenu ailleurs, ce soir.

Encore ? Il n'en a rien à faire d'elle, ou quoi ? Noun est mort et il la laisse. Il dépose ses chaussures pleines de boue sur le perron et disparaît dans la maison. Lise enfonce ses ongles dans ses paumes, horde de huit petits rasoirs qui la meurtrissent, la douleur la soulage, décidément elle est bien barrée. Elle sent l'odeur du froid humide monter de la végétation. Comme autrefois les broussailles transpercent son jean et lui griffent les mollets. Lise s'arrête, prisonnière d'une tige nue couverte d'épines. Comme autrefois elle se pique le doigt en se libérant de la liane vipérine. Elle a beau le savoir, chaque fois avec les ronces elle se fait avoir.

De ce qu'elle suppose, Bernard a récupéré la clef. Sans un mot. Elle peut souffler.

Partout les bosquets ont épaissi, les arbres se sont déployés en un fouillis de branches tordues. Ceux du verger végètent, asphyxiés par le lierre – jamais Élisa ne l'aurait toléré. Le liquidambar est mort, séché sur pied. Seul le févier d'Amérique, aussi répugnant qu'increvable, dresse ses branches nues et épineuses vers le ciel – comme ça, il doit avoisiner les vingt mètres – au bout desquelles pendent les cosses par dizaines, sèches et noires comme une armada de cimeterres.

Lise se dirige vers le bassin, frissonnante. Elle scrute le jardin assombri : on dirait le parc du château de la Belle au Bois dormant, rendu inaccessible une fois le sort jeté. La Belle Élisa repose au cimetière de Saint-Martin de X, à trois rues de là. Et la Bête Noun maintenant, ensevelie ici. Et les autres disparues ? Quatre poules sur un mur qui picotaient… prenez garde au renard… caquetez, volailles, allez.

Lise tend son visage au-dessus de l'eau noire. Il s'est écoulé des mois, peut-être des années depuis la dernière fois qu'elle est allée scruter la surface étale. Si elle pouvait se dissoudre dans le liquide comme une paillette de savon noir. On dit des carpes koï qu'elles peuvent vivre cent ans. Noun n'en demandait pas tant. La salamandre et le brochet sont-ils encore tapis dans la vase ? Lise lève ses yeux brûlants vers la nuée. Trop de questions sans réponse. Et sans Noun, ça va être compliqué. Ses larmes sont chaudes comparées à l'air nocturne, mais bien sûr elles ne le restent pas. Quand tu broies du noir, regarde le ciel et admire, repais-toi – Maman lui avait donné ce conseil, autrefois, Lise l'a toujours suivi. Ciel de toutes les heures et de toutes les saisons, de jour, de nuit, bleu, noir, gris, ciel entre chien et loup, ciel de traîne, elle prend tout. L'éther contre le chagrin, d'ordinaire le remède est souverain. Mais, ce soir, pas la moindre étoile, un effiloché de nuages d'un gris même pas perlé, trois gouttes de pluie. Un noir de funérailles.

Dans le sillage de son père Lise rentre dans la maison, referme la porte derrière eux et tourne la clef dans la serrure.

— Tu fermes à clef, maintenant ?

Elle fait volte-face et se cogne presque contre Bernard, rougissante. Sans bouger, lui ajoute, calme et amusé :

— Alors, comme ça – il mime le geste : clic-clac ?

17

Assise à son bureau, machinalement elle feuillette les pages du carnet à l'effigie du chiot. Elle l'a retrouvé : il avait glissé derrière son lit.

De sa chambre, silencieuse, elle entend Bernard chantonner en bas, dans la cuisine.

Elle a eu du mal à extirper le vieux journal, coincé qu'il était entre le mur et le sommier. Mais, même avant de pouvoir le voir, rien qu'au toucher Lise a reconnu la couverture. Ses doigts se sont immédiatement souvenus du carton fripé antique et des bords tout cornés.

Lise referme le vieux journal et se redresse, assise à son bureau, songeuse. Machinalement elle pianote sur le plateau égratigné : zébrures au cutter, piqûres de Criterium mines 0,5 et ratures tatouages ont irrémédiablement fusillé le bois. Pour Lise, ça ne change rien, son bureau fait office de refuge : toujours, lorsqu'elle s'assied à sa table de travail, son esprit, quoique sujet aux tempêtes, se calme. De sa chaise elle regarde par la fenêtre. Le son de la radio couvre les bruits du dehors mais, à voir la surface des flaques constellée, pas de doute : il pleut. Les notes familières d'un jingle montent jusqu'à sa chambre en même temps qu'un souffle frémissant de pommes de terre rissolées, « jeudi 12 mars 1992, France Inter, il est 19 heures », Papa prépare le dîner. Par l'entrelacs sonore des nouvelles du monde et de la friture, aux odeurs grasses et salées qui lui parviennent, Lise devine que son père est joyeux. Elle est dégoûtée. C'est encore cette insignifiante petite pouffe : Corinne. Ça fait dans les trois mois, quand même, qu'il lui a présenté la Houst. Et Élisa, elle en dirait quoi ? Bernard semble avoir complètement oublié Maman. Plus de deux ans après sa mort, Lise, elle, non, certainement pas. Ça fait exactement deux ans et quatre mois, et alors ? Et alors les souvenirs continuent de déferler sans prévenir, ils la meurtrissent avant qu'elle puisse les repousser. Quand un détail ramène des filets de sa mémoire la robe verte à pois de sa mère, telle conversation qu'elles avaient eue dans la rue du docteur Miallet, ou la drôle de contorsion que Maman effectuait pour arroser son bégonia, Lise doit s'interrompre, éberluée de douleur. Pourquoi certains auraient-ils le droit d'oublier le mal qu'ils ont fait, quand d'autres n'ont pas le droit de se souvenir de celui dont ils ont souffert ? Elle sort de ses pensées, rattrapée par les voix, à la radio : elle reconnaît le nom de Mitterrand, entend parler de l'OM et de haute couture. Et son journal juste tombé derrière son lit. Vraiment ? A-t-elle rêvé les innombrables manigances auxquelles elle a songé ? Les a-t-elle inventées ? Le cheveu blond, la page de cours et la ceinture n'ont pas bougé de leur propre chef. Quelqu'un d'animé, un humain, les a bien déplacés. Elle ne voit qu'une possibilité. Lise avale sa salive avec difficulté. Le flip.

Que se passe-t-il ? Pourquoi elle n'entend plus rien ? Les pommes de terre doivent être cuites et les nouvelles du monde, rancies. Elle bouge les fesses sur sa chaise. Écoute encore. Toujours rien. Elle tripote son ancien carnet, elle l'a bien inspecté, est-ce que quelqu'un y a touché ? La question de la poussière, notamment, l'a tarabustée. Elle s'est souvenue du baise-en-ville moutonneux et, forte de l'expérience, a voulu vérifier. Rien de concluant : étant donné la position dans laquelle elle a retrouvé le cahier, la tranche seule aurait pu accumuler la poussière, tranche recouverte en partie par la literie, les coussins et sa couverture, par les draps, aussi. Impossible de conclure quoi que ce soit. Elle se passe la langue sur les dents. Sa salive a la consistance de la mélasse. Une sensation désagréable.

Plus aucun son ne monte de la cuisine, la maison est bien silencieuse.

C'est toujours le problème : aucune certitude. Jamais. Les choses bougent, mais à peine. Comme si un individu les déplaçait, puis les remettait, bien à leur place mais pas *très* bien. Tout est là. Les déplacements imprimés aux objets sont à la fois infimes et détectables : comme si quelqu'un de très méticuleux au dernier moment renonçait à l'exigence. Ça n'a aucun sens.

La porte s'ouvre. Il pénètre dans sa chambre, yeux hors du crâne, hirsute et éructant. Lise jette le petit cahier rose derrière elle sur son lit, il n'y a pourtant pas lieu de le cacher, et se lève, presque au garde-à-vous, avec l'espoir plus ou moins conscient que la station debout guindée passe pour le signe avant-coureur d'une allégeance. Mais Bernard n'est pas sensible aux manœuvres. Le front barré de plis déplaisants, il grogne :

— Qu'est-ce que tu cherchais ?

— De quoi tu parles ? s'étrangle Lise, faussement sotte, et qui sait très bien de quoi son père veut parler.

— Tu as fouillé mon bureau, Lise… Dans mes affaires, Lise, je le sais… Ne nie pas, ça, non ! La petite clef que j'avais égarée… Réapparue comme par magie… Tachée ! Tu veux voir la petite marque rouge ? Et la queue de ma vipère est cassée ! Qu'est-ce que tu cherchais ?

Ah ça, sa queue a foutu le camp, Lise n'a pas vu qu'elle s'était disloquée en tombant, la saloperie. Son père s'approche d'elle, les poils de sa barbe lui piquent presque le haut du visage, on dirait des serpents dressés. Gorgone méduse au masculin. Gorgon médusé. C'est à cause de sa foutue vipère. Trop de nervosité : Lise a envie de pouffer. Inspire.

En fait, elle est terrifiée.

— Dis-moi ce que tu as vu, dans mon bureau, alors… Ça t'a plu ? Tu as voulu savoir mes secrets, ma puce. Les secrets de ton père…

Voilà qu'il prend un air mièvre qui ne lui va pas et assène doucement, presque en susurrant :

— Ça ne se fait pas. On ne fait pas ça !

Il a beau la dépasser d'une tête, Lise sent son haleine, un mélange d'huile et de persillade, de vin aussi, un rouge épicé. Elle s'efforce de réfléchir. Posément. Il n'a aucune raison de se douter. De deviner ce qu'elle sait. Bernard s'approche encore un peu plus d'elle, à la toucher.

— Ne recommence pas, Lise. Jamais.

Elle peine à retrouver son souffle, ses sanglots en rafale la font hoqueter. Le vlan de la porte que Bernard claque derrière lui en partant la fait sursauter. Elle l'a échappé belle. Mais son cœur continue de battre si fort qu'elle redoute qu'il n'éclate. Poum Pam, Pam. Lise fait tout pour penser à autre chose, un truc pour s'occuper l'esprit, vite, un problème bien concret. Les pas lourds de son père qui descend ébranlent la maison. Voilà, ça, c'est bien : focus sur ce mystère, encore un, qu'il soit parvenu à monter jusqu'à sa chambre sans qu'elle l'entende. Comment a-t-il fait ? Aurait-elle manqué d'attention ? Lise secoue la tête, non, ça ne lui ressemble pas : pour tout capter de ce qui se passe autour, elle est championne de l'univers. Elle respire. Enfin. Recouvre son calme. Momentanément, peut-être, mais elle prend.

Elle voit, dans le miroir de l'armoire en pitchpin, le reflet de la petite clef que son père en partant a jetée. Croit-il qu'elle avait envie d'aller le contempler, son merdique petit tas de secrets ? Elle aurait préféré ne rien voir, ne rien deviner de la liste de ses conquêtes, du catalogue de ses crimes. Un inventaire de ses fantasmes, peut-être ? Il continue de pleuvoir à verse, elle ne s'entend plus pleurer. Bernard a toujours préféré la démonstration de force à l'exercice de la violence. Dans la chambre, les contours des meubles et des objets s'estompent dans la pénombre. Lise s'effondre sur son lit. Sous ses paupières mi-closes ses fantômes se font chair, et tant pis si elle est pourrie. Des femmes de l'âge de sa mère sont agglutinées dans un couloir d'hôpital, elles regardent Lise déambuler, à moitié nue, mal couverte par une blouse verte préopératoire, de ces chemises non tissées qui ferment insuffisamment dans le dos, laissant voir son derrière, fesse gauche, fesse droite, à chaque mouvement, Vous n'auriez pas vu Maman ? Lise cherche Élisa, il faut qu'elle la ramène, Qu'est-il arrivé à sa mère ? Il faut qu'on la soigne, et toutes ces dames parfaitement informées que Lise croise lui renvoient, polies, posées : « Alors comme ça, vous êtes sa fille ? Comme c'est intéressant », et les commères s'évanouissent dans la foule. Car Lise en fait arpente une méga-manifestation de rappeurs, de grands balèzes baraqués, gangsta blousons et chaînes dorées. Tous trônent face à une estrade vide, on y attend le King. Et là, le plus naturellement du monde, assise parmi eux dans un grand, trop grand trône rutilant, elle aussi en Teddy Smith mais toute maigre, couronne, gros collier et chihuahua, il y a Maman.

Lise s'éveille, cotonneuse. Dehors il pleut toujours, un vent violent projette une armée de gouttes à l'assaut de la croisée. L'aiguille des secondes balbutie, tressautante sur le trois de la petite horloge murale dans un éternel recommencement. Il est à peine vingt heures. Lise s'étire : elle qui croyait que toute une nuit avait passé, elle n'a pas dormi une heure. Elle se lève. Veut sortir.

Elle s'escrime sur la poignée. Qui ne bouge pas. Indignée, Lise se jette contre les panneaux de bois. C'est n'importe quoi ! Impossible de faire jouer le pêne : inerte, il refuse de sortir de la gâchette. Elle s'énerve. Tente un nouveau coup d'épaule. Mais l'ouverture est en chêne massif, inutile d'y penser. Une douleur lui vrille la clavicule, elle se masse précautionneusement, ce n'est pas le moment de se blesser. Comment va-t-elle faire pour le Bac ?

Son Bac.

On se calme.

Posément Lise réessaie de faire tourner la poignée. Ça n'est pas possible, il doit y avoir erreur, elle va se réveiller. D'autant que, c'est absurde, Lise n'a jamais connu de clef à sa chambre, elle croyait la serrure condamnée. Elle se met à trembler, elle doit ressembler à l'un de ces roquets pelés perpétuellement agités de soubresauts, dans d'autres circonstances il y aurait de quoi rire. Elle avise la fenêtre. Quant à sauter, même pas la peine de l'envisager, vu la hauteur de la croisée et, en bas, le dénivelé, elle pourrait se tuer.

Quand même, elle ouvre la fenêtre. Le grondement de la pluie envahit la chambre comme une armée de tambours, il tombe des hallebardes. Rien qu'à se tenir au bord, Lise est trempée. Tant pis. Elle crie. S'époumone du plus fort qu'elle peut. Mais le bruit de l'eau est tel qu'il couvre sa voix. Vu de sa fenêtre, le jardin tient du roncier : une impénétrable forêt d'arbres et de buissons géants rendent la maison inaccessible. Maud seule, si elle vivait encore, eût été susceptible d'entendre ses cris. Lise grelotte, dents serrées. Avant, aussi, il y avait Noun.

Elle s'interrompt, toujours aussi tremblante – le froid autant que la peur – : cette fois-ci elle entend très bien le pas lourd de son père qui gravit l'escalier.

— Lise ! rugit-il. Lise !

Elle voit la poignée tourner... Bernard Beaumont entre sans difficulté. Lise roule des yeux épouvantés :

— Comment es-tu entré ?

— Arrête ces enfantillages ! Comme tout le monde : en tournant la poignée. Tu sais bien que la porte gonfle quand il pleut, il suffit de la pousser. Ne me casse pas les roubignoles, Lise. Ne va pas m'agacer !

Il s'avance, l'air mauvais. À bout de bras il tient le couteau à pain.

La punition est arrivée.

La voilà complètement cramée, elle va se faire découper.

Elle hurle.

— Cesse de beugler, idiote !

Un rictus déforme le visage de Bernard.

— J'ai besoin de toi. Aide-moi.

Son père lève son autre main, rouge de sang ; il s'est coupé, la plaie coule abondamment. Lise, hébétée, le suit dans la salle de bains. Bernard jette le couteau sur le rebord du lavabo. Et elle qui s'était crue enfermée. Elle tâche de faire bonne figure, à tout le moins d'afficher un visage normal :

— Lève le bras bien haut au-dessus de la tête, Papa, je pince.

Elle serre le doigt blessé juste sous la coupure, le sang coule sur la paume de Lise, dégouline le long de son bras à elle, elle est dégoûtée mais comprime, tient serré l'index de son père jusqu'à ce que le sang cesse de goutter. Sur la faïence, le couteau rougi semble attendre. Elle avait cru sa dernière heure arrivée. Ne pas tourner de l'œil. Se figurait déjà la lame. Du calme. Inspire, Lise. Inspire. Comment disait la maîtresse, autrefois ? Temps calme. Allez, on fait temps calme. Ne regarde pas le sang comme ça, le sang de ton père, Inspire. Le même coule dans tes veines. N'y pense pas, donne le change :

— Ça va, Papa ?

Poum Pam, Pam, Pa, Pa, Papa. Les yeux de Lise balancent, des compresses rougies aux mains puissantes de son père, bang bang, hélices qui cognent et cognent, matraques incontrôlables. La coupure n'est pas profonde.

— Je te fais un garrot, Papa.

« Papa ». On rêve !

— Tu n'as pas mal ? Je n'ai pas trop serré... Ça va ?

Pam, Pa, Pa, Papa !

— Viens dîner, maintenant.

Oui, bien sûr. Tout ce qu'il veut. Et elle obtempère, vacillante, soumise.

La sonnerie du téléphone la tire d'un sommeil engourdi. Cette fois, pas d'erreur, le goût des mauvais rêves lui colle au palais, elle a dormi longtemps. Toute la nuit. À la lumière cotonneuse qui tapisse les vitres, ça se confirme : il est huit heures passées. Le tintinnabule de France Telecom continue, son père est sûrement déjà parti travailler. Lise trébuche en se levant. Parfois le sommeil égare comme un pétard ou un shot de vodka, le réveil l'extirpe d'un autre monde et elle réalise qu'elle était bien partie ; dans quel cosmos, c'est une autre question. Lise se traîne jusqu'à la chambre de son père où le téléphone de l'étage est désormais branché, et elle prend la communication. Une voix d'homme l'assaille, tonitruante et joviale, plus efficace qu'un réveil :

— Allo, Beaumont, enfin !

Agenouillée près du cube de plastique anthracite, Lise se secoue :

— Non c'est Lise, Qui est à l'appareil ?

Le garagiste, c'est le garagiste qui se permet d'appeler tôt, il espérait tomber sur Bernard, Il faudrait se dépêcher de prendre rendez-vous pour le contrôle technique de la Lancia, ne pas traîner, vous savez, la dernière révision remonte à novembre 1989, ça fait trois ans, c'est moi qui avais complètement oublié, dites à votre père que ça commence à dater. Les Gamma présentent quelques fragilités…

Lise se sent flageoler. Assise sur les talons, elle se cale :

— De quand date le dernier contrôle technique, dites-vous ?

— Ça fait un bail, mademoiselle Beaumont. C'est pas pour dire, d'ailleurs, mais il pourrait envisager de changer de char, votre père. D'autant que monsieur Bernard est un connaisseur. Quand on aime les beautés…

Merci bien, elle sait.

— Attendez, mademoiselle, j'ai le papier sous les yeux. Une seconde que je m'essuie les mains, le cambouis, vous comprenez…

La conversation prend un tour inopiné.

— Voilà. Date du contrôle : le 12 novembre 89. À cause de l'Armistice, votre père m'avait apporté la Gamma le 10 et on était le 13 quand il l'a récupérée. Depuis il n'a rien fait.

Comment ça, rien fait ?

Ce bavard de garagiste pourrait-il se tromper ?

Même si, au moment de l'accident, la Lancia était au garage, c'est comme pour l'escabelle : cela ne suffit pas à le disculper. Son père aurait très bien pu emprunter, ou louer une autre voiture et la rapporter plus tard, ou carrément s'en débarrasser. Parce que Bernard est coupable, quand même, d'avoir ratatiné Maman. Elle est là, la vérité : Élisa s'est recluse dans sa maison, sa chambre, son lit et même dans son corps, vous savez. À la fin, elle s'est amenuisée sous sa peau jusqu'à la papierdesoieisation. Et elle n'est pas la seule.

Lise repose le combiné.

18

Lise revérifie l'adresse indiquée sur le bout de copie déchiré. Elle se trouve en bas d'un immeuble du centre-ville si décrépi qu'au début elle croyait s'être trompée. Elle pousse la porte et s'engage dans un couloir – celui de droite, on lui a dit. Une première volée de marches la mène à un second vestibule, plus exigu, qui sent la poussière et les ordures ménagères. Lise avance dans la pénombre malodorante. La cage d'escalier est presque aveugle et la minuterie, hors d'usage. Sur le palier du deuxième Lise devine la trappe d'un vide-ordures, l'odeur vient de là, c'est sûr. Quatrième droite, elle sonne. Un fantôme lui ouvre.

Lise le scrute tandis qu'il s'efface pour la laisser passer. Fille ou garçon, impossible de savoir, sous le drap jauni – il ne fait pas envie. Voici un Starsky qui fume, Lise craint que sa perruque ne s'enflamme, puis c'est Albator qui ramène sa fraise en compagnie d'une princesse trop apprêtée. Lise avise Fabienne, une fille du quartier, elle est déguisée en Candy. Elle a lié deux nœuds rouges dans ses cheveux blonds, bouclés pour l'occasion, sa tenue jupe plissée-socquettes-chemisier lui donne un air de nymphette : elle est parfaite. Carrément sexuelle, ce dont elle ne semble pas se rendre compte. Ça fait bizarre de ne pas entendre de musique, Lise s'attendait à se faire tétaniser par une flopée de décibels. C'est Dracula : il était chargé d'apporter un ghetto-blaster, Mais qu'est-ce qu'il fout ? demande un Schtroumpf mal imité, Ça fait des plombes qu'il devrait être arrivé. La soirée se déroule dans l'appartement vide de la tante de quelqu'un. L'endroit est lugubre, c'était bien la peine. Comme Hannah pourtant lui a vendu la soirée. Organisée en son honneur, l'honneur de Lise, on le saura, pour ses dix-huit ans, un anniversaire important. C'est vrai, Merci, Vous êtes gentils, Lise se force à répondre. L'effort lui coûte. La fac commence dans une quinzaine et elle redoute la promiscuité estudiantine ; côtoyer autrui n'est pas dans ses priorités.

Elle ne sait toujours pas comment elle a réussi à avoir son Bac. Du premier coup, en plus – la chance. Il faut bien en avoir, parfois. Lise s'est sentie dévastée quand elle a pensé que sa mère ne saurait jamais qu'elle l'a eu. Ses dix-huit ans la bouleversent tout autant, le fait de ne pas les fêter avec Maman.

Oui, oui, c'est bien mon anniv, merci. Non, la date exacte, c'était hier. Le dix-sept septembre.

Ça va faire trois ans qu'Élisa a disparu, trente-six mois dans le brouillard à se demander, à guetter, vouloir comprendre, compulsivement chercher. Rien qu'un bout de vérité, Lise s'en contenterait.

Pour la fête elle n'a rien demandé, Hannah s'est occupée de tout. Son amie s'est démenée, elle a invité les quelques copains de Lise, des gens du lycée, de ses propres connaissances aussi. Sinon la fête n'aurait relevé que du petit comité. Elle a préparé la musique, de quoi boire, manger et fumer. Lise voudrait d'abord trouver un miroir, elle a absolument besoin de se voir. Son amie tenait à ce que la fête soit déguisée. Dont acte. Hannah, affublée d'un manteau à capuchon vermillon, trop petit mais elle s'en moque, fait un charmant Petit Chaperon. C'est elle encore qui a décidé que Lise serait le loup, toute vêtue de noir, depuis ses ballerines jusqu'à ses oreilles pointues, découpées dans un coupon de fausse fourrure. Un jeune homme passe à côté d'elles, en jean et tee-shirt : Roland, un type qui était arrivé au collège en troisième, timide, bizarre. Lise n'est pas étonnée qu'il ne soit pas déguisé. Hannah, une bouteille de whiskey carrée à la main, le suit des yeux :

— Ça te gêne que je l'aie invité ?

Pas du tout. Lise aime bien Roland. À la réflexion, elle l'aime même beaucoup : il était à part, au lycée, décalé ; l'année de son arrivée au collège, déjà, Lise l'avait remarqué. Il va faire quoi, cette année ? Elle demande si Hannah n'a pas l'intention de sortir avec lui. Tressautement indigné du Petit Chaperon, À d'autres, les mecs mignons – son amie s'offusque –

Alors mais pas du tout. Elle se penche vers Lise, le souffle de ses lèvres est d'un frais ! et reprend, plus grave :

— Regarde ses mains, ce qu'il leur fait : ses doigts sont entortillés comme des fils de cuivre. Cette nervosité. Il se tord les pognes dans tous les sens, proche de se déboîter les phalanges. On dirait qu'il va disjoncter. Il est branque, Lise. Ça m'intrigue. Quand j'en vois un, ou une comme lui, tout déglingué de l'intérieur, ça se voit tellement qu'il est blessé, je regarde autour, son entourage, sa maisonnée, sa famille et je me demande – Hannah chuchote avec intensité : Où est LE MONSTRE ?

Avant que Lise ne réagisse, des garçons et des filles l'entourent qui admirent sa tenue de louve : Tu es bien comme ça. Elle secoue les cheveux en guise de réponse, Ah bon ? Lise se murerait bien dans un silence lupin mais ça ne serait pas opportun, ni gentil, ni compris. Quelle fête sympa, oui, bonsoir. Lise sent ses lèvres rouges s'agiter en une chorégraphie bizarre. Ses babines folâtrent par elles-mêmes, s'écartent, sourient sans qu'elle les en prie : Ça va ? Sa bouche se tortille, Lise ne le fait pas exprès, c'est inquiétant, sa langue et ses petites dents sont comme réfugiées dedans.

De loin, elle croise son reflet dans une vieille psyché au tain piqué, échouée dans un coin de ce qui a dû être le salon. Elle slalome entre les personnes agglutinées devant, Pardon, pardon, parmi lesquelles quelques têtes connues malgré les tenues, Ma Sorcière bien-aimée la bouscule, Pardon. Enfin elle parvient à se rapprocher. Elle se scrute longuement. Est arrivé ce qu'elle craignait, elle le sentait monter : elle se voit dans le miroir mais ne se reconnaît pas ; en aucun cas Lise ne se dit : c'est moi. Parce qu'elle a atteint sa majorité, c'est vrai. Mais ça lui fait une belle jambe d'avoir dix-huit ans. Et plus de Maman. Le grand méchant loup dans la glace lui fait face, c'est tout. Hannah vient se poster tout sourire à ses côtés, comme elle en jette, habillée ainsi. Lise examine son propre reflet : les lumières feutrées de la soirée font scintiller son long collier.

Hier soir, son père s'est mis en frais. D'abord il est rentré tôt. Et il est resté. Il a semblé à Lise qu'il avait oublié, lui, les tensions des mois passés. Il lui avait mitonné, spécialement pour elle, un filet de canard cuit au sang :

— Bon anniversaire, ma puce. Tu te souviens quand, petite, tu disais : c'est quoi, ce poulet ? Ça n'est pas du poulet, c'est du canard, je corrigeais. Alors toi tu reprenais en riant : le canard c'est mon poulet préféré.

Parfaitement exact. Mais hier soir, Lise a refusé d'y toucher. Elle est devenue végétarienne, oui elle ne le lui avait pas dit. Bernard l'a mal pris. Comment lui expliquer qu'elle est traversée d'images insoutenables à la vue des bouts de corps dans les vitrines des bouchers ? Qu'en pensée elle dépose les cadavres désossés sur des brancards ? Lise ne peut pas non plus supporter le bruit des scies industrielles, quand elle passe près d'un chantier. Rien qu'une fourchette enfoncée dans de la chair, escalope, côtelette ou rôti, lui coupe l'appétit. Devant son père, elle a affûté ses arguments, qu'elle n'accepte plus que certains animaux puissent être torturés avant de finir en nourriture ni savoureuse, ni savourée ; tandis que d'autres sont choyés au même titre que des enfants. Papa était ulcéré, Tu es complètement tarée, ma puce ! Lise l'a bien vu, mâchoires serrées. Elle a esquissé un sourire glacial. Sa froideur est mal tombée : entre le fromage et le dessert, il lui a tendu une enveloppe que Lise a d'abord prise pour un mot bleu d'autrefois ; mais, coincée dans la feuille pliée en deux, ondulait une longue chaîne d'argent rehaussée d'un tas de brillants. En dessert, enfin, il lui a servi un banana – pour l'occasion il avait ressorti la recette d'Élisa. Lise est partie d'un rire forcé, quelques gargouillis pour un merci puis, quand même, elle a vidé sa coupe avec appétit. À son cou brillait le long collier blanc. Ravissant.

Mais pas de Maman.

Il fait un froid, dans cette soirée. Le ghetto-blaster est arrivé. Assise bien droite sur une chaise, Lise observe les groupes et les couples qui se forment : sous les déguisements, elle tâche de reconnaître les gens du lycée. Son fond de tristesse ne la quitte pas – c'est d'un lourdingue. Elle se caresse le cou, triture le collier offert par son père, elle voulait en mettre un autre, un qui avait appartenu à Élisa, mais elle n'a pas osé, Bernard n'aurait pas apprécié. Celui qui a le volant c'est lui qui a le destin. D'où elle sort ça ? Lise regarde autour d'elle : clairement, ici, c'est Hannah qui conduit. Roland parle avec Fabienne, la fille déguisée en Candy qui ne cesse de se trémousser. Lise se perd dans la contemplation des invités.

Hannah la prend par le bras – Lise ne l'avait pas vue arriver –, son amie la force à se lever, Allez, mon loup, viens.

Lise danse. Sa tenue l'entrave, il ne lui faut pas longtemps pour commencer à suffoquer. Apparemment elle n'est pas la seule : quelqu'un souffle dans son dos, tout près. Elle se retourne : un cerf. La blague. Elle ferme les yeux une fraction de seconde, puis les rouvre. Elle n'a pas rêvé : la voilà nez à nez – à moins qu'il faille dire truffe-à-naseau ? – avec un cerf. Il y a un homme, dedans. Un instant, elle y aurait presque cru. Elle sourit de sa méprise et devine que le garçon, sous la fourrure, se poile bien, lui aussi. Lise ne distingue rien de sa personne : son corps est intégralement couvert, et sa tête presque entièrement dissimulée par un masque artificiel mais très bien imité. Le garçon semble l'avoir toujours porté. Contre toute attente il ne manque pas de charme. Grand et robuste, son corps dégage une énergie tout animale, cervidé plutôt que félin, une vraie bête en tout cas. Pendant qu'ils dansent, tous deux face à face, la seule chose qu'elle croit deviner de lui, c'est une barbe sous le déguisement. Rien n'est sûr mais l'homme-cerf pourrait porter un bouc, ou plutôt une barbe légère, en collier. Voilà. Ça se pourrait que la Bête ait un collier. Lise, elle, n'est pas loin de se prendre pour la Belle de la soirée : la musique et la transe aidant, en dépit de son costume, elle se sent agréable à regarder. Et puis jouer le jeu de la séduction auprès d'un invisible l'émoustille : elle se concentre sur la position de la tête cervidée, l'odeur de l'homme, sa façon de bouger. Il se penche sur elle. Il est vraiment grand, il pourrait la recouvrir complètement. Le garçon se presse à elle en dansant et, s'il s'éloigne le temps d'un mouvement, le voilà qui tend un bras vers son justaucorps noir, il ne s'écarte pas sans un effleurement ou, du bout des doigts, pianote sur la hanche de Lise. Quand même, elle voudrait savoir où le jeu va les entraîner, tout ça est d'un troublant. Elle ne peut pas s'empêcher de le regarder, mais s'en voudrait d'avoir l'air trop gourmande. Lui, imperturbable, sans un mot, sans cesser de danser, se place devant elle et la pousse, si elle ne s'exécutait pas elle pourrait sentir son bas-ventre, il l'oblige à reculer vers le fond de la pièce, jusqu'à un rideau qu'elle n'avait pas remarqué. Lentement l'homme-cerf la fait pivoter, et Lise, une fois la tenture franchie, se retrouve à avancer dans un couloir aux murs kaki, lézardés, lui marche derrière elle, tout proche. Elle entend son souffle profond : sous le masque, probablement l'homme-cerf a-t-il du mal à respirer. Puis il la dépasse, en souplesse, sans la bousculer, il l'attrape par la main et Lise se laisse entraîner. Il ouvre une porte, se retourne pour l'attirer et referme derrière eux le chambranle grinçant. Lise respire fort. Il lui faut un temps pour s'habituer à la pénombre mais, avant de voir, rien qu'à l'odeur elle comprend qu'il s'agit d'une pièce d'eau, un cabinet de toilette aménagé il y a longtemps, dans ce qui devait être un réduit, tout au fond de l'appartement. Ça pue le moisi mais Lise s'en moque complètement. Ravie, elle monte en pression comme une chaudière. Va-t-il l'embrasser ? Sa fausse tête rend la chose impossible. Ou alors il lui faudrait se dévoiler, or Lise est sûre, à cet instant, qu'elle ne saura jamais qui il est. Pas de french kiss au programme. Lise sent comme leurs gestes les trahissent : tactilement, c'est tacite, ils sont d'accord pour aller jusqu'au bout – qu'importe au bout de quoi – mais rester masqués. Auprès de ce garçon sans tête humaine, c'est décidé : Lise va le faire. Le cerf se baisse vers le justaucorps noir. Grand méchant loup, elle comprend, obtempère, se déchausse et, après quelques contorsions, retire l'épais collant trop brillant, culotte intégrée, rien de visible sauf un petit losange noir doublé, c'est Hannah qui le lui a prêté. Une femme-loup et un homme-cerf vont écrire une histoire de corps, sans parole et sans visage, et elle est emballée. L'idée la séduit de se retrouver à la merci de quoi de qui de lui ? Lise s'en fout, elle plane. Le garçon la soulève pour la poser sur le lavabo, les carreaux sont gelés. Ah ça, si elle s'était attendue à ce qui se passe, bien sûr, bien sûr elle aurait pu le deviner, il lui écarte les cuisses, ferme mais doux et elle se retrouve, genoux en équerre, coincée entre la paroi vitrée tout entartrée de la douche, et une excroissance du mur, une colonne de carreaux, son dos lui tire, sa peau brûle, le cerf la caresse, Lise se répète, première, première fois, c'est ma première, en boucle entre ses oreilles pointues. Au moment où elle s'inquiète qu'il enfile une capote, elle-même n'a pas grande idée du geste nécessaire à cette séance d'habillage particulière, elle devine un déchirement, un bruit de plastique, ouf. Elle n'a pas envie d'attraper la maladie. Quand il s'enfonce, elle ne pense plus à rien d'autre qu'à ce qui lui arrive, ça lui fait un peu mal mais ça y est, maintenant le sexe de l'homme-cerf a disparu dans le sien, et elle entend bramer le garçon sous son masque, ha et han, un grognement, un animal sauvage pour une première : quand la douleur lui laisse une seconde de répit, entre les coups qui se répercutent en écho tout en bas dans son ventre, Lise se dit que ça n'est pas commun. Dans ses genoux, entre ses cuisses, partout ça empire, ha et han, mais elle se laisse malmener : jamais elle n'aurait imaginé que la douleur, pas si forte mais quand même, elle l'apprécierait. Elle se cambre pour sentir mieux la chose devant, son trophée en profite pour s'enfoncer. L'homme en rajoute, ha et han, ah ça ! Lise sent qu'il se passe quelque chose en bas là oui peut-être que jouir c'est ça ?

Elle rentre chez elle éreintée, la gueule de bois, pas vraiment glorieuse mais satisfaite d'être devenue femme, comme on dit – quelle daube cette expression. Après qu'ils ont baisé, le garçon-cerf a galamment aidé Lise à descendre du lavabo, comme il l'aurait assistée à la descente d'un carrosse, il lui a embrassé le bout des doigts, tendrement, tout doucement. Et il s'est évaporé. Ça n'est pas faute de l'avoir cherché. Alors que Lise interrogeait chacun des invités sur son compte, apparemment il avait déjà quitté la soirée. Chose étonnante : personne ne semblait connaître le garçon, aucun convive même n'a été en mesure de lui apprendre son nom. Dommage. Elle en aurait bien repris, fromage et dessert. Qu'importe, elle peut se dire : je l'ai fait. Ma première fois s'est passée.

En se déshabillant Lise pense à Noun. Autrefois il dormait avec elle ; s'il était venu s'allonger à ses côtés, aurait-il perçu le changement ? À l'odeur y a-t-il un avant et un après ? Lise s'endort, traversée de missives sauvages, de mots gorgés de sucs, des lettres-au-loup parfumées de sous-bois. Que le garçon-cerf ne lui enverra pas.

À son réveil, tout engourdie de visions, elle sent flotter en elle les images de la nuit. Tout d'un coup d'autres lui reviennent par salves, comme des flashs crépitant du fond de sa mémoire. Un parterre d'anémones, un chemin forestier, le siège velouté d'une voiture qu'elle avait oubliée. Elle traverse un bois en compagnie de ses parents, tous trois ont embarqué dans une décapotable. Papa conduit, Lise est installée à l'avant, sur les genoux de Maman. La voiture roule si lentement qu'elle ne semble presque pas avancer, autour d'eux se déploie une forêt où évoluent des cervidés. Ils ne sont pas craintifs, on peut les approcher. Tout fier, Bernard est équipé d'une caméra portative munie d'une dragonne, Lise meurt d'envie d'en avoir une comme lui. De temps à autre Papa lâche le volant d'une main pour filmer, ou encore il descend du véhicule pour saisir les animaux au plus près. Le voilà qui émerge à pied de derrière un buisson de houx. Quelques mètres à peine le séparent d'un grand mâle orné de bois démesurés. Le cerf se redresse, comme aux aguets, il a très bien vu Papa, en vérité, il le regarde de côté. L'animal charge. En moins d'une seconde, son père est projeté à genoux sur le tapis d'aiguilles de pins. Il ne semble pas s'être fait trop mal mais n'a pas le temps de se relever. Le cervidé, apparemment furibard, loin de s'en tenir là, saute sur Bernard en fichant ses bois dans le sol. Papa se retrouve coincé par la ramure de l'animal, plantée au-dessus de lui façon cage. Il pourrait rester pour toujours prisonnier du grand cerf. Lise croit défaillir. Si Maman ne la tenait pas, elle tomberait, du siège de la voiture sur le revêtement de plastique, là où on met les pieds à l'avant du cabriolet. Mais les mains de sa mère sont cramponnées autour de sa taille, Maman qui la soulève pour la déposer sur le siège du conducteur, à côté, Maman très calme qui sort de la voiture, avance vers le cervidé, l'attrape par les bois, les relève sans un regard, Maman qui dit à son mari :

— Tu peux sortir, chéri.

Assise dans son lit, Lise s'agace. Contre sa mère ? L'irritation est d'autant plus incompréhensible que l'intéressée n'est plus là ; il devrait y avoir prescription. Mais le pressentiment se précise, déplaisant, que, quand elle aura saisi de quoi il retourne, elle va déguster. Lise est parfaitement réveillée, maintenant. Sa rencontre avec l'homme-cerf a fait remonter le souvenir d'une maman étonnamment hardie. Le fait est : cette Élisa-là a existé. Qu'est-il arrivé à sa mère ? Il faut qu'elle bouge. Vite, se lever. Lise enfile son vieux peignoir et avertit son miroir :

— Je me suis fait déflorer.

Son père déboule dans la cuisine avec sa tête des mauvais jours. Un rictus lui enfle la mâchoire. Quel air patibulaire. Il enfonce un quignon dans le grille-pain comme s'il en voulait à toutes les miches, appuie sur la clenche du toasteur d'une façon qui laisse penser qu'il pourrait la casser, Lise songe à la cruauté qu'il met parfois dans ses gestes – envers des tartines, en même temps, à quoi ça rime. Tandis qu'elle touille son Nesquik, le lait violacé s'agite, la mousse au bord du raz-de-marée. Son esprit tressautant la ramène au souvenir du cerf, comme une rengaine, il faut toujours qu'elle en revienne à sa mère. Bernard ne la regarde pas. Elle ne sait pas comment aborder le sujet, quelle est la bonne question à poser. Tant pis, il faut en avoir le cœur net :

— Maman a été heureuse, Papa, tu crois ?

Bernard se fige :

— Mais qu'est-ce que tu racontes, ma puce ?

Lise se retient elle aussi de bouger le moindre cil. L'animosité de Bernard monte d'un cran, son regard s'obscurcit encore, il frotte ses mains l'une contre l'autre, les poils de ses paluches frémissent, Lise ferme les yeux, c'est le bouquet : son père pourrait-il être atteint de lycanthropie ?

Quand elle les rouvre, Bernard la surplombe de toute sa carrure, poings serrés.

Elle n'aurait pas dû, pardon Papa – il est immense – va-t-elle payer son insolence ? Un frisson lui glace les reins. Elle craint d'avoir à la regretter.

Il se rapproche encore.

C'est pas vrai. Un jour elle aussi va y passer.

Le visage de son père est à un cheveu de toucher le sien :

— De quoi tu te mêles, d'abord ?

Ça alors. Lise est tellement soufflée que la colère prend le dessus sur la peur. Il en a de bonnes. C'était sa mère et elle est morte, comme chacun sait – surtout lui. Lise soutient le regard de son père. Non seulement il devient violent mais il est sacrément gonflé.

Il se recule, arrogant, quelques centimètres à peine pour mieux la jauger :

— Que veux-tu que je te dise ? Que ta mère n'a pas été heureuse ? Et alors ? On croit que l'amour est toujours bon, qu'il fait toujours du bien, le bien de ceux qui s'aiment. Mais c'est une connerie ! Une magistrale erreur, Lise ! Retiens ça : la plupart des gens aiment mal, s'aiment mal et se rendent affreusement malheureux. Aimer bien n'est pas donné à tout le monde.

Il veut la faire pleurer, ou quoi ?

— Elle était très gentille, avec moi. Tu m'expliques pourquoi tu dis ça ?

Bernard se met à rire, de sa gorge sort un gargouillis ferrugineux, une coulée si métallique que Lise croit voir fuser des grenailles. Il est fou. Ce n'est pas Lise, la dingue, c'est Bernard.

— Qu'est-ce que la gentillesse de ta mère vient faire ici ? Tu mesures l'énormité de ton propos ? Parce que la gentillesse ne fait pas toujours advenir le bien ! Encore une cucuterie qu'on vous fout dans le crâne. Si elle n'est précédée d'aucun jugement, la gentillesse ne sert à rien. La grande affaire, Lise, c'est la lucidité. Ce qu'on en fait, du bien, du mal, c'est après. L'enfer est pavé de bonnes intentions déversées par des sottes et des abrutis. Persuadés d'œuvrer pour le bien. Les cons.

La tartine fume dans le toaster mais Bernard a l'air d'être complètement passé à autre chose, d'ailleurs il quitte la cuisine. Lise regarde son chocolat : dans le bol fendillé, le lait sucré s'est calmé. Elle le vide dans l'évier, puis va pour débrancher le grille-pain. Ça va devenir une question de sécurité. Elle doit tirer fort sur la prise, une résistance qui l'agace autant qu'elle l'inquiète, Lise a peur d'emporter le mur avec. Ah ça, vraiment, la gentillesse ne serait d'aucune utilité ? À qui faire confiance, alors ?

La porte claque, à côté, dans l'entrée : Bernard est parti bosser sans un mot. Une telle qualité de silence hostile ne laisse nulle place au doute : elle a eu chaud.

Bon débarras, le barbu. Parce que, en plus de tout, c'est une nouveauté, son père s'est fait pousser le collier. Comme son amant d'hier. Son premier. Le bouc paternel semble plus fourni que celui du garçon-cerf. Question d'âge, peut-être. La barbe de Bernard, elle, brille d'un noir bleuté.

Elle a vraiment eu chaud.

Son père aurait-il levé la main sur elle ?

Lise n'a plus le choix.

19

Elle rentre de balade plus oppressée encore qu'avant d'avoir marché. Avoir pris l'air ne lui a été d'aucun secours, le miroir de sa chambre est catégorique : Lise est cadavérique. Des mois que ça dure. Depuis l'histoire de la vipère cassée, en fait. La pression la rend exsangue. Même ses cheveux blonds coupés court ne suffisent pas à illuminer son visage. Son radio-réveil bipe dix-huit heures. Comme hier, elle n'est pas allée à la fac. Elle n'ira pas non plus, probablement. À peine a-t-elle entamé l'année universitaire qu'elle a séché. Ajournée dès la rentrée, octobre 1992, licence première année, où se cache mademoiselle Beaumont, quelqu'un sait ? Elle a choisi l'histoire mais elle aurait aussi bien pu s'inscrire en gestion ou en archi. En fait, Lise n'en a rien à cirer.

Chaque soir, elle reste dans son lit à fixer l'obscurité. Elle pense à sa mère et ressasse. Lise veut savoir, elle essaie de se rappeler. Elle se remémore des passages de son journal qui racontent Maman. Ou alors elle s'inquiète de n'avoir pas noté une idée, d'avoir oublié de consigner un fait. Elle pense à son père. De plus en plus souvent il observe Lise, manifestement circonspect. Elle lui trouve la mine si dure qu'elle n'ose pas donner le change, encore moins le questionner. Rien que d'imaginer un échange sincère, le partage d'une intimité de pensée, et Lise se met à frissonner.

Chaque matin, se lever est un supplice après la salve de ses insomnies. Et s'il lui arrive, enfin, de se faire happer par Morphée, ce n'est que pour mieux succomber aux cauchemars qui l'assaillent jusqu'à l'aube. Sa mère lui apparaît en songes, elle hurle sans que Lise l'entende ; mais la teneur de son message ne fait aucun doute : Tu as vu ce qu'il m'a fait ? Bah non, Maman, justement c'est bien ça, le problème : a-t-il fait autre chose que de te tromper ? La trahison écœure, déjà, mais Bernard aurait-il commis un autre méfait ? Un anéantissement qui laisse une trace, la preuve d'un crime passible des assises ? Sa mère étouffe de rage, toujours sans le son, puis elle s'évanouit dans le paysage. Lise a beau s'égosiller, supplier, courir pour la rattraper, rien n'y fait. Elle se réveille, un goût de bile au fond de la gorge, et se sent bête. Mais bête. Comme si les mauvais rêves lui avaient rongé les neurones. Et les sangs.

Après, il faut reconnaître que son père n'est pas en forme non plus. Sous sa barbe, il affiche un visage livide. Seule différence : son collier ombrageux tend à faire passer son probable épuisement pour de la dureté. D'autant qu'au-dessus des oreilles, Bernard

Beaumont commence à blanchir : sa barbe seule demeure couleur corbeau. Pour autant, ses cheveux grisonnants ne l'empêchent pas de conserver son entrain, loin de là : bras en moulinets, verbe haut et sourcil mobile, il ne ménage pas ses effets. Ah ça, Lise ne l'aura pas comme ça. Mais elle sait qu'il surjoue la détermination : à le frôler du regard, elle devine à quel point il est tendu. Les rides de son front qui se multiplient ne disent pas le contraire : son père est miné par une forme sévère d'anxiété.

Dès qu'elle capte le bruit du moteur Lise comprend que ce soir, contre toute attente, il rentre d'humeur légère – la conduite de son père a toujours été révélatrice. Comme il se dirige vers la maison, elle l'entend chantonner. Champagne, crie-t-il, en posant une bouteille sur le guéridon. Elle ne s'est pas trompée. Pourquoi le mal paraît-il plus infatigable que le bien ? Tandis que son père lui déroule son nouveau projet, un plan excitant de patron inspiré, il pose sur la table deux flûtes de cristal. Puis, bien calé, jambes écartées dans son fauteuil marronnasse, il empoigne la bouteille par le goulot et tourne lentement le bouchon comme il étranglerait un oiseau, en regardant le champagne de haut. Lise sent sa glotte faire le yoyo. Un entrepreneur de ses amis envisage de vendre un manoir réhabilité à grands frais – le socialisme a du bon, c'est l'autre qui l'affirme – et Bernard Beaumont envisage de le racheter. L'idée est d'en faire une société de chasse, peut-être un relais première classe, pour hommes d'affaires, tu vois le genre ?

Hélas.

— Et puis ça nous ferait un point de chute à la campagne : on pourrait s'y retrouver tranquilles, loin du monde, parfois. Sans personne. Juste tous les deux. Hein, ma puce, qu'en penses-tu ?

Lise hyperventile mais, poliment, parvient à sourire. Point de chute : pour lui, Lise appelle ce seuil de l'effondrement de ses vœux ; pour elle, elle le redoute. Du haut de ses dix-huit ans, évidemment, elle pourrait se barrer, Bye, bye, Bernard Beaumont, Lise n'est plus sous son autorité. Elle en rêve.

Évidemment.

Mais, comment vivre ? Si elle osait…

Évidemment.

Mais pour aller où ? Un jour où elle s'était disputée avec Maman, Lise avait préparé son baluchon, rempli d'eau sa gourde en plastique qui sentait toujours un peu mauvais, et elle avait sorti du frigo deux Flanby, un bout de pain. Elle n'avait pas oublié un Tupperware de croquettes, pour Noun. Puis, comme dans les livres, elle avait noué le tout dans un torchon enfilé sur un vieux manche à balai. Ainsi équipée, sur le perron elle s'était trouvée en situation de liberté absolue. Comment vivre ? Pour aller où ? Elle avait compris ce jour-là que c'est très compliqué, la liberté. Alors elle était rentrée dans la maison, avait défait le baluchon, puis était remontée, fulminante et désœuvrée, dans sa chambre ; Noun l'avait suivie, oreilles ras de terre, déçu de ne pas être parti se promener. Aujourd'hui, elle a grandi, elle a mûri, mais sur l'idée de la liberté, elle n'a pas beaucoup avancé. Saurait-elle trouver un boulot ? un logement ? Y aurait-il quelqu'un pour l'aider ?

Déployé dans son fauteuil, Bernard sirote le champagne en le faisant lentement valser dans la flûte. Lise note qu'il a la cuisse épaisse comme deux des siennes, friande qu'elle est de ce genre d'équations. S'il croit pouvoir l'amadouer. Ses affaires immobilières, il peut se les carrer. Rien à faire. Do not really care.

Quand ils passent la grille du petit château et qu'au travers du pare-brise Lise voit la construction grossir dans l'aurore, elle est soufflée. Toit d'ardoises, tourelles irrégulières, fenêtres croulant sous les rosiers : assise dans la Gamma à la droite de son père, elle pénètre le paysage d'un conte, se figure rouler dans les pages d'un ouvrage comme elle en lisait, enfant. L'endroit est somptueux sans manquer de chaleur, la réfection tient du prodige. Jean-Pierre Fernarget, l'ami vendeur, curieux mélange de bonhommie et de ruse, petit lascar aux cheveux blonds frisottés, leur fait les honneurs de la propriété. L'heure de la visite tourne, hors du temps. Poum pa, poum pa, pa, pa, Lise ne parvient pas à ralentir les battements de son cœur, elle est infoutue de dompter sa peur. Aux alentours de midi, sans crier gare, Fernarget s'éclipse.

Elle sait qu'à les observer, son père et elle, de loin on pourrait croire qu'ils baguenaudent. Au fond d'elle, en fait, Lise flotte façon spectre. Casper le petit fantôme, c'est elle : petit Casper blonde, on dirait, voilà. Avec Bernard, ils parcourent le parc. Leur hôte leur a laissé un repas froid, l'après-midi est à eux. Allongée dans l'herbe, nonchalante, Lise fait semblant de somnoler. À côté d'elle son père est assis. De temps à autre il fixe un point au loin et, d'une main, se caresse la barbe. Elle aimerait savoir pourquoi il fait ça ; en attendant, le geste ne la rassure pas.

— Tu viens, Lise, on va nager ?

À la perpendiculaire du bâtiment principal, dans un édifice ancien en briques, l'entrepreneur s'est fait construire un bassin gigantesque. Quand Jean-Pierre barbote, il doit ressembler à une petite bouée canard ou une balise de détresse, en tout cas un truc rond flottant. De l'extérieur, nul ne peut rien deviner de l'eau immobile qui attend : les portes-fenêtres pavées de vitraux dissimulent la piscine aux regards. Nouée, Lise suit son père, docile comme un chien-chien. Elle trébuche en passant la porte, se rétablit in extremis – ouf. Dedans, le béton ciré du bassin semble avoir été coulé à l'époque même de l'édification du bâtiment. Rien n'est ostentatoire, tout ravit. Même le volet automatique destiné à couvrir la piscine est assorti à la couleur du béton, ultime raffinement. Fiché dans un mur, à la sortie du bassin, un tableau de commandes digne d'un avion de chasse permet de l'actionner, JP leur a montré. Lise emprunte un maillot dans un casier constitué exprès, y a-t-il ici quoi que ce soit d'imprévu ? Dans les lieux de cet acabit, l'argent donne sa mesure : prévision, mise en œuvre, accomplissement. Elle plonge dans le luxe et apprécie.

Lise enchaîne les longueurs, l'eau la délasse toujours, en brasse coulée – si la nage pouvait la laver – bientôt quelques centaines de mètres – rincer ses sentiments mauvais. Son père la rejoint : J'avais oublié, Lise, comme tu nages bien. Elle fait semblant de se gargariser. Comme il l'examine. Son regard est dur, sans aménité. Mieux que toi, Papa, c'est vrai. Lise s'étonne elle-même : la voici sacrée championne de duplicité. Il fait moins le malin, dans l'eau, Bernard. Nettement moins impressionnant. Son père n'a jamais été porté sur la natation.

Ça pourrait lui donner une idée.

Lise replonge dans les profondeurs bleutées.

Elle l'encourage à enchaîner les longueurs, le précède ou le suit. Sa noirceur ne la quitte pas – agaçant, ça. Admettons même qu'il ne l'ait pas enfermée, à tout le moins il l'a menacée. Lise sait sa brutalité. La violence de son père, elle ne l'a pas inventée.

Elle s'extirpe du bassin, ivre d'avoir tant nagé, et s'ébroue sur le rebord. En regardant Bernard qui, d'un crawl mal assuré, s'approche du volet, elle est prise d'un haut-le-cœur.

C'est elle ou lui, de toute façon.

Elle se dirige vers le tableau de commandes.

— Qu'est-ce que tu fais ?

La voix de Bernard résonne dans l'espace bétonné, vide à l'exception de la masse d'eau.

— Je regarde les boutons du poste de pilotage de la piscine, cet endroit est dingue, non ?

Elle aussi.

Ce qu'elle peut minauder.

Son père inspire une goulée et se met à nager sous l'eau, en direction de la largeur opposée. En direction des lattes de plastique imbriquées serrées qui forment le volet automatique.

Quelle menteuse elle fait.

Car Lise, en réalité, a le doigt posé sur le bouton de commande du volet. Elle l'effleure. Un peu plus fort. Carrément. Le couvercle de plastique s'ébranle. Il commence à se déployer à la surface vers son père qui, toujours sous l'eau, ne voit rien.

Bernard nage, nage comme un tout petit poisson. Insouciant de l'ombre des lames qui approchent.

Lise retire le doigt aussi brusquement que si elle l'avait posé sur la plaque d'un four allumé. Inspire. Le volet recouvre son immobilité. Lise se tient raide, debout au bord du bassin. Qu'est-ce qui lui a pris ?

— Ça va, ma puce ?

Lise expire et se laisse tomber dans l'eau comme un paquet. Elle a failli faire une énorme connerie. J'arrive, Papa. Elle est vraiment barrée. Mal barrée. Remontée à la surface, elle rejoint son père d'un mouvement de brasse désordonné, pas plus agile qu'un chaton, ça devient grave. Elle n'ose pas regarder du côté des lattes désormais immobiles, sagement alignées. Il faut qu'elle écrive ça dans son carnet, couche sur le papier ses idées malades, les dilue à l'encre brune. Bernard la regarde curieusement, elle rêve ou il a son air gentil. Est-ce qu'il simule ?

— Tu es toute pâle, Lise. On dirait que tu as vu un fantôme.

Il ne croit pas si bien dire. Elle a failli.

Elle repart en crawl. Seule la nage peut la laver, il n'y a que l'eau pour la désinfecter.

Lise a voulu tuer son père.

Elle est là, la vérité. Sous le volet automatique elle a voulu… a failli le noyer. Osera-t-elle consigner dans son carnet ce à quoi elle a pensé ? L'horreur qu'un instant elle a imaginée ?

Que les lattes de plastique prendraient de la vitesse, submergeraient le bassin vers Papa qui, sous l'eau, inconscient du danger, nageait. L'ombre l'aurait recouvert et, quand il aurait voulu remonter prendre son air, il se serait retrouvé bloqué par les lames rigides du volet affleurant la surface. Incapable de respirer. Lise du dessus aurait vu la couverture en dur se bosseler

Sans doute qu'il aurait paniqué

Aux bosses qui auraient déformé le volet, fameux coups de tête, Bernard, Lise aurait deviné qu'il appelait à l'air

Qu'il appelait à l'aide

Lise, elle, avait appelé la mort de son père de ses vœux, arc-boutée sur le tableau de commandes

Bernard poussant sur les lattes de toutes ses forces aurait espéré parvenir à les soulever

De toutes ses forces, Lise aurait espéré parvenir à le tuer

Il se serait accroché, presque plus d'air, à l'espoir que Lise parvienne à le sauver

Chacun d'un côté de la mort

Sous le volet, les bosses, raréfiées, auraient diminué en intensité.

Le soleil si doux de la fin de l'après-midi ne suffit pas à la réchauffer. Pendant que Jean-Pierre Fernarget et Bernard devisent dans des transats, à côté d'eux Lise gît, abasourdie, dans une chaise longue inclinée à l'extrême. Seul le tissu tendu autour de son corps atonique l'empêche de s'effondrer. Elle veut qu'on lui fiche la paix, elle n'est plus capable de penser.

Au retour, en revanche, c'est elle qui conduit. Elle n'a pas laissé le choix à son père : d'emblée elle s'est assise à la place du conducteur. Elle n'a pas encore son permis ? Tant pis. Bernard n'a pas protesté. Celui qui a le volant c'est lui qui... : sa petite épigramme perso sonne toujours aussi bien. Lise se concentre sur la route. Elle est loin d'avoir pleinement recouvré ses esprits. La nuit ne va pas tarder à tomber. Son père tousse, ça l'agace, il lui jette des regards obliques. Elle a le sentiment qu'il veut lui parler. Sans avoir besoin de quitter la route des yeux, elle croit apercevoir les lèvres paternelles s'ouvrir, n'essaie-t-il pas de faire des o ? on dirait un poisson gobant une goulée. De l'air. L'espace d'un instant, il lui pose sa grosse patte sur l'avant-bras.

Il veut l'immobiliser ou quoi ? Attention, Papa, pas pendant que je conduis.

Une voiture surgit derrière la Lancia. La nuit abolit l'angle mort : dans le rétro, les phares suffisent à signaler qu'un véhicule arrive à leur hauteur. Dans un vrombissement crescendo, celui-là les double à toute allure puis, descrescendo, le bruit du moteur s'évanouit. Lise se concentre sur la route, elle conduit trop vite. Le moment est mal choisi pour s'envoyer en l'air. À côté d'elle son père, pensif, demeure silencieux. Lise ralentit. Elle a raté son coup. Encore heureux. En rétrogradant dans un tournant, elle se regarde dans le rétroviseur : elle a les yeux bouffis comme des gougères.

Enfin ils s'engagent dans le noir de l'allée touffue. Lise coupe le contact. Phares éteints, la Lancia a fermé les yeux.

Pas Lise. Pas encore.

— Bonsoir, Papa.

Ou adieu. Elle a essayé de le noyer. La vérité lui tort les entrailles. Elle monte l'escalier le plus sereinement qu'elle peut. Arrivée à sa chambre, elle s'empare du vieux carnet rose, attrape son stylo bordeaux et s'effondre, nauséeuse, sur son lit qu'elle ne défait pas. Puis, toujours allongée, appuyée sur un coude, à moitié aveuglée par les larmes, elle laisse sa plume filer sur le papier qui commence à jaunir.

Je voudrais que mon cœur en colère m'amène
Jusqu'à te découper, à te manger tout cru

Tu m'as fait si mal.

Chante, ô déesse, la colère de Lise à son tour devenue Achille lorsque le guerrier crache à Hector mourant sa rage.

Qu'a-t-elle fait ?

Ne le prends pas pour un con, il va falloir la jouer serré.

20

À peine Lise a-t-elle accroché son manteau qu'elle devine qu'il s'est passé quelque chose. Déjà, la photo d'Élisa qui gondolait, punaisée au-dessus du radiateur de l'entrée, a disparu. Elle n'était pas récente, elle a pu se dessécher et tomber derrière. Comme le cadavre de pipistrelle exhumé là juste avant la mort de Maman. Lise regardera, après le déjeuner. Arrivée à la cuisine, devant la porte de la cave, elle s'immobilise. Des mocassins sont rangés, pas ceux de son père : de fines chaussures de femme. Quelle idée de mettre des mocassins en cette saison, l'hiver est rude avec ses sols gelés, même les toiles d'araignées, intégralement givrées, ont durci ; ah ça, 93 commence en beauté. En retournant les mocassins, Lise avise les fers en demi-lunes ajoutés aux talons : pas d'erreur, elle entend d'ici la belette sauteler. Corinne Houst. Lise en est sûre, elle peut la renifler. La revoilà, elle a réapparu – à moins que, ce que Lise craint, elle n'ait jamais disparu. La guerre reprend de plus belle ? Lise aurait pourtant juré qu'il s'était lassé. Le désenchantement brutal de Papa pour les poules dont il s'entiche n'est pas une nouveauté. Il n'est pas le seul, d'ailleurs : il y a quelques années elle avait surpris dans un car une conversation entre deux femmes, cocues et fatalistes, à la suite de quoi elle avait déduit que sa mère, quand elle espérait encore, avait dû elle aussi compter sur la lassitude qui suivait, plus ou moins rapidement, les attachements folâtres de son mari – le roi n'aime pas s'ennuyer.

Il ne perd rien pour attendre. Lise est déterminée.

Elle fronce le nez en montant les escaliers. Quand elle se dit qu'elle renifle Corinne, ça n'a rien d'une vue de l'esprit ni d'un mirage olfactif : quelques molécules d'une eau de toilette agrumée l'assaillent, un jus qu'elle connaît. Cela faisait des jours que la fille n'avait pas exhalé son parfum bon marché. Le flacon d'une eau prétendue juvénile s'affiche devant ses yeux, petite fiole rouge à bouchon noir sur un corps dodu. Lise l'a vu traîner sur l'étagère en verre au-dessus du lavabo. Et le nom sur le flacon : *L'Insoumise*. Vraiment. Papa n'en parlait plus, Lise n'aurait pas dû se réjouir trop vite. Elle bute contre un sac de sport déposé devant sa porte, quel est le con qui l'a foutu là ? La conne ? Lise ne l'ouvre même pas. Elle reste un instant sur le palier du premier, hésitante sur la conduite à tenir. L'hiver joue de la saupoudreuse en cette fin de matinée pourrie, une lumière beigeasse perce les nuages grumelés et, sur chaque mur, derrière chaque objet, Lise voit le prénom honni clignoter. Telle une poussière radioactive, Houst serait tombée en pluie fine. Corinne. De-ci de-là, Houst aurait éclaboussé les lieux d'éclats de verre en charpie. Lise croit voir scintiller les lettres, C, O, R, en tout petits caractères I, deux N, E, partout sur les étagères, le rebord des fenêtres, les marches de l'escalier.

Après inspection, c'est exact. La jeune maîtresse de son père leur a fait le coup de la trêve des confiseurs mais, après les fêtes, ça n'a pas traîné, elle a apporté chez les Beaumont – Lise est quand même chez elle, non ? – plusieurs cartons d'affaires et un sac – des livres d'astrologie, à vue de nez. La parfaite jeune mémère ménage ses effets : sur le buffet laqué du salon, pile au centre du plateau – on dirait qu'elle a mesuré –, une lampe de plastique surplombe de petits animaux en verre excessivement polis : avec son abat-jour aplati, l'objet a l'air d'une mère enchapeautée qui rappellerait à l'ordre sa marmaille de verroterie. Horrible. La Houst a bougé des meubles et rempli un placard de denrées inhabituelles.

Attablée dans la cuisine, Lise essaie de se calmer. Mais, dans son assiette calotte, la soupe à la tomate, une bonne vieille Royco en sachet, valse.

Quand la pouffiasse a-t-elle pu trouver le temps d'apporter son barda ? En une soirée, c'était plié : Corinne Houst a pris ses aises dans sa maison. La maison de Lise.

L'escalier craque. Il n'est pas midi, qui est là ? Pas moyen d'être tranquille.

La tuile : quelqu'un débaroule dans les escaliers et ce n'est pas le pas de son père.

Effectivement. Corinne Houst entre dans la cuisine, mais qu'est-ce qu'elle a ? Pourquoi se tient-elle le ventre comme ça ? La fille arbore un sourire de Madone. Mon Dieu cet air content de soi, Martyre-chrétienne veut boulotter, c'est ça ? Lise salue la fille d'un hochement de tête glacé, la moutarde lui monte au nez : pourquoi, mais pourquoi faut-il qu'elle tombe sur le genre quiche radieuse ? Ah, si elle pouvait exciper en victime de quelque crasse commise par sa rivale – rivale : quand le mot lui vient à l'esprit, Lise ne le repousse pas – quelque chose d'ignoble, une tentative de meurtre perpétrée par la Houst sur sa personne, pas moins, n'importe quoi mais une destruction. Tout ! Elle donnerait tout pour pouvoir haïr Corinne sereinement. C'est loupé : la Houst est envahissante mais, à part ça, impossible de lui reprocher quoi que ce soit. Objectivement elle est sympa. Elle tousse en faisant chauffer la bouilloire :

— Tu veux du thé ?

Résolument sympa. Lise décline tandis que la jeune femme s'assied pour siroter son Lipton. Siroter, c'est le mot : ses petites lèvres fines gigotent, deux renflements de chair qui s'avancent, prudents comme à l'aveugle, vers le liquide brûlant. Elle tâtonne de la bouche, la mousmé puritaine. Mais ses yeux s'allument soudain et, de l'air d'une enfant coquine qui a fait une grosse bêtise – Lise a envie de la tuer – elle déclame :

— J'ai des nausées.

Un silence s'abat sur la cuisine. Même la bouilloire électrique en pleine ébullition cesse de siffler. Le sang de Lise se glace et la colère l'échauffe mais, inspire. Inspire ! Reste coite tandis que Corinne, sans rien percevoir, apparemment, de la fureur que son annonce suscite, gazouille à propos du signe astrologique du bébé, de son nombre de semaines d'aménorrhée et de la date probable de la conception ; le gloussement dont elle accompagne la précision manque étouffer Lise qui, si elle le pouvait, la buterait là à mains nues, sans cérémonie. C'est pas possible, elle... ils n'ont pas osé ? Mais, il est au courant, Bernard ? Lise veut partir, mais Corinne se lève immédiatement et, de son insupportable petit pas de belette, va pour bloquer le passage. Toute fière d'invoquer des nausées matinales, elle n'a rien mangé mais cancane, debout en travers de la porte, tasse fumante contre ses seins. Elle continue d'aspirer le liquide à petites gorgées tout en triturant l'étiquette jaune du sachet, le fil pend comme un pédicule de Tampax.

— Il est où, mon père ?

Lise fait tout pour changer de sujet. Il est parti travailler. Nouveau gloussement de la diablesse en culotte synthétique. Lise abdique. C'est ça ou commettre un meurtre. Corinne minaude, elle est sûre que ce sera un garçon.

Mais soudain la future mère est prise d'un hoquet. Elle se lève d'un bond et n'a que le temps d'atteindre l'évier. Exit, le Lipton. Elle rit sans pudeur, le dégueulis de gravide est sacré, la Houst se rince, nettoie le grès maculé. Et se remet à babiller comme si de rien n'était, à se projeter en mère parfaite, le pléonasme. La nausée lui a laissé dans le blanc des yeux une cohorte de petits vaisseaux éclatés. À écouter Corinne, c'est elle, Lise, qui est prise de nausées. Elle a envie de pleurer. Les pneus de la Lancia qui crissent dans l'allée lui évitent cet embarras. Cette fois elle reconnaît le pas de son père. Quand il entre dans la cuisine, Bernard semble ne voir qu'elle, Lise, il l'embrasse et va pour inspecter le frigo.

— Et moi ? se tortille la dulcinée.

Papa se retourne lentement et du bout des lèvres baise la joue de Corinne sans un mot. Son regard s'est refroidi, il frise le zéro absolu, Ah ça, il n'aime pas, Papa ! Tu viens de commettre une erreur, Coco-Belette. Si tu t'accroches il va te dégager. Lise inspire un grand coup et attaque, bille en tête :

— Qu'est-ce que j'apprends, Papa ? Je vais avoir un petit frère ou une petite sœur ?

Son père caresse doucement sa barbe chargée d'électricité statique. Mauvais signe, ça. Tu peux crever, poupée. Papounet n'est pas du tout content. Lise en est sûre, elle le connaît, Coco-conne, tes heures sont comptées. Bernard en met du temps, pour répondre :

— C'était une surprise, figure-toi.

Il articule chaque syllabe en regardant Lise – il la prend pour une demeurée ou quoi :

— Pas que pour toi.

À quoi tu joues, Papa ? D'un geste définitif Bernard repousse sa future qui tendait, timide, la main vers lui. Aucune pitié. Pas de doute : il est furibard et n'en peut plus, déjà, de sa Corinne. Il faut en profiter :

— Comment ça va, l'usine ?

Lise n'a pas trouvé mieux, comme intervention. Tous les moyens sont bons pour accaparer l'attention de son père – on mène les combats comme on peut. Lui entre dans le jeu, plein d'entrain, entreprend sa fille sur sa matinée, ses projets. Sans le moindre égard pour la future mère du têtard. Après, c'est toujours le même cinéma : Lise serait bien en peine de dire s'il le fait exprès. Impossible de savoir, avec lui. Elle répond tout en jetant des regards en coin à la petite Madone, Corinne Houst concentrée sur son thé, aucun doute elle est vexée. À tendance dévastée. Lise se découvre vicieuse. Bernard sort son Opinel et entame un saucisson.

— Tu déjeunes vite fait, ma puce ?

Lise continue de scruter Corinne. Qui accuse le coup, livide, immobile. Qu'attend-elle pour répondre ? Répliquer et se barrer ? Houst ne sait pas comment réagir, ça se voit. Piégée, la belette. Lise, elle, se sent écartelée. Ce n'est pas pour la fille qu'elle a mal. Mais elle n'aime pas assister à ce spectacle, voir dans les yeux de son père cet air autosatisfait d'autrefois, quand il exultait de puissance. Et que la victime n'était pas Corinne. Mais pars, pars ! C'était Maman. Lise ferme les yeux avec précaution, pour ne pas faire rouler les larmes qui font du gringue à ses cils. Trop tard. Lise arrache une feuille de Sopalin du dévidoir et, faisant mine de se moucher, s'essuie les yeux. Bernard et Corinne semblent n'y voir que du feu ; d'autant que, dans l'excès de silence, le bras de fer continue. Houst a déjà abdiqué.

— Accompagne-moi à la grille, Lise, s'il te plaît.

Comme si c'était une option. Corinne reste appuyée contre l'évier, elle affiche une petite mine. Lise suit son père dans le jardin, pas fâchée de s'aérer. Ils ont laissé la future mère en plan. Pourquoi Bernard souffle-t-il comme ça ? Arrivé à la grille, il l'oblige à se retourner : Lise se retrouve coincée entre l'haleine paternelle et les barreaux glacés.

— Ça va, ma puce ? Comment te sens-tu ?

Lise gargouille, incapable d'émettre un son construit. Sans se soucier, son père assène :

— Il faut que tu saches, ma puce, que l'histoire avec ta mère est la seule qui pour moi ait compté.

Lise s'efforce de masquer son dégoût. Bernard saisit-il qu'à la rendre ainsi témoin d'une telle duplicité, elle ne pourra plus jamais lui faire confiance ?

— Corinne ne compte pas. Tu n'as rien à craindre, Lise. Rien.

Rien ? Rien n'est moins sûr, Papa. Lise n'est pas, n'est plus du genre à se fier. Pour Houst, en revanche, c'est plié : elle est fichue. Lise n'en est pas si soulagée, en vérité. Le problème est momentanément ajourné, mais en aucun cas écarté. Elle sait bien, dans le fond, que l'affrontement avec son père ne peut être évité. Que croit-il ? Un tel atermoiement n'est pas de nature à la rassurer. Lise baisse les yeux, il ne doit pas être en mesure de la sonder. Aux oubliettes, la tentative de meurtre à la piscine. Il ne doit surtout pas y penser.

Gentiment carnassière, Lise sourit de toutes ses dents à son père. Bernard passe le portail, et s'éloigne.

Le grand jeu peut commencer.

Elle arrive en bas de chez Hannah un peu essoufflée, au son de la voix de son amie au téléphone, elle a senti qu'il ne fallait pas traîner. C'est que Lise, de son côté, n'a pas chômé. Une fois son père reparti et Corinne remontée dans sa chambre, elle s'est affairée. Résultat : elle est vannée. Arrivée chez les Balla, à peine passe-t-elle la porte d'entrée qu'elle est saisie par l'allure de son amie : Hannah s'est faite jolie, sanglée dans une robe magenta, épaulettes au carré, ceinturée de violet. Elle a sorti deux verres et une bouteille bien entamée de Baileys. On fête quoi ?

Hannah prend une inspiration.

— J'ai été acceptée. Je pars étudier aux États-Unis.

Lise s'étrangle, les larmes retenues depuis le matin lui dévalent les joues d'un seul jet. Alors ça, elle ne l'avait pas vu venir.

— Au département des lettres anglaises, je crécherai chez mon oncle et ma tante, la sœur de ma mère… Lise, mais ma Lise, que se passe-t-il ?

Ç'en est trop. Lise suffoque. Hannah lui caresse les cheveux, la prend dans ses bras, essuie ses larmes en l'effleurant de ses doigts d'enfant. Lise se délecte du parfum de freesia qui se dégage de la pulpe ferme des pouces, elle croit couler dans un bain parfumé. Hannah l'enlace, l'embrasse, Lise ne sait plus, ses baisers sont furtifs comme des griffures de fleur. Son amie lui chuchote quelque chose à l'oreille, elles se regardent dans le miroir doré, c'est vrai que toutes deux ont l'air d'être sorties d'un tableau du Quattrocento, évanescentes et colorées, la blonde et la brune en habits bigarrés, la noire et la blanche, deux notes sur une partition, Lise réprime un sanglot, tâche de sourire. Hannah rit.

— Eh, tu comptes pour moi, Lise. Je penserai à toi et t'écrirai. Promis.

Gagnée par les larmes, Lise n'écoute rien de ce que lui raconte son amie. Il va lui falloir rentrer tandis que Hannah

Un océan va les séparer.

Lise sent quelque chose s'effriter tout au fond d'elle qui n'en finit pas de se désagréger.

Arrivée sur le perron, pour la seconde fois en quelques heures Lise sait qu'il s'est passé quelque chose. Rien de comparable à ce matin, cela dit. Là, il flotte un silence de mort, c'est comme ça qu'on dit, en même temps elle la trouve conne, cette expression : le silence c'est le silence. Il fait noir, il est près de dix-huit heures, c'est tout : l'hiver, le jour se couche tôt. Mais Lise perçoit un son. Un gémissement. Quelqu'un râle dans la maison. La lumière en rase-mottes de la fin d'après-midi drape arbustes et massifs d'ombres longues, comme les robes des nanas dans *Champs-Élysées*. Pétrifiée, Lise doit se forcer pour entrer. Presque certaine de la nature de ce qu'elle va découvrir. À nouveau elle pourrait se trouver confrontée à la monstruosité de quelqu'un. Courage, ma fille. Elle franchit le seuil et actionne l'interrupteur de l'entrée. Corinne Houst gémit, étendue au bas des escaliers, pâle, les yeux révulsés, une jambe dans un angle pas humain. Sous la fille, Lise croit percevoir une tache brune. Elle se précipite. Diligente, précise, efficace.

Lise repose le combiné. À demi assommée Corinne a perdu beaucoup de sang, pas besoin d'être pompière pour l'affirmer. Sous sa tête la tache brune s'est déployée sur le carrelage à damiers, dalle blanche, dalle noire, sommes-nous si peu de chose, Lise est saisie d'une bouffée de miséricorde. Que dalle. Elle l'a toujours trouvé moche, ce sol en jeu de dames. Mais là, avec le liquide rougeâtre répandu dessus, les teintes s'accordent, pures et tranchées, choc et chic, Coco a la chute graphique. On a répété à Lise de ne pas la bouger. Le sang s'est infiltré entre les carreaux, là où le ciment commence à s'effriter, ça va être galère à nettoyer. Lise se demande s'il y a autre chose qu'elle puisse faire. Quelque chose d'important auquel elle n'aurait pas pensé. Et Bernard. Pourquoi ne répond-il pas ? Il faudrait quand même le tenir informé. À moins… à moins qu'il soit *déjà* au courant. Les secours ont intérêt à s'activer. Lise en a marre, elle ne veut pas rester seule avec le coco-corps.

Corinne Houst a été emmenée. Les pompiers n'ont rien pu faire, ni pour l'enfant, ni pour la mère. Le futur bébé, même pas encore un bébé, aura vécu sans être né. Il y a de ces exploits comme ça, se les représenter donne mal aux cheveux. Un des gendarmes, plus finaud que les autres, a noté : On meurt beaucoup, par chez vous. Lise serre les dents, il serait opportun que quelqu'un s'en rende compte, enfin. Elle referme la grille sur le fourgon qui démarre et lève son visage vers la nuée. Un crachin s'abat sur le jardin. Pas évident cette fois qu'elle passe entre les gouttes.

21

Lise relit la convocation. À l'attention de monsieur Bernard Beaumont et de mademoiselle Lise Beaumont, sa fille. Le jeudi 3 février 1993 à 18 heures, à l'usine. Dans le cadre de l'enquête, ben voyons. Son père aurait pu lui en toucher un mot. Phalanges blanchies, dents serrées à s'en faire péter un plombage, elle repose le courrier sur le guéridon du salon. Une première lettre de Hannah est arrivée, aussi, en provenance d'Amérique, son amie n'a pas tardé. Le timbre est joli. Lise la lira. Après. Son père a laissé le courrier de la police déplié posé, comme ça, sans aucune explication. Elle a peut-être fait une connerie. Saint-Martin de X sonne dix-sept heures. Elle s'approche de la fenêtre. Il a plu toute la journée. Les perce-neige ont molli : leurs clochettes blanches pendent, gueule ouverte, au bout de leurs fines tiges affaissées. Le jardin des Beaumont est détrempé. Pour la énième fois, Lise relit la page imprimée. Papa et elle sont convoqués *dans le cadre de l'enquête, à l'usine*. Pourquoi là-bas ? C'est vrai que Corinne y bossait comme comptable.

Lise a un mauvais pressentiment. Elle a froid. Un coup d'œil au thermomètre cloué au chambranle extérieur, de l'autre côté de la vitre, la conforte dans la sensation : il fait froid. À l'intérieur de la maison même, la rampe, certains meubles, tout ce qui est fait de bois est humide. Son père se fiche complètement du confort. Lise descendra elle-même pousser le chauffage – à son âge, elle n'est plus interdite de cave.

Elle remonte le col de son chemisier. Bernard et elle ne parviennent plus à se parler, même de la pluie et du beau temps. Leurs échanges sont congelés. Elle ne lui dit rien de ses études. Que ses premiers partiels, en décembre, ne se sont pas bien passés. Qu'elle ne parvient pas à s'intéresser, ni en amphi, ni aux TD, encore moins à se concentrer. Rome ou l'Égypte, pour elle c'est du pareil au même, rien à foutre. Lise prend soin de ne pas souffler un mot de la fac à son père et, bizarrement, depuis peu, alors que lui se montrait plutôt curieux, il ne pose plus aucune question. Depuis… Depuis la disparition de Corinne Houst, en fait, il y a trois semaines, une pression constante s'est abattue sur leur foyer. À ce moment-là Bernard s'est effondré ; jamais elle n'aurait pu l'imaginer si abattu. Il errait dans la maison marmottant des paroles inaudibles, faisant fi de sa propre fille. Les rares moments qu'il passait chez eux, il s'enfermait dans son bureau en compagnie de ses horribles bestioles empaillées. Ça fait longtemps que Lise n'a plus personne à qui parler. Comme si elle était devenue orpheline de ses deux parents. Drôle de sensation. Curieux foyer. Par trois fois elle lui a glissé un petit mot comme naguère, sous la porte de son bureau, pour essayer de le faire sortir de sa tanière, provoquer une réaction. Raté.

Par la fenêtre qui, à dix centimètres de ses lèvres, commence sérieusement à s'embuer, Lise jette un regard aux arbres devenus géants. Voilà un mot inapproprié : foyer. Normalement, il règne une chaleur douillette, dans un foyer. Lise a surpris Bernard qui la regardait, au fond de ses yeux noirs elle a décelé un méli-mélo de sentiments, de ressentiments plutôt, entre douleur et agressivité. Plus un fond de culpabilité ? Ça se voit qu'il fait gaffe, en tout cas. Elle le sent parfois au bord de lui parler mais, chaque fois, il toussote ou se lève comme traversé d'une idée. Il se dégonfle.

De l'index elle parcourt tout le pourtour de la fenêtre, le long du petit-bois là où s'est accumulée la condensation. En fait c'est l'horreur, voilà ce que c'est. La maison Beaumont est devenue une morgue. Quelle ironie mordante, ma chère Lise, tu te surpasses. Quant à toi, Bernard, tu ne perds rien pour attendre. Lise veut cogner, n'importe qui, n'importe quoi. Qu'a-t-elle fait, elle, pour qu'on en arrive là ? Elle aurait tant voulu pouvoir agir. Différemment. Pour ça il eût fallu être sûre. Dégage, putain de guéridon vieillot. Elle repousse la petite table. Ce n'est pas faute de l'apprécier, pourtant, ce meuble qu'Élisa aimait tant, Maman y posait ses fleurs, ses livres, sa vie du moment. Mais Lise flanque un coup de pied dans l'entrejambe ébénisté. Parce que le pire, presque, dans ce bordel, c'est que tout lui échappe. Et depuis longtemps. Ça n'est pas tant qu'elle a grandi sur de l'horrible qui est malaisé, c'est qu'elle a poussé sur de l'incertain.

Elle replie la convoc et jette un coup d'œil à la pendule qui dandine son balancier sur la commode, une autre vieillerie. Peu à peu Bernard a mis en vente tous les objets d'Élisa, en salle des ventes, en brocante. Il a jugé bon de s'en séparer, au grand dam de Lise qui retrouvait encore un peu de Maman à leur contact. Papa ne devrait pas tarder à passer la prendre.

Toujours aussi frigorifiée, elle descend à la cave armée d'une clef de seize, la chaudière vétuste ne comprend plus que ce langage plombier. Si seulement Noun. Il lui manque. Plus que sa mère, à la vérité. Lise est une fille horrible.

La porte de l'entrée claque. Elle sort de la cave à la hâte. Lise, dépêche-toi, la voix de Bernard résonne. Hébétée, elle se retrouve embarquée dans la SZ, son père a toujours aimé les Italiennes, ça n'est pas nouveau ; après la Lancia : une Alfa, la marque lui va bien, Roméo, peut-être un peu trop. Lise ose un regard en sa direction. Doigts rivés au volant, épaules relevées, barbe en berne, Papa conduit tout contracté, il dirige la SZ comme un escargot. Bébert n'en mène pas large, c'est évident, peu pressé de « *répondre à quelques questions* », « *dans le cadre de l'enquête* », « *à l'usine* », tu m'étonnes. Ils sont bien gentils, les poulets, mais, si ça n'est pas un interrogatoire, ça y ressemble fort, Lise est en train de se prendre le fait en pleine poire. Qu'est-ce qu'il lui dit ? Pardon, Papa, je n'écoutais pas. Que le pôle judiciaire de la Gendarmerie nationale a été saisi.

C'est bien ça.

Quand Bernard gare le bolide sur le parking de l'usine, le gardien se précipite pour signaler qu'un certain capitaine Mercier les attend en salle de réunion. Par deux fois Lise trébuche en essayant de suivre son père. Ça n'est pas seulement que lui marche vite, c'est elle qui a la tremblote.

Bonjour la litote : elle regimbe, en fait, à avancer, elle est complètement flippée.

Bernard se retourne vers elle, ça se voit qu'il prend sur lui, Papa attentionné comme quand Lise s'écorchait les genoux, son sourire si doux :

— Ça va aller, ma puce ? Je sais que tout ce ramdam fait beaucoup. Si je te comprends... Si je comprenais mieux... Je voudrais pouvoir t'aider, Lise, tu sais...

C'est ça, arrête ton char, Bernard.

— Tu veux voir un médecin ?

Surtout pas.

— Tu n'es pas obligée d'aller chez Miallet. Et puis, on peut envisager d'autres études, aussi. Je peux voir à t'envoyer à l'étranger. Comme ton amie Hannah. J'ai vu qu'elle t'avait écrit, elle va bien ?

Lise lâche le mouchoir qui lui a servi à s'essuyer les mains après avoir tripatouillé la chaudière. Il surveille son courrier, elle en était sûre.

— Voilà, ma puce. Je ne peux pas tout mais je suis là.

Le papier fibre est effiloché, noir de graisse, elle ne s'était même pas rendu compte qu'elle l'avait emporté. Ils longent les lignes de production. Tiens, elle est toujours là, celle-là ? Zohra Messoud vient vers eux. Lise la croyait disparue de la circulation – une pensée absurde, d'ailleurs : pourquoi Lise aurait-elle été mise au courant du départ d'une employée de son père ? Il en a tant. En attendant, l'ouvrière s'est clairement dépouillée de l'assurance sexy qui la caractérisait. Elle n'est plus que l'ombre d'elle-même, comme on dit. Une zombie. Sans maquillage ni tee-shirt transparent, sans sourire qui rafle la mise, elle avance au ralenti comme si elle se demandait ce qu'elle fout là. Lise note sa maigreur maladive. Elle aussi ? Ah, quand même : Zombie Zohra marque un temps d'arrêt en apercevant Lise, le friselis de ses cils, un mouvement infime mais qui la dénonce : l'employée a reconnu la fille de son patron. Ça n'a pas l'air de la mettre en joie. Quand elles se croisent, Zohra décoche à Lise un regard peu amène, c'est quoi, son problème ?

Un gendarme les installe dans un bureau, chacun le sien. Le type est jeune, la bouille gentille. Mais Lise comprend vite qu'il n'est pas le Mercier en charge de l'enquête, il ne fait pas partie du pôle judiciaire, lui. Bernard Beaumont va être cuisiné en bas, dans la salle de réunion, pendant qu'elle marinera à l'étage de la direction, dans le bureau de son directeur de père. Les enquêteurs ne les ont pas répartis comme ça sans raison ; l'idée est que les Beaumont ne puissent pas se concerter, Lise devine. Et aussi qu'ils ne se sentent pas dorlotés. Surtout Bernard.

Elle attend, faisant les cent pas dans la pièce familière. Elle est vraiment inquiète. C'est curieux, ça dépend des jours. Des événements, aussi. Cet après-midi, Lise ne parvient pas à se raisonner – on se demande bien pourquoi. Le fait d'avoir croisé Zohra, aussi, a pu compter. Le jeune gendarme la prévient que le capitaine en a pour un bout de temps. Elle ronge son frein. Qu'il se dépêche : elle est en train de se finir les ongles, elle les a déjà presque tous bouffés, dans des cas comme celui-là, dix doigts, franchement, ne suffisent pas.

Enfin Mercier entre dans la pièce, grand maigre dans les quarante ans, ses godillots noirs sont assez sales, fatigués en tout cas. Il regarde Lise le visage fermé, l'homme n'est pas un marrant, on ne doit pas la lui faire, au capitaine M. Lise s'assied, Elle n'en a pas l'intention, de toute façon. Un gendarme accompagne Mercier, un peu terne mais plus avenant : lui, c'est l'adjudant-scribe ; le mec va tout prendre en notes.

Mercier pose d'abord à Lise des questions banales, anodines, quel âge elle a, ce qu'elle voudrait faire plus tard, ses études, le genre de conneries. Elle répond, consciencieuse, polie. Puis l'officier l'interroge plus précisément sur son emploi du temps, quand elle a croisé son père et Corinne Houst, au cours des derniers jours, ce qu'ils ont fait ensemble, quand et où ils ont déjeuné, dîné, ce qu'ils ont mangé, comment Corinne et elle s'entendaient. Le capitaine ne sourit toujours pas des masses. Lise tâche de répondre droit au but, concise et claire. Pas de détails inutiles. L'officier continue de la regarder, songeur. Elle fixe ses godasses : clairement elles ont vécu. Au-dessus, ça va : son pantalon brun et son pull commando ont l'air de sortir du pressing ; mais ses shoes, alors, elles ont vu du pays. Normalement, dans la gendarmerie, les mecs sont nickel, son père le lui a toujours dit, elle est tombée sur un zozo ? On dirait pas. Lise note les cheveux et les ongles de l'officier coupés court, au cordeau. L'homme paraît calme, encore que Lise le devine tendu. Suspicieux mais pas malsain. Il est impressionnant.

L'interrogatoire est mené tambour battant, plus vite avec elle qu'avec son père, d'après ce qu'il lui dit. Lise voudrait qu'il ait un chouïa plus de jugeote, s'assurer qu'il va établir les bons liens. Au moment de partir, la main sur la poignée métallique déjà, le capitaine se retourne et répond à la question que Lise ne lui a pas posée – elle s'en est bien gardée :

— Je peux vous le dire, mademoiselle, maintenant. Il ne s'agit pas d'un accident.

Son père la raccompagne devant chez eux sans un mot. Il ne sort pas de la voiture quand elle en descend, ne la regarde même pas, À tout à l'heure, Papa ? et fait vrombir le moteur de l'Alfa. Il va où, déjà ?

Lise ne le saura pas.

Elle remonte au radar l'allée qui mène vers la maison. Le souvenir de l'homme-cerf surgit dans ses pensées. Son premier amant. Elle sent encore la pression de ses grandes mains sur ses hanches, comme il l'enserrait. Il franchirait la grille à sa suite qu'elle ne serait pas étonnée : sûrement apprécierait-il, lui aussi, le jardin ensauvagé. Au cœur du fouillis il saurait la repérer. Silencieux, il la rattraperait. Se collerait. Ils recommenceraient. Mais un oiseau qui s'envole dans un friselis de plumes fait sursauter Lise. L'homme-cerf s'évanouit.

Dommage.

Arrivée dans l'entrée, après une hésitation elle se dirige vers le bureau et s'assied dans le large fauteuil, elle a lu quelque part qu'au Moyen Âge il avait été fabriqué du cuir humain ; ça ne l'étonnerait pas que l'assise du siège où elle se tient soit constituée de la peau tannée de quelqu'un. Lise veut se lever mais vacille, elle s'écroule à moitié sur le bureau, accoudée comme une alcoolo au comptoir d'un bar. La vipère lui fait de l'œil. Le plateau particulièrement bas l'oblige presque à s'allonger. Dans le reflet de la vitre elle aperçoit son derrière. En l'air. Clavier abaissé, le Minitel est ouvert. Lise étend le bras.

Le son venu de l'espace précède de quelques secondes l'apparition sur l'écran de la fille nue.

Manque de bol : l'homme qui lui ouvre est affreux. En jean et tee-shirt blanc, il est assez classe pourtant, et son visage est rasé de près. À un mètre Lise devine son odeur proprette, heureusement d'ailleurs parce que c'est aussi le genre de détails que le Minitel ne dévoile pas, et qui peut se révéler rédhibitoire. Plus encore que la laideur. Justement. Le hic du mec, en fait, ce sont ses yeux globuleux, sa peau grêlée et sa mâchoire de macaque, prognathe, qui lui donnent un air préhistorique. Son excessive pilosité doit le faire paraître plus âgé, en fait il a quoi ? Trente, trente-cinq ans ? Le pire, peut-être, est son corps, pas très épais, qui s'agite sous sa grosse tête comme un bilboquet. Voilà : un bilboquet velu. Lise est un peu ennuyée mais très vite elle doit admettre qu'elle s'en fiche : elle n'est pas venue pour être appâtée. Elle est venue pour quoi, alors ? Malgré l'heure elle a traversé la ville à pied, dans ses ballerines déglinguées qu'elle ne parvient pas à jeter, elle est entrée bille en tête dans le hall du petit immeuble, presque un pavillon, et n'a pas hésité à sonner. Pas un instant.

Chris-68 balbutie. Au moins, il paraît gentil. Trop, peut-être. Lise se secoue, mais qu'est-ce qui lui prend ? Elle aurait préféré qu'il l'accueille armé d'une hache, peut-être ? Il dit comme ça qu'il ne s'attendait pas à ça. Ah quoi ? demande-t-elle en se redressant, épaules dégagées, les seins au garde-à-vous. Il l'imaginait comment ? Elle ne minaude pas, simplement elle met son corps en position. Le type se reprend.

— Ça n'est pas vous... Je vous trouve très jolie. Vraiment vous êtes à mon goût...

Son appartement est investi, surtout pour un homme. De ce que Lise aperçoit, le salon est bien rangé à l'exception de la table en Corian, dressée de plats entamés disposés dans des assiettes vert d'eau : apparemment, le maître des lieux était en train de dîner. Il suit son regard :

— Vous ne me dérangez pas, ne soyez pas gênée : en fait j'étais persuadé que vous ne viendriez jamais.

— Eh bien voilà : je suis là.

Il la dévisage. Elle soutient son regard.

— Je te sers quelque chose ?

C'est une manie qu'ont les hommes, ces temps-ci, de vouloir la faire boire. Et le tutoiement, déjà ? Il y en a qui ne perdent pas de temps.

— Non, merci, je ne suis pas venue pour ça.

Chris ne fixe plus seulement son visage. Ses yeux balaient Lise de la tête aux pieds. Pas besoin d'avoir fait psycho pour comprendre qu'il apprécie. Le voilà qui s'avance vers elle et, des deux mains, l'attire à lui. Ses paluches – quelles pinces ! – se referment sur les poignets de Lise. Elle se laisse faire, ouvre les narines pour mieux le humer, son parfum, elle a l'impression de le connaître. Il embrasse ses joues, l'une puis l'autre comme pour poliment la saluer, deux bises chastes – mes hommages, madame, on dirait –, mais très vite il descend déposer ses baisers en rafale le long de la jugulaire de Lise, elle sent ses lèvres d'homme, un peu trop sèches, dans son cou jusqu'au creux de la clavicule, mieux vaut ça en même temps que des babines baveuses. Comme Noun. Lise a envie de rire. Chris ne perd pas le nord : ses mains s'agitent comme des insectes, il se concentre sur ses vêtements. Efficace, monsieur 68. En quelques mouvements, Lise se retrouve déshabillée. Elle a beau avoir mis une robe aussi facile à défaire qu'à enfiler, le gars a du métier. Et de la suite dans les idées.

— Tu es venue pour quoi, alors ? Si tu n'es pas venue pour ça... Je ne m'en plains pas, note bien, Barbara. Barbara... ça n'est pas ton vrai nom, n'est-ce pas ?

Sans attendre la réponse, il se recule pour la contempler. Lise, nue devant lui, note son pantalon gonflé. L'air gourmand mais on reste poli, Chris-68 l'entraîne dans le salon et, d'un doigt pointé contre son nombril, la fait reculer vers la table. Il se rapproche encore d'elle, se colle, Lise est désormais serrée entre le plateau rectangulaire en Corian et la braguette du type, tendue à craquer. Chris lui balade une main dans le dos, il descend son majeur jusque dans la raie de ses fesses, des autres doigts en profite pour lui soupeser les parties charnues tandis que son majeur insiste dedans. Sans chercher à réprimer une salve de grognements, Chris est un vrai sanglier, il retire sa main et flatte les flancs de Lise. Il tente de rassurer. Avant de la manger ?

En la gardant toujours bien contre lui, de son autre main Chris-68 écarte assiettes et couverts, monsieur débarrasse, madame va être servie. Chris allonge Lise doucement sur le dos, le contact du plateau froid sous ses omoplates la fait grelotter, frisson que Néandertal semble prendre comme une invite, penché sur elle il lui pétrit les épaules, ses mains se rejoignent sur les seins de Lise, on dirait que ses yeux globuleux vont lui jaillir des orbites comme les billes du loto, à la télévision, dans le gros bocal bruyant, son regard s'affole, il se dégrafe et fond sur elle, Chris-68 l'embrasse partout. Ébouriffée sur le Corian, Lise tourne la tête sur le côté, un groupe de petits pois lui fait de l'œil, graines vertes parsemées sur le revêtement gris piqué de blanc. Elle n'avait pas remarqué encore les dés de légumes, carottes, haricots également dispersés – le bilboquet mange comme un porc – où fuyez-vous, chers petits bouts ? Debout au-dessus d'elle, il la prend derechef par les épaules mais pour la remettre sur ses pieds et la forcer à se baisser, ola elle le voit venir, d'une main il lui tient la nuque et de l'autre se ménage un chemin, il lui fourre son engin entre les lèvres. Devant les yeux de Lise, ses poils drus lui font de l'œil. La bouche pleine, il faut quand même qu'elle songe à respirer. La voilà intronisée chou à la crème : choisie, déballée, fourrée.

C'est mieux que d'être morte.

Elle inspire lentement. Un poil du bilboquet qu'elle a malgré elle aspiré vient lui chatouiller la narine, ça n'est pas le moment de rigoler. Chris-68 lui fait la danse du ventre dans sa bouche, Dieu merci il n'a pas plus de saveur que d'odeur. Dans une assiette vert d'eau, Lise imagine des corps nus, une partie de jambes en l'air à califourchon sur les couverts. Une fille excessivement cambrée est allongée, fesses ouvertes, sur une lamelle de cornichon, un homme visage masqué la besogne et bouscule en cadence le bombé d'une cuillère en argent chiffrée. Le tintement du couvert contre la porcelaine accompagne son mouvement pendant que Lise se voit, là, dans l'assiette verte, enlevant sa robe, à genoux. Bientôt elle ne porte rien qu'une culotte bleu pâle ajourée de dentelle crissante et, à ses lèvres, deux balafres de carmin. Comme elle est vulgaire. Et elle s'étendrait, offerte, sur la lame argentée d'un couteau de boucher.

D'un geste net Chris s'écarte d'elle, au bruit elle comprend qu'il déchire l'enveloppe d'une capote, il aurait pu y penser avant, Lise se redresse. À elle de prendre les choses en main, maintenant. La situation devrait l'exciter, à de nombreuses reprises elle en a rêvé. C'est elle qui allonge Néandertal, sur le dos, sur la table, le couvert est bien dressé, à son tour de sentir sous sa peau d'homme le Corian, Lise le lui a chauffé, il devrait lui en être reconnaissant. Puis, sportive et preste, elle monte sur la table et lui enfourche le frein à main. Comme elle se cale, Chris-68 s'enfonce en elle, plus dur qu'elle aurait pensé. Elle s'affaire, en cadence de se remuer, en rythme de l'astiquer. L'homme la reluque, ravi. Lise est touchée de tant d'attention, encore que, sous le regard affolé du bilboquet, elle est quand même un peu gênée. Elle repense au garçon-cerf. Son premier amant était doté d'une qualité rare : indéchiffrable sous son masque, l'innocuité de son regard garantie par le déguisement, il n'était pas salissant. Dommage qu'ils ne se soient jamais revus, qu'ils ne se soient, en fait, jamais vus. Elle se souvient d'avoir été certaine que, s'ils étaient sortis ensemble, son cerf lui aurait envoyé des lettres d'amour passionnées. Pas de fantasme épistolaire auprès de Chris-68, lui n'a pas l'air du genre plumitif. Voilà qu'il se dégage, monsieur semble vouloir en finir. Il retourne Lise contre la table, la ménage moins mais quand même, se tortille, sa bite entre et sort, quel tempo, Lise imagine un coucou suisse, au taquet mon poussinet : dehors, dedans, Chris-68 ne lui fait pas beaucoup d'effet. Elle a cru le choisir, grossière erreur : un bout de texte et trois blablas ne suffisent pas. Mais Lise se laisse besogner, polie, appliquée, et on dirait qu'elle dirait oui. Chris jouit.

C'est le troisième, depuis le garçon-cerf. Lise est devenue de ces filles que Maman méprisait, Élisa rageuse quand elle parlait de celles qui appartiennent à tous les hommes.

Le bilboquet se retire, il ôte la capote boursouflée avec des gestes de diamantaire.

Sans jamais se donner à aucun. Ça craint.

Elle sourit en se rhabillant. Chris la regarde bizarrement. Elle veut bien un verre d'eau, maintenant. Pendant qu'il s'active à la cuisine, elle pince les boutons-pression blancs de son Teddy, clic clac maison magique. Lise boit, rince soigneusement le verre puis le secoue, avant de le poser sur l'égouttoir. Éberlué, Chris-68. Au revoir, cher monsieur, j'ai été ravie que vous me baisiez. Alors que Lise a envie de dégueuler.

22

Lise remonte l'allée dans le noir. Depuis quelque temps l'éclairage se montre récalcitrant. Elle frissonne en dépit de la douceur du printemps. Aucune lune pour lui caresser les cheveux, ni lumière dans la maison qui lui indiquerait le chemin – rien d'anormal pour le coup, son père ne dîne pas là. Quand même, l'obscurité tombe mal. Elle n'y voit rien, ni planète, ni étoile ; même Vénus s'est absentée du cœur de la Voie lactée. La poisse. Lise fouille la nuit des yeux en quête d'un repère. Trop de nuages. Ce qu'il fait lourd. Et le silence est d'un épais. C'est souvent le cas quand l'orage menace. En d'autres circonstances Lise serait tout excitée : elle adore les orages qui, aux beaux jours surtout, dégagent un violent parfum de frais. Mais là, non merci, elle s'en passerait. Un cri étrange se propage, suivi d'une respiration. Ne manquait plus que ça. Elle accélère le pas. Une petite effraie a niché l'an dernier dans le vieux hêtre enseveli sous le lierre, Lise a trouvé des traces blanches, caractéristiques, sur le tronc ; et, au pied de l'arbre, des pelotes de réjection. Quand elle était enfant, avec Maman elles les trempaient dans de l'eau avec un peu de savon, à la suite de quoi elles s'amusaient, front contre front, à reconstituer les cadavres sur du papier millimétré. Sous un crâne de souris grand comme un ongle s'étageaient des os plus minces que des allumettes. Un domino de vertèbres miniatures serpentait sur la toile cirée. Des squelettes de chimères jaillissaient sous leurs doigts, il fallait être sorcières pour être capables de ça.

Les chouettes respirent d'une façon spectaculaire, l'effraie serait-elle revenue ? Une nuit que Lise rentrait d'une soirée sans intérêt, elle l'a aperçue au-dessus du clocher de Saint-Martin, tout près : elle volait, silencieuse, redoutable, une beauté. À moins que l'oiseau n'ait jamais quitté le hêtre vermoulu. Lise se sent vaciller, pas certaine d'être en mesure de faire la brave plus longtemps. Ses chevilles se dérobent, il lui faut s'arrêter sous le... non, pas sous le févier. Même au printemps il la dégoûte, rien qu'à penser à ses fruits répugnants : les longs haricots marron, jusqu'à trente, quarante centimètres parfois, qui pendent tout secs comme des doigts malades.

C'est elle qui est malade.

Lise, flageolante, réussit à parcourir quelques mètres supplémentaires pour ne pas se tenir sous l'arbre préféré de son père. Un grondement s'élève dans la nuit, sans doute le tonnerre. La nature s'éveille et elle est d'une humeur de dogue. Un éclair illumine le fouillis alentour, c'est bien ça : l'orage vient. Lise n'avait pas compris qu'elle piétinait un parterre de pulmonaires. Le couvre-sol expose ses feuilles tachées d'un blanc grisâtre comme des langues enfiévrées. Lise a tenté d'en faire des bouquets, les hampes florales arc-en-ciellées de rose sont délicates. Mais même en ôtant les feuilles, non, ça n'allait pas ; car il lui semblait que les tiges avaient conservé le souvenir des langues malades, le bouquet semblait attendre le moment où il pourrait se jeter sur Lise et la lécher, l'infecter. Elle s'écarte du parterre sans respirer et tâche de retrouver l'allée. Le vent se lève, tout bruisse, le silence est comme aspiré. Enfin, les graviers crissent sous ses pieds. Le tonnerre gronde. Les ténèbres se gorgent de créatures.

Bernard et elle n'ont plus parlé de la piscine, du manoir à vendre de JP Blondiné, plus évoqué Corinne, non plus, Lise y a veillé. Papa n'est plus jamais à la maison de toute façon, ou le moins possible, apparemment. Lise, ça lui va. Ce qui lui conviendrait encore mieux, c'est que son père, accaparé par ses affaires, l'oublie définitivement. Et qu'elle-même puisse inhumer le passé ; elle voudrait sa mémoire dotée d'une fonction d'effacement. Trop de souffrance. De culpabilité. Ne pourrait-elle pas se décréter amnésique comme elle a décidé de devenir végétarienne ou membre, comme sa mère, de la Ligue de protection des oiseaux ?

Elle se reprend. Parce qu'elle peut toujours se raconter la messe, les souvenirs douloureux ne sont pas l'unique raison de ses frissons. On respire à côté, encore, tout près. Elle a plus peur que jamais. Un éclair lézarde la toile noire au-dessus d'elle. La lumière précède le son, l'orage est encore loin. Lise accélère, Attention, ce n'est pas le moment de tomber. Ce soir, l'idée d'un orage nocturne la terrifie : elle redoute qu'un éclair lui donne à voir une silhouette qui n'aurait rien à faire ici. Elle monte les marches du perron en vitesse et introduit la clef dans la serrure, du premier coup bien qu'à l'aveuglette, Lise est experte : depuis des années elle s'est entraînée à trouver le trou avec ses doigts. Enfin elle referme la porte derrière elle. Les battements de son cœur font plus de vacarme que le tonnerre.

Elle trouillotte.

Parce que, non, elle ne croit pas se tromper : depuis plusieurs jours son père s'est mis à la filer.

Elle se jette sur les placards, à l'assaut du réfrigérateur, il faut qu'elle boive, mange, n'importe quoi mais que quelque chose passe par sa bouche. La compulsion lui vient lorsqu'elle panique de n'avoir personne à qui parler, qu'une parole floue lui flotte dans le bide, quand elle se trouve emmurée au cœur de la réticence des autres, que nul ne veut entendre ce qu'elle a à dire, ce qui lui sortirait de la bouche si elle pouvait raconter, s'il y avait quelqu'un pour écouter. Le mâchonnage des denrées, parfois suivi des gargouillis de la chasse d'eau, résonne comme la seule langue possible dans les familles où le silence prévaut. Impossible de lutter.

Le frigo n'est pas bien garni. Sur la clayette du haut, un verre rempli d'un liquide rouge luit. Qui l'a préparé ? Elle trempe les lèvres, prudente. Pas mauvais. L'amertume et le sucre la requinquent, à tous les coups c'est un Cointreau Sangria, le cocktail est vite sifflé. À se passer la langue sur les babines, à la Noun, la boisson écarlate lui laisse les lèvres poisseuses. Avachie dans le canapé, Lise se sent mieux. Pas beaucoup mieux, mais quand même mieux. Il y a des bouches qui se baladent sur sa culotte, qui veut les voir ? La boisson pourrait être assaisonnée de poison. Ou d'un catalyseur qui révélerait ses babines rougies, clignotantes comme des warnings, tic-tac, messieurs dames nous vous signalons que Lise Beaumont s'est rendue coupable de. Le tonnerre gronde à nouveau. Regardez. Que le poison fasse son effet. Et Lise s'effondrerait, lèvres éteintes.

En quelques secondes l'air se sature d'humidité et la pluie se met à tomber, ra ta ta ca tac, en cataractes. Elle n'entend plus que le son métallique des gouttes qui martèlent le sol telle une armée en pleine charge, le grondement de l'eau se confond avec celui du tonnerre, un combat titanesque auquel se livrent le ciel et la terre. Lise pose le verre, s'essuie fort la bouche avec du Sopalin, elle frotte trop, l'essuie-tout rougi se déchire. Oui, elle en est sûre : Bernard la suit discrètement le matin, ou quand il lui arrive de se rendre à une soirée. Il pourrait l'avoir déjà vue rejoindre des hommes, la nuit. Plusieurs fois, Lise a aperçu son père à des endroits indus. À l'intersection de deux rues, il s'est avancé prudemment pour la voir. Tandis qu'elle attendait le car, il guettait de l'autre côté du trottoir. Bernard Beaumont rôde. À une heure inhabituelle, en regard de ses activités. Il sait, pour Lise. L'étendue de ses méfaits.

Un éclair illumine le ciel et le tonnerre craque juste au-dessus de la maison. Une odeur d'ozone et de soufre s'élève, un parfum d'enfer. La nature se révèle monstrueuse. Quand elle-même est victime des monstres qui la souillent. Quelqu'un a parlé de chercher le monstre, un jour. Qui ? Elle fronce les sourcils, l'orage n'est pas propice à la concentration. Soudain le salon est plongé dans l'obscurité. Une coupure d'électricité ? Lise claque des dents. Les ténèbres prennent possession de la maison.

Une lumière au niveau du fauteuil marron s'allume. Dans la pénombre, d'abord Lise ne distingue qu'une barbe sombre. Le collier aux reflets bleus s'anime :

— Bonsoir, ma puce. Tu bois quoi ?

Lise ne peut plus parler. Paralysée, de la tête aux pieds. Son père, Maglite en main, étend ses jambes. Elle capte l'éclat de ses yeux noirs. Apparemment Papa sourit ; mais son sourire ne remonte pas jusqu'aux yeux, c'est un regard glacé qu'elle lit. Lise sent ses genoux devenir mous comme des articulations de bébé, elle voudrait sortir d'ici. Il a compris, dorénavant l'affaire est entendue. Elle est foutue. Vite, le jardin, les arbres, l'odeur douceâtre de l'humus mouillé, le moelleux du sol sous ses pieds.

— Ça va, Lise ? Tu en fais une tête, dis !

Il rit, sa barbe vibre de reflets argentés. Elle voit le piège se refermer. Il faudrait dire quelque chose, un propos en l'air, innocent, des mots anodins. Lise balbutie un son de rien, à peine un borborygme. Séchée.

Parce que Bernard Beaumont a beau être mégalo, sûr de sa puissance, il n'est pas idiot. Il a dû réfléchir aux derniers événements, ce qui s'est passé à la piscine de Fernarget, pour commencer. Les semaines passées ont dû faire percoler ses souvenirs. Au manoir de Blondiné il a revu le visage de sa fille juste après sa tentative : ce n'est pas ce qui aurait pu arriver qui a horrifié Lise, mais ce qui ne s'est pas passé. A-t-il saisi ce qu'elle avait eu envie de faire ? Elle est sa fille après tout. Lise est coriace et il le sait.

Mais elle non plus n'est pas idiote. Dans son esprit aussi la vérité s'est décantée. Bernard n'avait pas réussi à faire d'Élisa sa chose, de son vivant. Même dégradée, Maman regimbait. Elle, il lui avait fallu insister pour la tenir à sa merci, Papa avait dû s'y reprendre à plusieurs reprises. C'est Maud, avec sa suspicion, qui a éclairé Lise sur la conduite de son père. Lise a compris ce qu'il leur faisait. Comment il délaissait ses femmes après leur avoir promis monts et merveilles, en charpie quand il en avait assez, les unes après les autres semblables à des mouches enfilées sur un collier. Corinne aussi savait ses heures de bonheur comptées, en passe d'être négligée, ajoutée vivante au collier.

L'orage s'éloigne, la lumière se rallume, une bonne chose. Lise se redresse, momentanément soulagée de recouvrer le contrôle de ses genoux – à d'autres, les articulations de bébé. Un éclair coche la fenêtre du guéridon. Si la lumière pouvait aveugler son père. Car on n'abuse pas comme ça les sorcières : la vérité, elles la flairent. Lise, quant à elle, n'a rien laissé paraître de ses pulsions. Elle a feint d'avoir omis ce qui s'est passé, sa propension au crime, ffrrtt, ffrrtt comme évanouie, vaporisée dans l'oubli. Mais Bernard Beaumont est aussi fin qu'il est pugnace. Et sûr de lui, c'est dans son caractère : il ne lâchera pas l'affaire. S'il a cru percevoir chez Lise la manifestation du déni, une forme particulière d'amnésie, il en connaît la force mais la fragilité, aussi. Il sait que la vérité enfouie peut resurgir, à la faveur d'un rien, un détail infime qui la ramènerait à la surface de sa conscience.

Bernard la fixe désormais avec une sorte de sollicitude. Cette façon de souffler le chaud et le froid. Il réitère :

— C'est quoi, cette tête, ma puce ? Que t'arrive-t-il ?

Lise simule une démangeaison au lobe de son oreille droite, un grattage urgent pour s'éviter de répondre.

— Ça va, ma Lise, mais qu'est-ce que tu as ? Qu'as-tu fait, bon sang ? Pourquoi ne réponds-tu pas ?

Lise inspire un grand coup :

— Je monte me coucher.

Pas besoin de se retourner pour sentir le regard de son géniteur crocheté entre ses omoplates. Mais, comme elle quitte la pièce, on sonne et cogne en même temps à la porte d'entrée, sur le perron résonnent des bruits de pas. C'est quoi ce fracas ? Bernard se lève, livide. Ça va, Papa ? On a pénétré dans le jardin sans permission. Sans le moindre souci de discrétion. Lise revient sur ses pas, son père et elle convergent vers la porte d'entrée. La sonnerie continue de retentir, elle est bloquée ? Bernard ouvre. Entouré de deux gendarmes, le capitaine Mercier se tient sur le seuil, plus impressionnant que jamais.

— Monsieur Bernard Beaumont, vous êtes en état d'arrestation. Veuillez nous suivre s'il vous plaît. Vous êtes accusé du meurtre de madame Corinne Houst.

L'espoir changea de camp, le combat changea d'âme.

Lise ferme les yeux. Ça y est. Le doute l'a tellement laminée et le besoin de vérité, rongée que, d'un coup, elle se sent allégée. Ça-y-est-la-vérité. Mais l'effet ne dure pas. Dans le même mouvement, quasi au même moment, un autre poids au moins aussi important – *la* vérité ? – lui est plaqué sur la poitrine, une masse d'une autre nature. Celle qu'elle a tant appelée de ses vœux ne lui semble plus si pure. Son père la regarde sans qu'elle ne cille. Elle parvient à masquer un sanglot, mais pas la bile : l'amertume lui envahit la bouche, de sa gorge reflue un tsunami, elle se précipite aux cabinets, heureusement la porte est ouverte, l'abattant relevé, elle n'a que le temps de se pencher. La vérité est qu'on n'échappe pas au corps. Tout est là : on n'échappe pas au corps. Surtout au sien. Lise tire la chasse. Si elle-même pouvait être aspirée dans une bonde, un trou noir, un terrier, n'importe quelle cavité, comme ça l'idée la tenterait. Mais il faut bien ressortir des W.-C. Elle tâche d'avancer tête haute, raide comme un chausse-pied en réalité, plus amère que jamais. La gorge lui brûle. Respire. Elle n'est plus seule à savoir. Elle voit son père encadré par les gendarmes, Ma puce, qu'as-tu fait ?

Lise se met à pleurer.

23

Un regard glacé. Elle a beau ne pas être bien réveillée, le miroir de la salle de bains lui renvoie un reflet sans buée : Lise se jauge, zéro aménité. Le soleil rebondit sur le carrelage immaculé. Il fait doux. Quand elle a ouvert les yeux ce matin sa mémoire l'a d'abord épargnée, en revanche Lise s'est immédiatement sentie mal. Son instant d'amnésie passé, elle s'est souvenue. Après l'arrestation de son père elle a divagué, hébétée, bête en détresse perdue dans la tempête. Sauf que l'orage était terminé et que Lise errait dans sa propre maison.

Combien de temps dure une garde à vue ? Va-t-on lui servir un petit-déjeuner ? Papa va aller en prison. Elle se reprend : son père va *croupir* en prison, le verbe d'autrefois s'est imposé. En s'habillant, elle panique. Trop d'angoisse. Pour qui ? Pour son père ? Pour elle ? A-t-elle envie qu'on le relâche ? Lise voudrait tellement que quelqu'un l'aide.

La sonnerie du téléphone qui retentit tombe à pic. C'est de la magie ou quoi ? En dépit des circonstances,

Lise sourit. La voix à l'autre bout du fil la refroidit : c'est maître Druller, Papa et lui jouaient ensemble au tennis dans les années 1970, Bernard a prié son vieil ami d'être son avocat. Il n'a pas tellement attendu, dis donc, pour se faire assister. Lise n'y connaît rien, mais ça ne lui semble pas bon signe.

La garde à vue n'aura duré qu'une nuit, reprend Druller. Beaumont vient d'être déféré devant le juge d'instruction et inculpé. L'affaire se présente mal.

Qu'est-ce qu'elle se disait.

Des échanges déchirants entre Corinne et lui ont été trouvés : enregistrement de messages sur le répondeur de Bernard, lettres et petits mots ; elle s'accrochait. Quelques semaines avant sa mort, elle s'en était même ouverte à une amie. Elle ne voulait pas élever leur enfant seule mais, dès qu'elle abordait le sujet, Bernard Beaumont la rabrouait. Violemment, d'après la copine. Corinne se rendait compte qu'il s'était servi d'elle – on peut d'ailleurs dire qu'il s'était servi tout court, comme toujours – et elle s'était sentie souillée. Elle prétendait avoir des preuves d'humiliations et menaçait de tout balancer à l'usine.

Lise raccroche, horrifiée, et appuie une main sur sa bouche. En venant confirmer ce qu'elle a depuis longtemps deviné, ces révélations font ressurgir l'aiguillon du doute, acéré comme jamais : si ces soupçons-là sont entérinés, tout ce qu'elle a imaginé d'horrible risque de se trouver avéré. Parce que Lise ne voulait pas y croire mais, dans le fond, elle a toujours su. Avec les femmes, Bernard se sert. Ses maîtresses, pareilles à des choux à la crème, des bonbecs. Il les prend, les consomme et les jette. Comme Lise se servait, enfant, dans les bocaux garnis de la boulangerie de l'église.

Sa vessie explose quand elle émerge. D'après le radio-réveil, elle a dormi près de deux jours. Son ventre gargouille, ses lèvres sont sèches. Elle est assoiffée. Et il faut qu'elle mette à exécution son petit projet.

C'est la bonne décision, il n'y a pas à tortiller. Elle sort la teinture de son étui de carton, revérifie la couleur et se démêle les mèches avant de les badigeonner. Elles ont bien repoussé. Entre deux de ses doigts gantés, elle en examine quelques-unes. Peut-être les raccourcira-t-elle encore. Elle les sépare au peigne et les maintient comme elle peut, tenez-vous bien, mes accroche-cœur, ou je vous coupe. Du bout du pinceau Lise s'endeuille… s'enduit la chevelure. L'odeur est entêtante, à peine contenue par la serviette.

Lise se sèche le crâne à la va-comme-je-te-pousse et, déjà, s'enorgueillit du résultat. Il faut qu'elle réponde à la lettre de Hannah. Mais lui répondre quoi ? « Tout va bien : depuis une semaine Papa croupit en prison, et toi ? Bisous-bisous » ? Elle est foldingue. Une de plus dans une famille de dingues. Qu'est-il arrivé à sa mère ? Il y a des années Lise a voulu dire à Hannah ce qui se passait, lui raconter. Mais elle en revenait toujours là : raconter quoi ? À n'avoir jamais eu de preuve, aucune ! Lise a fini par n'être plus sûre de rien. Pas fichue d'affirmer le moindre fait, incapable d'avancer que ceci cela, que Papa. Des infidélités ? Pouah. Aucune vérité plus crue à se mettre sous la dent. À laquelle se cramponner. Rien de bon ne peut se construire en dehors d'elle : sans vérité qui étaie, impossible de vivre. Il est là, aussi, le constat : Lise n'est pas fichue de vivre. Elle a des compétences : elle sait dresser un chien, cuisiner un pot-au-feu, grimper aux arbres, adresser une lettre aux impôts, différencier un gobe-mouches gris d'un accenteur mouchet. Mais, ignorance substantielle, elle ne sait pas vivre. Elle n'est jamais parvenue à lui expliquer ça, à Hannah. Lise se regarde dans le miroir. Pas mal du tout. Elle a hâte de savoir la date du procès. Pauvre Papa. Il a l'air de morfler.

Elle ira le voir, demain.

Elle pose le séchoir à cheveux à côté du lavabo. Ne se révèle-t-elle pas plus piquante encore, charbonnée ? Assurément, la bonne couleur. La teinte met en valeur sa pâleur et souligne son regard assorti. Lise secoue ses boucles courtes : des cheveux de jais comme sa mère, c'est fou comme avec l'âge elle peut lui ressembler. Et à son père : Beaumont, c'est lui, c'est moi. Les chiens ne font pas les chats.

Alors qu'elle s'inspecte une dernière fois dans le miroir, le téléphone se met à sonner. La scène d'hier matin semble se répéter. Méfiante et échaudée, Lise décroche. À nouveau c'est maître Druller, la voix blanche :

— Ton père, Lise… Il est mort.

24

Lise échoue à Saint-Martin de X sans avoir versé une larme. L'église, nue et austère, est un vestige des années 1920 posé au milieu de pavillons contemporains – une anomalie. Le clocher-porche trop symétrique n'est pas très accueillant, surtout vu de loin. Encore qu'à passer dans son ombre depuis tant d'années Lise a fini par lui trouver une certaine quiétude.

Il y a du monde sur le parvis. Pour la plupart, des gens qu'elle ne connaît pas. Ou qu'elle a croisés une fois, souvenir de visages flous auxquels elle serait bien en peine d'associer un nom. Bien en peine ? Mensonge.

Lise n'éprouve aucun chagrin.

Les derniers hôtes de Bernard se pressent, contrits. Obséquieux : c'est le mot. Lise n'y avait jamais pensé jusqu'alors, mais la plupart affichent des têtes pathétiques spéciales obsèques, ici vous m'en mettrez une triplette. Et à côté aussi, regardez-moi ces deux. L'étymologie lui crève les yeux. Elle ne voit plus que la foule qui lui grouille autour, un tas d'individus persuadés d'agir pour le mieux du fond de leur grand cœur. Des obséquieux, bien pénétrés de leur respectabilité. Alors qu'elle sait bien pourquoi ils rôdent sur le parvis, en réalité, ces curieux avides de nouvelles cruelles : Pourquoi ? Comment ? De quoi Bernard Beaumont est-il mort, quelqu'un sait ? En détention, pensez donc. Quel était le chef d'accusation ? Il s'agissait d'un crime ? Vous m'en direz tant, les obséquieux, c'est affreux. N'est-ce pas ? Et patati, du sang, du sang, et patata. La certitude de se tenir du côté du bien est un sentiment répugnant. Noun n'avait peut-être pas suffisamment de conscience pour être invité à passer le porche de Saint-Martin, mais lui au moins ne se prenait pas pour l'être le plus noble que la ville ait jamais porté. Ils l'écœurent, avec leur gueule de circonstance, petits messieurs-les-importants, jolies mesdames dégoulinantes de leurs meilleurs sentiments.

Elle tend son visage aux nuages. Partout le gris-noir de la nuée exacerbe l'aspect tristoune des maisons : aucune joie n'a l'air de pouvoir se répandre ici, le quartier semble endolori. Dans les rues alentour, les rares passants ont des tronches de parapluies. Tout est raccord. Rien ne sert de regarder le ciel, ce vieux conseil de Maman pour se mettre du baume au cœur, du cœur à l'ouvrage, le cœur en joie. Décidément, le cœur. Il ne faut pas qu'elle y pense. Ah, elle reconnaît quelques ouvrières de l'usine, salut les chouquettes, regardez-les, les petites chéries de son père bien habillées pour faire plaisir à Bernard. Tout le monde voulait être gratifié par lui, c'est fou comme il avait ce pouvoir, Papa, de plaire et de donner envie, en retour, de le satisfaire aussi. La patrouille l'a bien rattrapé. Au Jeu de l'oie de la vie, il n'a pas mégoté. 52 ? Case prison. Vous n'en réchapperez pas. Allez, ouste, case 58, la mort vous attendait là-bas. En un seul coup de dés : bien joué.

Lise flotte sur le parvis comme elle dériverait, cahin caha, avec sa petite bouée canard sous les aisselles, battant des pieds pour attendre le cercueil. Devant l'église : voilà qui n'est pas du meilleur effet. Son père est mort et elle songe à s'amuser. Mauvaise fille, mauvaise, mauvaise, Élisa avait bien raison. Et il en penserait quoi, lui, Papa ? À la maison d'arrêt, lors d'un interrogatoire, il s'est affalé. Les surveillants ont eu beau se précipiter, tenter de le ranimer, ils n'ont rien pu faire. Papa a dû tomber de haut : la crise cardiaque ne s'était pas annoncée, la vacharde. Il a succombé avant l'arrivée des pompiers. Décidément le cœur. Celui de Bernard a lâché – il faut quand même rappeler qu'il en avait brisé un certain nombre, de son côté –, le truc idiot. Encore que. Il y a peu, l'accident relevait de la triste banalité. Lise le sait, elle en a souvent entendu parler, mais soudain le mot prend une consistance singulière, infarctus, elle se surprend à le mâcher. In-farct-us, un vocable fort au goût de poitrine, une salve de chair tendre que Lise aurait croquée, la bouche pleine de morceaux de myocarde arrachés à son père, soigneusement déchirés. Encore un peu d'infarctus, ma puce ?

Le corbillard engage ses roues avant sur le trottoir, la petite foule se recule. Lise, sciemment, ne bouge pas d'un cil. L'engin n'est pas loin de lui rouler sur les pieds mais c'est comme s'il ne représentait pas un danger, comme si ses roues étaient constituées de fumée. Lise regarde au loin, par-dessus la ligne d'horizon qui fait grise mine, le ciel tend à être confondu avec les toits en ardoise des pavillons, les nuages ont l'air de vouloir embarquer les maisons. Le corbillard entame une dernière manœuvre pour se garer. Prenez garde, messieurs-dames, un accident est vite arrivé. En même temps, pour les obsèques, voyez les facilités proposées : il n'y aura qu'à prendre le cercueil en marche, tout est prêt. Lise culpabilise de n'avoir ressenti aucun chagrin à voir son père étendu ; l'horizontalité de son corps, en revanche, l'a frappée. D'abord elle ne l'a pas reconnu : ce Bernard-allongé relevait de l'incongruité, tant la verticalité était plus à même de rendre compte de sa volonté. À l'hôpital elle a fait semblant de se recueillir dans la morgue fleurie à jamais. Dans un coin, un tournesol de plastique tournait le dos à la fenêtre, aveu de son imposture, tandis qu'une profusion de glaïeuls artificiels encadraient le cercueil ouvert. Lise, déjà nerveuse, a réprimé une mine dégoûtée, le cœur au bord des lèvres qu'elle a pris soin de garder fermées. Décidément le cœur. Qu'on lui épargne, à son heure, cette mise en scène atroce. En elles-mêmes les fleurs artificielles témoignent déjà d'un goût douteux ; acoquinées à la mort elles rendent celle-ci plus glauque encore qu'elle est.

Lise se ronge les sangs. Comme il fait froid, sur ce parvis. La contemplation du défunt l'a davantage ébranlée que ce à quoi elle s'attendait ; plus que tout elle est tiraillée. D'un côté coupable d'avoir voulu assassiner son père, de l'autre frustrée de ne pas avoir réussi à le faire. La justice s'en est chargée. Voilà la vérité dont elle attendait confirmation : Bernard Beaumont a détruit ses femmes. Le glaive et la balance ont parlé. La foule pâle s'agglutine autour du corbillard. Quelle petite mine ; allez zou, courez consulter le docteur Miallet, sans quoi vous aussi risquez de vous trouver enfermés.

— Condoléances, mademoiselle.

Avec Bernard. Premiers arrivés, premiers placés. Dans le cercueil. Ne soyez pas dépités.

— Ma chère enfant, toutes mes condoléances.

La bière n'est pas grande, il faudra se serrer.

Merci. Bonjour. Merci d'être venus. Quel barnum. Ne faites pas cette tête-là. Personne ne la connaît, nul ne se soucie d'elle mais tout le monde s'attend à ce qu'elle salue, émue et convenable, les derniers hôtes de son père. Lise se retrouve complètement seule. Plus personne auprès d'elle avec qui échanger. Pour empêcher ses idées folles. N'a-t-elle jamais été que cela ? Seule. Quant à se qualifier de convenable, ça la fait rire : voilà une étiquette à laquelle elle n'aurait même jamais songé. Certains la regardent avec perplexité. Elle doit avoir l'air dingue. Ne peuvent-ils mettre son état sur le compte du chagrin ? C'est l'usage en de telles circonstances. Elle glousse : il a bon dos, le chagrin. Vite, se cacher la bouche de ses mains. Mais ses lèvres tressautent de plus belle, Lise ne peut masquer son hilarité. Plus elle tente de se contenir, plus les spasmes la font tressauter. Ses mains la chatouillent comme deux grosses araignées aux soies drues qui tenteraient de l'embrasser – si elle ouvrait la bouche, elle pourrait suçoter quelques pattes de chitine noire griffues. Lise se couvre le visage de ses arachnides déployés. Elle pourrait faire semblant de pleurer : vu la circonstance, la supercherie est tout indiquée.

Mais, entre ses doigts écartés, elle surprend le regard d'oiseau de proie, tout proche, d'une femme à la peau desséchée. La perruche n'est pas dupe. Lise se figure très bien l'effet obscène qu'elle suscite. Encore qu'il est fréquent, paraît-il, de s'esclaffer au cours d'un enterrement, tout l'explique : l'inévitable pression des jours passés, conjuguée à l'affliction, et une excessive nervosité. À côté de la femme au regard acéré, une autre l'observe, plus amène. Merde, la seconde s'approche.

— Sonia F. J'ai bien connu vos parents. Si je peux faire quelque chose, n'hésitez pas.

Le prêtre s'avance l'air recueilli, pour un peu Lise l'accueillerait comme le Messie. La cérémonie va pouvoir commencer, Pardon, madame, si vous permettez. Bon débarras, la petite dame. Désolée. Elle va devoir abréger : ses obligations, vous comprenez.

Dans l'église, le curé l'invite à prendre place au premier rang. Des gens s'assoient sur les sièges de la rangée, juste derrière. Elle ne veut pas trop se retourner mais devine que ce sont ses soi-disant cousins éloignés : tout à l'heure, sur le parvis, ils sont venus la raser. Et alors ? Ils auraient pu dire qu'ils étaient le roi d'Espagne ou d'ex-Soviétiques en goguette venus s'éclater à l'homélie, ça ne lui fait ni chaud ni froid. La dernière fois qu'ils se sont rencontrés, selon eux, elle ne marchait pas : Ah ma chère Liiiise – épargnez-lui son prénom prononcé comme un coup de sifflet –, ça fait un bout de temps, vous savez. Ils savent compter ou elle ne s'y connaît pas. Non, elle ne les aurait pas reconnus. Ils vont la bouffer, leur médaille Fields : comment veulent-ils qu'elle se souvienne, si elle était bébé ? Ils commencent à la faire suer.

Pendant l'office Lise fixe ses pieds. Il faut bien encourager ses petons car il s'en faut de peu qu'ils ne la soutiennent plus. Le curé poursuit sa litanie. Lors de leur rendez-vous pour préparer la messe, il ne s'est pas montré fin : alors qu'il lui enjoignait de réciter un Notre Père avec lui, Lise s'est tue le temps des versets six, sept, faut pas déconner les offenses ne passent jamais ; mais c'est le pardon, surtout, qu'elle a envie de dégueuler. Le curé a continué la prière comme si de rien n'était, aveugle au cœur de Lise qui saignait, un sacré cœur blessé mais, depuis le temps, elle en a pris son parti : nul ne s'en aperçoit jamais. L'hémoglobine invisible, c'est emmerdant, les médecins ne peuvent pas la soigner. Les yeux dans le vide, elle ne distingue rien que les prie-Dieu égarés à ses côtés, les mosaïques brunes qui pavent le transept et le bout acéré de ses escarpins noirs. Un affligé renifle dans son dos. Qu'on apporte un mouchoir. Des larmes ! Distribution de larmes !

Non merci, pas pour elle.

Comme le Lacrimosa s'élève, Lise voit de l'eau remonter vers ses orteils, qu'est-ce que c'est ? Derrière elle aussi le liquide afflue, les déferlantes vont l'emporter, l'homme qui gît dans le cercueil, c'est elle qui l'a anéanti. Sa mère le lui avait dit, aussi : tu me tues. Bernard va surgir du satin pour la dénoncer, révéler que c'est elle qui l'a noyé. Elle est sa fille, vous comprenez. La violence, elle connaît. Toute petite, elle s'est accoutumée. Perchée sur ses talons hauts, elle contracte les orteils, ratatinés dans ses souliers. Lise tente de repousser l'eau. C'est l'horreur, elle n'y arrive pas, la preuve elle est en nage, le cœur serré elle ne se souvient pas, de la cause de son chagrin pour qui, pourquoi. Toute mouillée sous son manteau, elle émerge, on lui parle :

— La Paix du Christ.

Quelqu'un s'adresse à elle. Lise relève la tête, se retourne. Un homme se tient derrière elle, c'est lui qui parle :

— La Paix du Christ.

Lise voit sa main tendue s'approcher, une main d'homme dirigée vers son ventre. De derrière son voile de larmes elle regarde la main, elle regarde l'homme. C'est quoi, ce scandale ? Elle voudrait s'attraper la mâchoire des deux mains, au dernier moment se retient – personne ne doit remarquer son envie de mordre. Mais voilà que deux dames âgées, chacune de part et d'autre de l'homme qui la touche presque font de même, elles agitent leur main vers Lise, l'une porte une bague au majeur, un camée comme Maud, mais qu'est-ce qu'elles foutent, les mémères ? Les vieilles connasses s'y mettent aussi :

— Paix du Christ.

Ça bouge tout au fond. Lise entend la petite fille en elle se cabrer, elle a toujours eu le caractère bien trempé. La paix ? Mais comment ose-t-on lui parler de paix ? Devant elle prononcer le mot ? Et elle, Lise, yeux toujours baissés, voit les trois mains s'agiter devant elle comme des membres fantômes, bouts de corps tronqués, et on lui parle de paix ! Alors elle relève les yeux et crache au visage de l'homme :

— Non !

Elle a réussi ce tour de force de hurler sans attirer l'attention. L'homme la dévisage, interloqué. Regarder c'est toucher et elle n'est pas disposée. En rage. En nage. Face à elle, les deux vieilles demeurent médusées plusieurs secondes avant que le refus de Lise ne leur fasse l'effet d'une bombe. Elles ont le même mouvement de recul, le manteau qui frissonne autour de leur petit corps grêle, yeux révulsés, elles lâchent une salve de pépiements. Auraient-elles rencontré l'Antéchrist qu'elles n'agiraient pas autrement. Elles s'enfuient de conserve, vite vite vite, deux honnêtes femmes trottinant devant un spectacle inconvenant. Vite ! Passer de l'autre côté, les voilà qui quittent la travée. Lise s'agrippe au prie-Dieu le plus près, ne pas flancher, comme quoi un dossier de siège peut se révéler providentiel.

Quand elle parvient à s'échapper de la nef, le répit est bref : il faut se rendre au cimetière. L'enterrement de sa mère était atroce, c'était une épreuve, déjà, mais Lise n'a pas le souvenir qu'il ait été si éprouvant. L'assemblée s'effiloche sur le parvis, les groupes se dispersent – les spores d'un champignon par grand vent ne feraient pas autrement –, les voitures se succèdent qui avalent les derniers hôtes de Bernard, le cercueil reprend sa place dans le corbillard, Au revoir. La bière est d'un bois jaune que Lise trouve affreux. Par-dessus, des couronnes dégoulinantes de fleurs ont été déposées, certains n'ont pas lésiné. Quand on pense comme son père n'en avait rien à foutre, c'est idiot. D'autant que, pour une fleur, finir comme ça sur le corps d'un Beaumont infarctussé, ça doit vous flanquer le bourdon. Si Lise pouvait rester ici, si on pouvait l'oublier elle rentrerait à la maison. En catimini elle s'éloignerait de Saint-Martin, plus discrète qu'une souris.

Elle jette quelques coups d'œil, à gauche, à droite, furtivement afin qu'aucun invité ne se sente autorisé à l'approcher. C'est quand même inouï comme il y en a qui prennent le moindre frémissement de cils pour une invitation – comme cette femme tout à l'heure –, prompts à profiter d'une ouverture. Mais elle ne les laissera pas s'engouffrer, ça non. En fait Lise voudrait trouver refuge hors de portée d'un œil. Elle peut toujours en formuler le vœu, un vœu pieux, c'est bien la seule chose qui chez elle relève de la piété.

L'inhumation est un supplice. Lise craint derechef de voir Bernard soulever le couvercle de son cercueil tandis qu'il est descendu dans les entailles – ça y est, elle remet ça – tandis que Papa est descendu dans les entrailles de la terre. Debout au milieu du cimetière, bras ballants, Lise voit les scellés bouger. Le couvercle va céder, le cercueil s'ouvrir et l'eau se déverser. Main sur la bouche, Lise peine à s'empêcher de gémir. Et son père se relèverait, assis sur les molletons roses douillets, il lui dirait, goguenard quoique la putréfaction l'ait déjà entamé : Bernard Beaumont emporte ses femmes, la petite clef, le baise-en-ville et ses secrets, tout. Mais pas la vérité. Il est trop tard, Lise, tu ne peux rien faire. Lise sue à grosses gouttes. La vérité est comme la flotte : quoi qu'on fasse, elle s'infiltre. Bloquée ici, elle ressurgit là. Parce qu'il faut qu'elle passe, que les choses se sachent. On l'attrape par le bras.

— Venez, mon enfant.

Monsieur le curé, ne vous croyez pas autorisé. Ça n'est pas parce que vous êtes ecclésiastique que vous avez la clef. Nul ne peut disposer de Lise au nom du Père. Parce que c'est bien gentil, tout ça : le père. Mais duquel on parle, d'abord ?

25

En entrant elle a failli l'écraser, elle ne l'avait pas vue dans la pénombre du bureau : une patte, presque une main gît au sol, plus très poilue. Le blaireau est devenu manchot. Comme s'il n'était pas déjà assez dégoûtant, avant. Depuis l'enterrement c'est dur de retourner dans la maison vide. La sienne désormais, exclusivement. Mais, là, maintenant, il lui faut s'occuper des animaux empaillés. Sans traîner. Lise n'a jamais pu les blairer et, malgré la naturalisation dont ils ont fait l'objet, aujourd'hui ils sont vraiment déglingués. La vipère a perdu une bonne longueur de queue – enfin. Amputé, le blaireau ne peut plus prétendre porter le moindre objet. Et la hure pend au mur, mal en point. En fin d'après-midi, Lise a fait partir un feu dans un coin du jardin – elle a eu du mal à le faire démarrer, avec tout ce qu'il a plu, le mois de juin est particulièrement pourri, cette année – puis elle a couru chercher le curieux personnel de son père.

Elle entre dans le bureau, c'est étrange, elle ne parvient pas à se sentir soulagée. Une phrase lui revient : « Rien n'est jamais réglé tant que tout n'est pas bien réglé. » Kipling. Était-ce son père ou sa mère qui le citait ? Bientôt il fera nuit, elle n'a pas intérêt à traîner. Elle lève les yeux vers le massacre du sanglier, hésitante sur la conduite à tenir. Il manque au mufle plusieurs touffes de soies, autour des défenses la matière s'est désagrégée, dans la pénombre la hure n'a plus rien du cochon sauvage. Si Lise n'avait pas si peur, elle rirait de ne plus avoir à chercher : Où est le monstre ?

Il est là.

Elle place sous le trophée le plus stable des tabourets – le vieux de la cuisine, en Formica, il ne bougera pas –, et grimpe dessus en prenant garde de ne pas se cogner contre le répugnant butoir. Loin d'elle l'idée d'agrémenter sa déco d'un tel blason, mais comment peut-on ? Elle avance précautionneusement les mains vers la tête de lard, Lise doit reconnaître qu'elle n'a pas grande envie de la toucher. On y va. Elle l'effleure. La cochonnaille est bien fixée. Elle s'arc-boute pour l'ébranler. Merde, un œil de verre s'est détaché, bille brunâtre glissée de son orbite, qui rebondit sur Lise avant de rouler sur le tapis poilu noir et blanc. Bon courage pour le retrouver. Mais hors de question de le laisser : l'œil était dans la piaule ? Merci bien, elle ne s'appelle pas Caïn. Excédée, Lise descend du tabouret pour fouiller les motifs géométriques du tapis. Enfin elle met la main sur la verroterie qui était allée s'encastrer dans une petite boîte en carton, fourrée sous le canapé. Comme elle dégage la bille, un son infime la détourne de sa quête. Quelque chose vient de tomber. Cuisses en feu elle se redresse, relève la tête. Face à elle, la hure la défie, énucléée : le deuxième œil, à son tour, s'est carapaté. Lise hurle.

Le cochon enfin se retrouve dans les flammes, ses défenses ont commencé à noircir. À deux mètres, le feu éclaire un vieux cerisier harcelé de pucerons dodus noirs. Du bord du brasier, Lise distingue des nuages de ces diablotins en grappes, antennes tendues, agrippés aux feuilles rabougries de l'arbre supplicié. Foulard sur le nez, elle ajoute des fagots par brassées pour activer la combustion. Le blaireau et la vipère suivent la tête embrasée. Comment peut-on se toquer de taxidermie ? Elle ne sait pas ce qu'elle déteste le plus : les fourrures ou les animaux empaillés. Posséder les unes ou les autres, c'est ignorer l'être qui a habité l'enveloppe charnelle déshydratée et n'être plus sensible qu'à l'objet, voire à sa symbolique – manteau de pouffe ou trophée de connard. Ça pue les poils brûlés. En dépit de son foulard elle a envie de gerber. Au côté d'Yvan Kern, dans la cuisine, autrefois, Lise se sentait comme une empaillée : complètement niée. Même si, il faut l'avouer, elle était un peu émoustillée. Il n'empêche que le bras droit lui imposait ses sensations, ses sensations à lui, sans se préoccuper que celles-ci lui soient agréables. Lise a eu si peur. Et son père, sa mère qui n'ont rien fait. Le mortel bestiaire dégage une sacrée fumée. L'odeur est épouvantable. Se détacher des sensations, celles qu'on ressent, celles qu'on prodigue, c'est se détacher de son humanité. Le tissu n'y suffit plus : Lise se bouche le nez, souffle une dernière fois sur le feu. Ciao, les oripeaux.

Les animaux séchés ont beau être morts depuis longtemps, l'odeur de kératine grillée relève de l'infection – une curiosité. Dégoûtée, Lise contemple le bûcher des vanités paternelles parties en fumée. La fin de la combustion est laborieuse : les bébêtes en mettent du temps à brûler. Elle sauterait sur leurs restes, si elle osait ; elle danserait sur les cendres tièdes. Elle avait marché sur un mulot mort, quand elle était enfant. Chaussée de ses nu-pieds blancs, elle avait senti son talon s'enfoncer dans le mou caractéristique d'un corps de vertébré : la fourrure, en premier, puis la peau, enfin le craquement infime mais détectable des os. D'un bond Lise avait retiré son pied, bouleversée et inquiète aussi d'avoir sali ses sandalettes. Puis elle avait observé le petit cadavre mutilé et avait eu le sentiment d'être quelqu'un d'horrible. Elle renifle les quelques braises qui rougeoient encore, c'est une question de minutes, les tisons n'en ont plus pour longtemps. Quelle satisfaction, quand même, d'avoir livré aux cycles de la nature les cadavres des bestioles de son père. Comme si, tuant leur mort, Lise les avait rendues au cours de leur vie. Comme si, témoins des crimes commis dans cette maison, les silhouettes figées avaient empêché le passé de passer, et retenu Lise d'avancer.

Mais c'est fini.

Nul ne remuera plus les cendres, presque froides, désormais. Elle a un peu honte mais ça la fait bien rigoler : le bestiaire s'est évaporé. D'aucuns jugeraient idiot de se mettre dans des états pareils pour quelques poils et trois bouts de peau séchée, mais voilà : Lise se sent puissante. Qui tient le volant, dorénavant ? Alors : qui ? Au fond d'elle, dans son journal, elle garde l'histoire enfouie. Son secret. Elle regagne la maison en prenant garde où elle met les pieds, on n'y voit guère, un églantier épineux l'écorche, Lise se dégage de la tige agressive et frotte son mollet, l'élancement est supportable mais insidieux ; elle reconnaît cette façon particulière qu'ont les rosiers de déchirer la peau. Un dernier coup d'œil au disque de cendres et elle s'engouffre dans l'ombre dense de la maison.

De la fenêtre de sa chambre elle salue, comme avant, les arbres qui veillent, son armée de loustics plus si maigrelets. Le hasard est obligeant : il y a une superlune, ce soir, l'obscurité n'est pas totale. Une superlune de sang, même : la nuit offre son écrin de suédine au satellite posé, énorme et rouge, à peine plus haut que l'horizon. De son promontoire Lise devine son brasier éteint, là-bas, au fond du jardin. Une tache de cendres noircies par la rosée du soir. Elle ne le distingue pas, mais a encore dans le nez l'odeur salée et âcre du feu froid. Ainsi mouillé, le résidu s'incorporera mieux à la terre grasse : ce sont les petits monstres, ses amis du sous-sol qui vont être ravis. Régalez-vous, lombrics et cloportes, collemboles et gastéropodes.

Superlune est montée haut, dans l'éther, elle a échappé aux chatouilles que voulaient lui prodiguer clochetons pointus et toits pentus. L'obscurité emmitoufle mieux que le plus chaud des blousons, fût-il légendaire et, de sa chambre devenue noire, Super Lise contemple le spectacle. Superlune, Lune de Sang, ça ne s'invente pas, Lise a ses règles justement. Ventre gonflé, elle n'est plus si douloureuse qu'avant ; encore qu'elle n'aime pas cette allure que la lourdeur lui donne, sûre que le sang qu'elle porte en elle se voit.

Le chant d'un merle la réveille, exit la lune, le soleil brille, elle se lève et avise son reflet dans le miroir de la salle de bains : un vrai bidet. À côté, la baignoire à pattes d'aigle lui fait de l'œil, l'émail étincelant l'attire, comme un aimant. Lise ouvre le robinet : l'eau, ça, elle n'y résiste pas. Rien qu'à l'entendre couler, elle se sent moins oppressée. Il fait toujours beau dans cette salle de bains. Dans la journée on n'a jamais besoin d'allumer, même en hiver, même quand il pleut. Par la fenêtre, en plein été, le soleil chauffe si fort qu'à plusieurs reprises elle s'est brûlée en touchant la robinetterie. Elle hausse les épaules : à cette heure matinale aucun risque de se cramer.

Lise saigne. La tuile d'avoir ses règles pile maintenant. Elle retire son tee-shirt et enjambe le rebord. Une goutte vient tacher la faïence ; ça fait de la peine, presque, cette bouchée de bifteck sur le blanc immaculé. Lise se tient debout dans la baignoire fumante, le liquide onctueux lui coule jusqu'aux mollets, écarlate il avance, descend sur sa peau pâle. L'eau est un peu chaude, la température n'est pas toujours facile à régler. Elle glisse une main entre ses cuisses, laisse le fluide l'humecter, se frotte les paumes. Comme elles sont jolies, ses paluches rougies. Elle qui a toujours détesté la violence. Lise s'accroupit pour se rincer. Elle contemple le méandre carmin qui divague. Avant de se dissoudre dans l'eau chaude il se déploie, on dirait qu'il nage. Elle ouvre le robinet de la douchette à fond, le bruit l'indispose mais, en quelques secondes, l'eau désagrège les filaments gluants demeurés collés à l'intérieur de ses jambes. La température est parfaite. Ni trop froide, ni trop chaude. À moins que Lise ne s'y soit habituée. On s'habitue à tout, c'est un problème, parfois. Elle s'allonge enfin dans la baignoire. Sous sa nuque la faïence chauffée lui maintient le cou, comme un aimable gibet émaillé blanc.

Lise a ouvert la boîte contre laquelle l'œil de la hure a roulé. La présence même de l'objet l'intriguait : le carton, de la taille d'une boîte à chaussures d'enfants, n'était pas à cet endroit avant la mort de Bernard, nulle part dans le bureau de son père, d'ailleurs, Lise en est sûre pour avoir suffisamment fouillé. Alors…

Qui s'est permis ?

Elle a soulevé le couvercle mal ajusté, sans comprendre d'abord de quoi il s'agissait. La petite boîte sans inscription contenait des papiers de tailles diverses dans les blancs, ivoire, pastels, pliés, certains froissés, tous mal rangés. Lise, perplexe, n'y était toujours pas. Mais un trait de feutre sur une feuille qui dépassait de sous un pli, juste un trait orange un peu pâli, a suffi pour qu'un pan entier de son enfance lui remonte comme la vapeur embrume à l'ouverture d'une cocotte. Tous les dessins offerts à son père, tous ceux qu'elle lui avait faits dormaient au cœur de la boîte en carton. Enfin ! ont-ils eu l'air de bâiller quand un imperceptible courant d'air les a fait se soulever. Elle en a déplié un : Noun, aussi maladroitement tracé que colorié, s'étalait, ratatiné dans un coin de page. Lise a deviné une inscription au dos, elle a retourné la feuille et reconnu l'écriture hachée de son père, Bernard qui avait conservé cette œuvre d'importance, Papa qui avait jugé bon de commenter : « Ma puce est une artiste. » Précautionneusement elle en a défait deux, trois autres. Sur un bout déchiré, elle a lu : « de Lise, petit soleil » ; au bord d'un autre papier : « ma puce, ma fille, ma petite fée » ; sur un autre, encore : « penser à la féliciter ». Les mains de Lise se sont mises à trembler et les feuilles ont suivi le frissonnement comme un murmure de sous-bois. Les dessins de son enfance se sont succédé, en rafale, dans sa mémoire. Elle s'est frappé la tête du poing : chaque image, intacte, était consignée dans sa caboche comme dans cette boîte sans inscription. Même ses feutres préférés lui sont apparus avec l'intensité du réel, elle s'est repassé leur teinte, leur bouchon, le moelleux de leur pointe, jusqu'à leur odeur qu'elle n'avait pas oubliée : un gros violet à bouchon transparent, un rouge épais au parfum étonnamment sucré, son premier feutre couleur chair – chair de Blanc, il faut préciser –, un tout petit feutre éclat mousse de forêt, son seul défaut était d'exhaler une odeur chimique à l'opposé de sa teinte végétale. Au moment où Lise a formulé : Papa a gardé tous mes dessins, son visage s'est inondé.

L'eau de la baignoire refroidit vite, quel ennui. Elle plonge. Lavée de ses crimes ? S'il suffisait de s'immerger. Tête sous l'eau, elle retient sa respiration.

Tout ira bien.

Enroulée dans une serviette un peu rêche, de retour à sa chambre elle s'avise que le tiroir du bas de son bureau est entrouvert. Dedans, son vieux journal est posé de guingois sur une pile de lettres, le carnet rose au chiot, il est vraiment dans un sale état. Quelle bizarrerie, elle ne se souvenait pas l'avoir posé comme ça. Songeuse, elle interrompt son geste.

Quelqu'un a touché au tiroir. C'est tout récent.

Elle porte une lettre à son nez et la flaire comme si elle pouvait lui détecter une odeur singulière. Lise n'a pas perdu l'habitude de se souvenir de la place exacte des objets. Le vieux cahier a changé de sens dans le tiroir. Un objet qui change de sens tout seul, ça n'a pas de sens, justement. À moins d'imaginer qu'on a fouillé. Tripoté son journal. Lu sa correspondance.

C'est tellement abusé.

On s'est penché sur son écriture, on a pénétré son intimité. Elle sait très bien qui c'est. On est entré par effraction dans son petit cabinet. Elle voit le capitaine Godillots investi à fond lors de la perquisition qui a suivi l'arrestation de son père, Mercier en train de lire les lettres bleues. Tremblante, Lise peut s'imaginer l'enquêteur en train de déchiffrer leur intimité. Oui, c'est vrai : son père et elle avaient pris l'habitude de s'écrire quand elle était enfant. Petits dessins, lettres et billets doux avaient été leur manière de se signifier qu'ils s'aimaient. Les missives de Lise étaient sommaires, surtout au début de leur correspondance. Mais Papa, qui travaillait beaucoup, avait pris le pli de répondre à chacun de ses gribouillis. Elle entend d'ici le capitaine s'esclaffer : « Mais ce sont des lettres d'amour ! » Exact, monsieur l'officier, et il faut que Lise se sente bien vulnérable, ce matin, pour en prendre la mesure. Parce que, voyez-vous, son père l'aimait. Il ne lui a jamais fait de mal, à elle. Elle a parfois redouté d'être devenue une douceur comme les autres mais, non, il ne l'a jamais appelée mon chou, voyez : elle est restée sa puce. Il faut dire les choses comme elles sont, Lise doit bien reconnaître qu'elle adorait son père mais que Bernard Beaumont, lui, elle le détestait. Mercier a-t-il une femme, une fille pour comprendre ? Qu'a-t-il pensé en lisant leur correspondance ? Des lettres comme il n'en a sans doute jamais reçu, comme tu n'en recevras jamais, capitaine de mes deux, Lise repousse avec mépris le plateau du bureau et une mèche partie lui explorer le visage. Respire. Elle va pour ouvrir la fenêtre.

Le soleil a disparu, le chambranle est frais. Lise, toute nue, n'a pas très envie de s'y appuyer. Elle passe un pull et un jean. Depuis quand n'a-t-elle pas mangé ? Faut pas la lui faire, aussi. Le jour où il les a convoqués,

Bernard et elle, à l'usine, elle a fait part à l'officier de gendarmerie de la réflexion de Maud : Que faisait son père quand sa mère a été renversée ? Le capitaine est resté silencieux. Alors Lise a insisté : la conduite de son père avait dû gravement blesser Élisa. Mercier a planté ses yeux noirs dans les siens : De quelle conduite voulez-vous parler, mademoiselle Beaumont ? La Lancia Gamma est un bel engin mais pas très fiable, vous savez : il faut souvent la faire contrôler.

Le pôle judiciaire était au courant que la voiture de Bernard était au garage le jour de la mort de Maman.

Et alors. Là n'est pas la question. Il y a différentes façons de détruire. Les moins visibles ne sont pas les moins efficaces, on n'est pas tenu de réduire les corps à néant. Ou, disons, pas directement. Il y a d'autres façons de ravager. Lise n'avait-elle pas entendu sa mère dire : « Tu me broies le cœur » ? C'est ça qu'il lui avait fait, à Maman : lui presser le cœur jusqu'à l'écraser. Sans meule, ni salissures. Mais consciencieusement. Bien avant d'être renversée, Élisa avait été supprimée. Exclue des sphères de la raison, disparue du monde des vivants : il l'avait rendue folle. Sans la toucher. Ç'avait été ça, d'ailleurs, le procédé : ne plus la toucher. Lui signifier qu'elle ne méritait plus d'être mangée de baisers, et la tenir pour responsable de cette dégradation. Atteinte de péremption. Comme un déchet. Ce n'est pas supprimer, ça, peut-être, monsieur l'officier ? Parce qu'à un moment, ça revient au même : les femmes de Bernard se sont toutes désagrégées, non ?

Le capitaine avait soutenu son regard.

Lise avait eu l'impression désagréable qu'elle commençait à flancher. Puisque je vous dis qu'elles étaient déjà mortes. À nouveau Lise croit qu'une langue infecte lui lèche la colonne vertébrale. Sous son pull, elle se met à transpirer.

Yeux clos, accoudée à la fenêtre en dépit de l'humidité, Lise se tient immobile dans le noir. De toute façon il fait nuit et elle ne veut plus regarder le ciel, c'est fini, plus rien à faire. La hure surgit dans la chambre et, de son groin déshydraté, la flaire. Comme elle aurait préféré que ce soit le garçon-cerf. Elle ne saura jamais de qui il s'agit, lui qui s'était montré ferme mais doux sous son massacre. Elle glisse ses deux mains jointes au niveau de son pubis et, phalanges recroquevillées, se tambourine la grosse couture du jean. Lise tente de fixer sa pensée à des images pornographiques, c'est ça le plus efficace, encore, pour s'arracher les idées noires. Elle se voit en voiture, petite robe boutonnée sans dessus sans dessous tandis que le conducteur, qui c'est ? la mate à la dérobée. Elle se retrouve à califourchon sur lui, le volant s'enfonce dans son dos, elle s'en fout, celui qui a le volant c'est lui qui a le destin.

Il sait

Comme quoi il est toujours dangereux d'écrire la vérité. Dans le petit journal au cadenas amoché, l'officier de gendarmerie a lu

Que Lise avait découvert que son père détruisait ses femmes sans les tuer. Depuis le jour où elle a cru que Bernard Beaumont l'avait enfermée et qu'au matin le garagiste lui a appris que la Lancia était en révision lors de la mort d'Élisa, depuis ce jour Lise a compris que son père avait été : un infidèle notoire, un Don Juan humiliant, un sadique patenté ; mais pas un assassin. Lise, d'une certaine façon, ça l'a bousillée que personne d'autre ne voie que Bernard avait anéanti toutes les femmes qu'il avait approchées. On fait comment pour révéler des agissements pareils ? Parce que la déréliction est un fait avéré : Élisa s'était momifiée, la vie s'était échappée d'elle ne laissant que son enveloppe desséchée, Dolorès était devenue folle, Maud avait attenté à ses jours, Joan s'était évaporée, Corinne s'était tue avant d'être tuée, Zohra aussi avait morflé. Au contact de Bernard Beaumont, attention : poison.

Or quoi de plus efficace qu'un corps pour dire la vérité

Donc Mercier a lu

Que Lise Beaumont a attendu que Corinne Houst monte dans sa chambre se reposer, pour tendre un fil de pêche au niveau des marches, entre les deux barreaux tout en haut. Lise a laissé la vieille balle de Noun, aussi, en évidence, à proximité. Après avoir ostensiblement raconté qu'elle avait ressorti les affaires de son chien pour un voisin qui en avait pris un – c'était vrai, en plus, c'est même le coup de téléphone du véto lui demandant si elle avait conservé le fourbi de Noun qui lui avait donné l'idée. C'était risqué, bien sûr, mais à tenter : la belette débaroulait toujours tellement vite dans les escaliers, c'était plié qu'un jour elle se vautrerait. Lise ne s'est pas trompée. Quand le soir elle a retrouvé Coco inerte au bas des marches, elle n'a eu qu'à retirer le fil – la pêche avait été bonne – et passer un coup de chiffon sur l'escalier histoire d'effacer son méfait. Diligente, précise, efficace. Corinne Houst était de toute façon en passe d'être broyée. Lise n'a fait qu'accélérer le processus. Le gendarme finaud a noté les accidents, à proximité de la maison, le nombre de mortes.

Le capitaine Mercier a lu, mais a-t-il compris que Corinne n'en avait plus pour longtemps ? Que Bernard Beaumont n'avait pas besoin d'user de violence physique pour détruire ? Que son arme, diabolique, c'était le désir ? Il en privait ses femmes, après les en avoir gratifiées. Il ne vous aura pas échappé, monsieur de la force de l'ordre, que sans désir, plus de vie. L'officier a-t-il seulement saisi que, quand le sexe n'apparaît nulle part, c'est qu'il est partout ? Qu'alors la question du désir envahit tout ?

Lise sent les parfums de l'été l'envelopper. Assise en surplomb du jardin plongé dans le noir, elle distingue une odeur fruitée. Sous la fenêtre ouverte elle devine un bouquet de gerbes suaves poussé parmi les fougères : une touffe petite-cousine des freesias de Maman, ou quelques bulbes dispersés par le vent ? Lise pense à Hannah : elle voudrait que son amie se tienne à ses côtés, revenue des États-Unis par magie, juste pour l'après-midi. Hannah qui sent le freesia, justement, son eau de toilette en contient sûrement. Dans les couloirs du lycée Lise aimait la suivre rien qu'à son odeur sucrée ; elle la prenait en filature yeux fermés, nez en l'air à la façon d'un chien qu'elle aimait. Hannah qui sait être la même en toutes circonstances, seule à seule avec Lise ou embarquée dans une foule, en cours, en soirée, en AG, dans un débat face à l'adversité comme au creux de son canapé. Lise se retirerait dans l'ombre et c'est Hannah qui, accoudée au garde-fou, veillerait. Lise lui demanderait :

— Hannah, mon Hannah, ne vois-tu rien venir ?

Son amie scruterait l'horizon et répondrait, Non.

Un peu plus tard, laissant libre cours à son inquiétude, Lise revient à la charge et repose sa question :

— Hannah, mon Hannah, ne vois-tu rien venir ?

Ce à quoi, cette fois, son amie répond :

— Un fourgon de gendarmerie.

Lise n'a pas pu faire autrement. La tache sur la petite clef ne s'effacera jamais. Qu'y peut-elle si la vérité est restée en deçà du visible, petits fragments de réel cachés parmi tant d'autres, anodins ? Puisque la vérité s'est tenue dans les liens, invérifiables, tendus entre les faits ? Ce n'est pas faute d'avoir essayé. Lise a tenté mille fois de débusquer le dessous des choses, séparer le bon grain de l'ivraie, reconnaître la malignité. Elle se revoit dans le jardin avec Noun, yeux levés vers la nuée, à l'affût de son monde entier : ciel, maison, parents, arbres, oiseaux, drôles d'oiseaux, à l'école, et ses amis du sous-sol, elle veillait sur tous, de son mieux elle les surveillait. Dans les profondeurs aussi, bravement, elle a cherché, elle s'est aventurée, bravement oui, au fond des puits, dans toutes les nuits. Allongée sur la margelle elle a plongé les mains dans le bassin fuligineux bien au-delà de ses coudes, créant des vagues de protestation parmi les têtards, les larves et les autres créatures visqueuses qui ne la reconnaissaient pas. Quand elle sortait les bras, l'eau noire lui dégoulinait dessus, elle s'en fichait. Entre ses doigts elle cherchait à retenir un bout de vrai, un fond de vérité pure, mais ce n'étaient que fils de vase très doux et entortillés, et de temps à autre un dytique, une nèpe, un rameur, pas grand-chose. Lise veut la faire émerger ruisselante et gluante à l'instar du brochet, celle dorée comme le dernier salut des feuilles en automne, la vérité froissée d'un pétale, celle zonzonnante comme une mouche verte dans les blés, la vérité sauvage et sanguinaire comme

Lise est la fille de Barbe Bleue.

Il est temps que ça se sache.

C'est tout réfléchi : je ne te laisserai pas sur ce tabouret à vis, Lise Beaumont, au cœur de la gendarmerie. Déjà il vaudrait mieux que tu te taises. Voilà : bouche scellée, très bien, reste comme ça, Mercier peut toujours courir. Je pourrais te trouver un avocat à la hauteur, je ne sais pas. Peut-être ou peut-être pas. De toute façon tes yeux crient pour, ou malgré toi, deux torches en feu si noires qu'on ne sait plus si tu y vois. Ceux qui t'ont arrêtée ont été saisis : tu te tiens calme apparemment mais, par les fenêtres ouvertes de tes cils, ils aperçoivent le brasier. Ça bout là-dedans. Je pèse mon propos. Dès qu'ils t'ont installée en salle d'interrogatoire, un bien grand mot pour une pièce vide, le bruit a couru qu'une suspecte pas comme les autres bouillonnait en garde à vue. Une meurtrière complètement barrée mais dotée d'une belle gueule d'héroïne. J'avoue, la beauté relève de la facilité. Tous marquent un temps d'arrêt en croisant ton regard de Lorelei enténébrée.

Pas fière et le cœur serré, je pense à Corinne Houst. Cette histoire n'en finit pas de me remuer. Il n'empêche que je ne peux pas te réduire au silence. À quoi bon convoquer un personnage tel que toi si c'est pour le bâillonner ? Avant tout il m'importe de te préserver de la cruauté. Il me semble que tu as donné.

Je ne veux ni te faire taire, ni te laisser ; en revanche, Lise, je peux t'escamoter. Plutôt qu'un avocat qui pour ta défense avancerait des arguments, l'évaporation c'est ça, encore, le mieux. Je vais m'employer à te faire disparaître. Imperceptiblement, par petites touches. Comme un nuage s'effiloche dans l'azur ou une équation à la craie se disperse sur le tableau noir. Comme une fleur fane, tombe et se délite.

Les gendarmes s'activent, ils te cherchent. La rumeur bruisse : comment as-tu pu t'échapper ? La colère dans tes prunelles les a énervés, ils courent dans la capitainerie des affaires criminelles, aiguillonnés par la dimension cynégétique de leur fonction, Mercier et ses hommes, quelques femmes aussi sont en chasse, si excités qu'ils se cognent les uns aux autres, petits papillons aux abords de l'ampoule qu'on vient d'allumer.

Les enquêteurs ne connaissent pas ta nature de personnage. Comment sauraient-ils, pour ton sang d'encre ? Ils ne savent pas que je t'ai dissipée, pas davantage qu'ils ne peuvent deviner que, depuis neuf ans, pas un matin je me suis levée sans penser à toi.

Ils ignorent que tu ne laisses pas de plis dans les coussins, aucune odeur aux coutures de tes pulls, tu ne te reflètes pas dans les vitrines, et pour cause, Lise, ma créature, mon allégorie – mais tu vis. Au fait, qu'as-tu fait du petit journal, le carnet verni délabré ? Impossible de remettre la main dessus. Décidément, c'est une manie qu'a ce cahier de disparaître. Le fait est qu'il n'a pas été mis en sûreté dans ces pages. J'ai du mal à me l'expliquer.

Ça y est, tu n'es plus dans la gendarmerie. La détermination des chasseurs faiblit : ils ont commencé à flairer le changement. Comme dirait l'autre, il était temps. Maintenant que tu as regagné ce texte, tu y seras en sécurité. Écrire c'est contenir, restreindre le mal entre la page un et le mot fin. Voici le souvenir que je veux garder de toi, Lise : celui d'une femme courageuse aux prunelles noires, en équilibre sur un tabouret. Un équilibre fragile mais, quand même, un équilibre. Tu as rempli la mission que je t'avais confiée avec rage mais une sacrée dose d'honnêteté, sans te raconter d'histoires ni quitter le réel des yeux, selon ton destin, ta persona.

Pour que les timides, les loyaux, les esquintés, et moi ne soyons jamais des enfants de Barbe Bleue.

Remerciements

Que soient d'abord remerciées les fées qui, les premières, se sont penchées sur ce conte : Élisabeth Samama, Marie Alstadt et Anna Khachatourova. Leur œil de sorcière m'a montré le chemin.

Merci au commissaire divisionnaire Éric Francelet, et à Thomas Block, directeur du département taxidermie de la maison Deyrolle, pour leurs explications scrupuleuses. À Myriam Anciaux pour la saisissante anecdote du cerf ; à Nayla Chidiac pour les discussions en résonance ; et à Pascal Bruckner qui a eu la prescience de la fin de l'histoire des années avant moi.

Merci aux amis chers qui m'ont indiqué des points obscurs qui m'avaient échappé : Laurence Chambreau, Sophie-Anne Delhomme, Anne-Marie Descroix, Élisabeth Elkrief, Françoise Dewavrin, Philippe Honoré, Maïa Hruska, Marion Peillon et Catherine Pietri.

Merci à Clélia, Raphaël et Lætitia Ortoli qui, en plus de leur patience, m'ont offert l'implacable regard de leur jeunesse sur l'évolution de Lise au fil des années.

Un incommensurable merci à Alix Penent d'Izarn, mon éditrice en or, qui a cru au roman et m'a accompagnée avec cette extraordinaire exigence que j'attendais. Lui revient la maternité du titre si à propos.

Un merci non moins immense à Violaine Faucon et Camille Paulian, mes agentes magiciennes qui, elles aussi, ont cru au texte à un moment où, moi, non, plus tellement.

Merci aussi à Emma Saudin et Cassandra Lother pour leur œil de lynx, nos riches discussions, leurs avis éclairés et leur gentillesse.

Merci, comme à chaque livre, à Sven pour son oreille infaillible, ses remarques nourrissantes et son indéfectible foi. Lui qui m'avait soufflé mon titre initial est l'instigateur de ce livre.

À la mémoire de Michel Serres, enfin, qui, le premier, m'a mise sur la piste de *La Barbe Bleue*.

Table

Cet ouvrage a été mis en page par IGS-CP
à L'Isle-d'Espagnac (16)

Achevé d'imprimer sur Roto-Page
par l'Imprimerie Floch à Mayenne en novembre 2024
N° d'édition : 628572-0 – N° d'impression : 105870
Dépôt légal : janvier 2025
Imprimé en France